LE DOUBLE SECRET DE BIGAROQUE

DU MÊME AUTEUR
CHEZ LE MÊME ÉDITEUR

Les Dames de Tarnhac
Le Marchand de Bergerac
La Cousette de Commagnac

Guillemette de La Borie

LE DOUBLE SECRET DE BIGAROQUE

Roman

Romans Terres de France

PRESSES DE LA CITÉ

Production Jeannine Balland

ISBN 978-2-258-07921-2

1

Avril 2000

« Après l'enterrement, vous me téléphonerez, je viendrai récupérer la clé de l'église ! avait dit la vieille dame.

— Tout de même, je peux bien aller jusque chez vous la rapporter… »

C'est ainsi que le père Michel – les anciens l'appelaient encore « le jeune curé », malgré sa quarantaine bien avancée –, après avoir tourné la grosse clé forgée dans le pêne grinçant, engagea sa voiture sur la route de Sarlat, pour prendre le chemin menant à la chartreuse[1]. Jamais encore il n'était allé chez cette madame Cantagreilh, qu'il saluait de temps à autre.

Quand le père Michel était arrivé dans ce coin du Périgord noir, pour découvrir un des quatorze clochers de campagne dont il prenait la charge, son prédécesseur, vieux et malade, fermait derrière lui pour toujours le presbytère de Bigaroque. Il avait accueilli avec sérénité son jeune remplaçant : « Pour cette église-là, au moins, pas de souci à vous faire. Margot Cantagreilh se charge de tout : ouvrir et fermer au moment des messes, dépoussiérer, fleurir l'autel… » De fait, toutes

1. Gentilhommière sans étages, dans le Sud-Ouest.

ces dernières années, jamais il n'avait entendu à Bigaroque de ces histoires qui dans les autres paroisses mangeaient tout son temps, fuites d'eau dans les toits ou querelles de préséance sur les bancs. De tout, tout ! Madame Margot, comme on l'appelait ici, se chargeait de tout, en effet, ne demandait rien et ne récriminait jamais. Ne fût-ce que pour cela, la reconnaissance du père Michel lui était acquise, avec ses prières.

Pourtant, il ne savait rien ou presque d'elle, hormis cette phrase lâchée autrefois par le même vieil abbé Vigouroux, dans un soupir désolé : « Ah... Margot ! On ne peut comprendre ce pays sans remonter à la dernière guerre, n'est-ce pas ? » C'était l'époque où les curés passaient leur vie entière dans le même unique village, le même presbytère, avec les mêmes ouailles, et confessaient tout le monde. De ce temps-là ne restaient plus que quelques vieillards ; et l'on venait justement d'enterrer l'un d'eux, monsieur Avezou, l'ancien maire. Bientôt, sa ferme serait à vendre. Peu à peu, les demeures de cette jolie bourgade médiévale étaient toutes rachetées par des étrangers, qui n'y passaient que quelques semaines d'été. Comme dans tout le Sarladais, et même le Périgord entier.

« Au bout du chemin, juste après l'ancienne métairie du Bost », lui avait-on indiqué.

Le père Michel s'efforçait, tout en dépassant lentement la petite ferme abandonnée, de rassembler ce qu'il savait de ces Cantagreilh, paroissiens de Bigaroque depuis toujours. Une vieille famille du pays, honorablement connue. Ils étaient des notables, pas vraiment des châtelains ; même si pour parler de la chartreuse, sise à l'écart du village, on aimait volontiers dire « le château de Bigaroque ».

Qu'avait-elle fait de sa vie, cette femme âgée, Marguerite sans doute de son nom de baptême, que l'ancien curé semblait affectionner ? Rien de marquant, probablement : une existence rectiligne, entièrement passée à Bigaroque. Vivant seule, sans profession, finissant, loin du monde moderne, de manger une de ces petites fortunes provinciales accumulées au fil des siècles. On la disait aussi de santé fragile.

Etonnant, remarqua-t-il encore, que cette femme qui avait dû être bien jolie ne se soit jamais mariée... Qu'elle n'ait pas migré vers Paris ou Bordeaux, comme toute la génération d'après guerre... Aucun ragot de voisinage, juste des silences un peu appuyés, des phrases inachevées, quand on parlait d'elle. Comment fallait-il interpréter cela ? En tout cas, la dame affichait clairement ses inimitiés, sans doute réciproques, en refusant de se montrer à l'enterrement de l'ancien maire, où tout ce qui restait du village d'autrefois s'était rassemblé. D'où la nécessité pour le célébrant de fermer lui-même l'église, et de rapporter les clés...

Une grille de fer forgé lui barrait le chemin empierré.

Il freina doucement, pour se ranger derrière une petite voiture noire. Madame Cantagreilh l'attendait. Elle apparut aussitôt dans la cour de la chartreuse, venant vers lui, sécateur en main, pour déverrouiller la grille. Un grand chien, un berger allemand imposant, marchait à son pas, oreilles dressées. Elle pouvait approcher les quatre-vingts ans, cette femme droite et mince, à la silhouette presque de jeune fille, si ce n'étaient ces bandeaux de neige roulés sur la nuque, comme plus personne n'en portait. Le temps semblait avoir glissé sur elle.

La dame l'accueillit sans plaisir visible, avec un sourire flottant, qui ne s'adressait pas vraiment à lui. Et le chien calquait sur sa maîtresse le même maintien un peu hautain. Tous deux certes pas désagréables, mais distants, sur la défensive peut-être.

— Turck, au pied !

Le chien ne laissa le passage que sur ordre. Elle entrebâilla le portail, tendit la main, sans inviter à entrer.

Le père Michel s'en s'étonna un peu, habitué qu'il était, lors des visites à ses paroissiens, à servir de déversoir à tous les chagrins de l'année écoulée, les querelles, les deuils, les soucis des vieux et des jeunes. A chaque fois le père Michel recevait tout cela comme un paquet de mer au visage, avec plus de détails qu'il n'était nécessaire pour compatir.

Lui revinrent une fois de plus les paroles du vieux curé : « On ne peut comprendre ce pays sans remonter à la dernière guerre, n'est-ce pas… » Quelles étaient les blessures de cette vieille dame méfiante ? Il ne désirait surtout pas les entendre, mais, pourtant, voulait comprendre. Madame Margot méritait tout autant que les autres un peu de son temps.

Il fit donc quelques pas en avant, adressa à son hôtesse un sourire engageant, en même temps qu'il tendait la grosse clé dans sa main ouverte :

— Quelle chaleur ! Vous m'offrirez bien un verre d'eau ?

Le printemps était là depuis huit jours, mais sans excès.

Elle prit son temps, parut se résoudre enfin à montrer le perron d'un mouvement vague.

— Venez donc…

Les sourires ne risquent pas de rider son visage ! se dit le curé en regrettant presque son initiative.

Il la suivit, l'œil circulaire, à son habitude. Décidément, rien de plus harmonieux que ces chartreuses périgourdines construites au siècle des Lumières, pour le plaisir des yeux et le confort de leurs propriétaires d'alors. Celle-ci tout particulièrement, qu'il admira en silence. Un corps de logis bas, construit en fer à cheval autour de la cour, pierres blondes et tuiles plates, rousses, moussues. Des portes-fenêtres cintrées, laissant passer les flots de soleil d'une façade à l'autre ; perçant les combles, des œils-de-bœuf sculptés de coquilles épanouies. Le tout dans un écrin d'iris bleus, blancs, roses, mauves, violets, tout juste éclos.

Madame Cantagreilh le précéda d'un pas pressé à travers la cour, grimpa les marches du perron, entra dans un vaste vestibule, où le chien s'assit en sentinelle.

Et tout de suite, il s'étonna. Le privilège du prêtre est d'être accueilli partout. Or, ici, c'était différent de ce qu'il visitait d'ordinaire. Différent à la fois des maisons paysannes, quelques pièces basses enserrées d'une treille, et aussi de ces propriétés trop lourdes pour notre époque, toujours un peu humides, un peu abandonnées. Ici, cela respirait le confort, l'opulence même, quoiqu'un peu morne, comme les yeux de sa propriétaire. De l'autre côté, le jardin était une splendeur : une terrasse parfaitement proportionnée, ponctuée de potiches ventrues, posées là de toute éternité ; des massifs de buis taillés, un puits et son bassin d'arrosage, avec au-delà un fouillis de buissons à l'anglaise, un camaïeu de lilas et de glycines, un potager bien tracé. La maison embaumait de tous ces parfums, comme l'église tout à l'heure.

Du vestibule, elle le fit passer dans un petit salon, avec le même geste retenu, et l'abandonna quelques minutes.

— Installez-vous, je vais chercher quelque chose à boire.

Le chien, aussitôt, s'étala de tout son long sur le tapis, sans quitter des yeux le visiteur. Interdiction de bouger, semblait-il signifier.

— Mazette !

Puisqu'il était seul, le père Michel se permit un long sifflement d'admiration.

Il y avait dans un coin de la pièce, sur une table de bois marqueté, un téléviseur de la dernière génération, immense, à l'écran aussi fin que possible, comme il n'en existait certainement pas deux dans le canton. Et aussi une platine à la façade d'acier brossé, équipée d'une multitude de cadrans luminescents.

Quand madame Cantagreilh revint, un plateau dans les mains, il s'extasia, avec toute la bonhomie dont il était capable :

— Quel beau matériel vous avez !

Elle ne cilla pas, répondit de la même façon lointaine, à la limite de l'indifférence :

— C'est ce que l'on fait, aujourd'hui...

— En tout cas, vous vous y connaissez rudement bien, ajouta-t-il en caressant du plat de la main un des longs baffles placés aux quatre coins de la pièce.

— Oh, ce n'est pas moi...

— Ah ?

— C'est mon fils...

La réponse était juste concédée. Mais avec une infime once de fierté dans le pronom possessif. Il y avait donc un fils, première nouvelle ? Alors sans doute y avait-il eu aussi un mari ? L'expérience lui avait appris que les maris disparaissaient toujours avant leurs solides veuves périgourdines. Curieux, que jamais personne ne lui ait parlé de toute cette famille...

Michel se laissa servir, permettant au silence de s'installer, pour offrir le champ libre à une éventuelle conversation sur le thème familial. Les mères aiment toujours parler de leurs enfants, il le savait bien. Mais cette femme ne semblait pas souhaiter en dire plus. Son regard imperceptiblement ennuyé, comme délavé par le temps, naviguait autour des deux verres d'eau gazeuse posés entre eux. Elle n'avait même pas pris la peine, comme le faisaient si souvent les vieilles dames, d'ajouter sur le plateau des biscuits secs plus ou moins poussiéreux. Bien, la visite n'en serait que plus courte.

Pour boire, il s'était carré dans la bergère qu'elle lui avait indiquée. Etonné de ne pas la sentir s'effondrer sous son poids, comme d'ordinaire les fauteuils défoncés des grand-mères du pays. Il admira les boiseries réchampies, le parquet ciré, les tentures fraîches. Tout cela ne cadrait pas avec les seuls revenus des terres...

— Quelle jolie maison vous habitez !

— Merci !

— Vous vivez seule, je crois ?

— Oui.

Ce constat tomba dans le silence, sans suite. Seul le berger allemand, qui ne quittait rien des yeux, souleva sa tête intelligente, comme pour protester contre le tour que prenait la conversation.

Elle éludait donc toute question personnelle. Il changea de sujet :

— Je suis venu vous remercier pour le soin que vous prenez de notre église. Elle est toujours impeccablement propre, et fleurie...

Sur ce terrain, Margot se rassérénait. Elle fit un geste gracieux, pour signifier que ce n'était rien, et, indiquant le jardin à travers la croisée :

— Je ne manque pas de fleurs, vous voyez, et c'est un plaisir pour moi...

Elle voulait s'en tenir à des propos mondains. Qu'à cela ne tienne, il savait faire, aussi :

— J'ai croisé tout à l'heure, après l'enterrement, un couple d'Anglais qui a racheté l'ancien presbytère de Bigaroque. Nous avons bavardé un moment. Ils semblent s'intéresser à l'histoire du pays, et étaient contents de pouvoir visiter l'église… Les connaissez-vous ?

— Non, non, pas du tout ! Je ne les ai jamais vus, et ils ne m'ont jamais demandé à entrer, d'ailleurs.

Le ton redevenait agressif, sous un mince vernis de politesse. La dame restait toujours sur ses gardes.

Il se leva, raccompagné jusqu'au-delà de la grille par le chien, admira encore la façade et la cour.

Quel est le secret ? se demanda-t-il encore une fois en démarrant. Avant de se concentrer sur ce qui l'attendait : un sacrement des malades, à administrer à plus de vingt kilomètres de là, puis une réunion à l'évêché, à cinquante. En plus des messages qui l'attendaient certainement, chez lui, avant la dernière réunion de la journée.

En quittant le chemin empierré, il avait oublié madame Margot et ses mystères.

I

Septembre 1939

Madame Cantagreilh courait et soufflait, oubliant ses palpitations, et les recommandations du docteur de se ménager. Il fallait vérifier que tout était prêt : les pains de glace livrés du matin, qu'on avait disposés dans les grands bassins de fer, à la cave, pour maintenir au frais l'orangeade ; les caleils[1] sur le rebord des fenêtres, pour mettre en valeur l'harmonie de la cour d'entrée, quand la nuit tomberait. Cette cour parfaitement carrée était un bijou d'équilibre architectural, et la fierté de maître Cantagreilh. Il ne supportait pas qu'on en abîme la perspective en y abandonnant brouette, outils ou bûches pour le feu, les domestiques le savaient et y veillaient. Lui-même prenait soin de ranger sa superbe Citroën 11 CV avant la grille, le long du chemin d'arrivée, et invitait les visiteurs motorisés à faire de même.

Comme à l'habitude les jours de réception, madame Cantagreilh avait fait dresser le buffet dans la salle à manger, volets fermés, sous de grandes cloches de gaze, pour le garder à l'abri des mouches.

1. Lampes à huile traditionnelles.

Tout semblait donc en ordre, elle pouvait cesser de s'agiter. Après tout, il ne s'agissait en principe que d'une simple réunion de voisins, à la campagne. Elle leva les yeux vers la cage d'escalier.

— Margoton, tu devrais être prête, voyons, les invités vont bientôt arriver !

— Maman, ne vous inquiétez pas toujours...

Guitte, Maggie, Margot, Margoton... Enveloppant ses proches d'une tendresse universelle, madame Cantagreilh usait et abusait de surnoms de sa composition. Son notaire d'époux était « mon petit » quand tout allait bien, et « mon cher ami » lorsque l'envie la démangeait de le secouer un peu, malgré tout le respect qu'elle lui portait. Même Yvonne Vialle, la petite bonne, devenait de plus en plus souvent Yvonnette. Seule la vieille Léonie échappait à ce déferlement de mots doux.

La bonne dame s'arrêta net pour regarder la jeune fille descendre les marches. Une bouffée d'orgueil maternel la traversa. Elle était belle, cette petite ! Et comme elle ressemblait à son père ! Marguerite avait pris de celui-ci le meilleur, les traits fins et la taille élancée. Et d'elle-même les yeux gris, avec une belle nature de cheveux ; tout en évitant ses rondeurs. Madame Cantagreilh n'avait pas de coquetterie, et savait bien que le retour d'âge l'avait encore empâtée, et essoufflée ; elle se comparait volontiers à un petit tonneau de vin de Domme. Pour cette occasion, afin de mettre un peu de flou autour de sa silhouette, sa couturière lui avait fait une robe neuve, dans un crêpe Georgette de qualité extra. Elle rendait grâce à Dieu d'avoir épousé un homme qui ne s'arrêtait pas aux apparences, si occupé qu'il était de ses affaires, de sa mairie, de ses propriétés. Tous deux formaient un bon ménage, qui s'estimait et se contentait de ce qui était. Un mariage bien arrangé, en somme, et elle souhaitait le même bonheur à sa fille.

On n'en était qu'aux préliminaires : la petite fête donnée ce soir à Bigaroque faisait partie du plan. Cette date du 2 septembre 1939, suivant de quelques jours les dix-huit ans de la jeune fille, avait été mûrement réfléchie, juste entre la fin des travaux d'été et le début des vendanges. Les Cantagreilh devaient y recevoir pour la première fois monsieur et madame Cazenac, ainsi que leur fils Philippe. Ceux-ci n'étaient jusqu'à présent que de vagues connaissances, habitant au-delà de Sarlat, sur la commune de Sainte-Nathalène. Mais madame Castang, une veuve de guerre bien née qui servait de secrétaire à maître Cantagreilh, avait joué les intermédiaires : avec discrétion, elle s'était permis de faire remarquer combien ces deux charmants jeunes gens étaient bien assortis. Quand les choses seraient plus avancées, il faudrait penser à l'en remercier. Mais comment avait-elle pu arriver à cette judicieuse constatation ? Madame Cantagreilh se le demandait encore.

Sur ces Cazenac, tous les renseignements pris étaient bons. Ce soir, on ferait mieux connaissance ; la famille découvrirait la chartreuse sous son meilleur jour, en ce bel été déclinant. Il y aurait sans doute des relations communes parmi les invités, ce qui mettrait tout le monde en confiance. Le jeune homme avait l'air tout à fait sympathique, et sa chère petite Maggie, qui avait eu l'occasion de le croiser de loin à Sarlat, à ce qu'elle lui avait dit, semblait déjà sous le charme de sa moustache... Edmée Cantagreilh envisageait avec bonheur d'ajouter un gendre au nombre de tous ceux qu'elle aimait, et bientôt des petits-enfants. Dieu était bon pour elle.

Bien ! Il était temps maintenant d'aller au bureau avertir son époux, afin qu'il se prépare. Maître

Cantagreilh avait son étude à Sarlat, dans cette grand-rue qu'on appelait la Traverse, depuis que l'Empire en avait dessiné le tracé rectiligne, coupant par moitié la vieille ville médiévale. Mais il ne s'y rendait guère que les jours de marché. Le reste du temps, la bonne madame Castang assurait la présence, recevait les visiteurs tout en tenant à jour les actes, dans de grands livres entoilés de noir. Le téléphone, qu'on venait d'installer à la chartreuse, facilitait encore cet arrangement. La plupart des affaires se traitaient ainsi, avec celles du village, dans le bureau de Bigaroque : « Vous viendrez me voir tranquillement chez moi, nous démêlerons cela... » disait volontiers le notaire. Et tout le monde s'en trouvait bien ainsi. Les paysans avec sous le bras des rouleaux cadastraux hors d'âge, pour échanger leurs parcelles intriquées depuis la nuit des temps, les femmes en deuil au moment de recueillir enfin la succession du pépé, les propriétaires du canton cherchant à arranger un bon contrat de mariage... Il avait la confiance du pays, parce qu'il ne parlait jamais pour ne rien dire. Cette bonhomie silencieuse avait aussi sans doute assuré son élection comme maire de Bigaroque, à la suite de son père. Tout cela faisait de lui un homme respecté et occupé.

Aussi n'était-ce pas si souvent que madame Cantagreilh se permettait de venir le déranger jusqu'à son bureau. Une pièce lambrissée, située à l'écart de la maisonnée, tout au bout de l'aile ouest de la chartreuse, en prolongement de la chambre à coucher du notaire, avec son petit cabinet de toilette. Comme beaucoup de vieux ménages, les Cantagreilh ne faisaient plus chambre commune depuis longtemps. Edmée habitait dans la partie centrale de la chartreuse, au-dessus du grand salon, ce qui était bien plus commode pour mener la maison.

— Mon ami, votre complet veston vous attend. Yvonne l'a brossé et vient de vous apporter un broc d'eau chaude.

Yvonne était la fille des fermiers du Bost, métairie postée à l'entrée du chemin de la propriété, vers le village. La famille Vialle y habitait depuis toujours : la grand-mère, la mère et ses deux enfants, le père n'étant pas revenu de la Grande Guerre. Depuis quelque temps, madame Cantagreilh avait pris l'initiative de faire faire à la jeune fille des journées au château, pour procurer un peu d'argent au Bost autant que pour seconder Léonie. Cette petite, vraiment, lui donnait toute satisfaction : dégourdie, travailleuse et, mieux encore, toujours souriante. Il faudrait veiller à lui faire prendre peu à peu les rênes de la maison, à la place des vieux domestiques.

Le notaire était debout dans son bureau, les mains aux entournures du gilet, tirant sur sa pipe devant le poste de radio, un meuble de bois blond qui occupait tout un coin de la pièce. Voyant arriver son épouse, il mit d'avance un doigt sur ses lèvres :

— Les nouvelles de Paris... mauvaises, très mauvaises. Je ne suis pas certain que nous ayons eu raison de maintenir nos festivités...

La voix posée ne trompa pas un instant Edmée Cantagreilh : c'était une condamnation sévère de son insistance à organiser la réception, malgré les événements. On le savait depuis l'avant-veille : des escadrilles de bombardiers allemands avaient envahi le ciel de Dantzig. Or, la Pologne étant alliée à la France, cela risquait fort d'entraîner le pays dans la guerre. Vingt ans à peine après la fin de la grande boucherie, encore dans toutes les mémoires, on craignait de devoir se battre à nouveau.

Mon Dieu...

Un soupir d'agacement la traversa, malgré elle. Comment les hommes pouvaient-ils laisser faire une chose pareille ? Ils paraissaient si loin, tous ces bruits de bottes, alors que le bonheur de leur fille unique était en jeu, et que cette fin d'après-midi de septembre s'annonçait si belle. Décidément, la radio n'apportait que des ennuis. Si cela ne tenait qu'à elle, on ne tournerait jamais ce bouton. Madame Cantagreilh trouvait tout à fait navrants les hurlements rauques de ce monsieur Hitler, dont son époux écoutait attentivement les discours, debout, sourcils froncés. Déjà, on avait eu si peur, l'année précédente, au moment des accords de Munich... et pour rien, finalement. Les Périgourdins avaient réservé un accueil tout à fait enthousiaste au député Bonnet, de retour de Paris, lequel comptait parmi ceux qui avaient sauvé la paix. Le dimanche précédent, dans l'église de Bigaroque, on avait tant et tant prié pour cette paix.

Edmée se défendit donc avec douceur, en lissant son crêpe Georgette pour ne pas rencontrer les yeux de son époux :

— Quoi qu'il arrive ensuite, ce sera fait...

— Non, ma chère ! Nous n'irons pas par là aujourd'hui ; il n'est pas raisonnable d'engager notre Marguerite avec ce jeune homme, qui en bon Français et en vrai officier ne songera qu'à courir au feu, si la mobilisation est annoncée... Plus tard, nous verrons, quand les choses se seront calmées. Et maintenant, laissez-moi donc écouter encore, je vous prie. On annonce un bulletin d'informations spécial que je voudrais capter avant de m'habiller...

Le ton n'avait pas monté entre eux. Maître Cantagreilh regardait droit devant lui, de nouveau silencieux. Edmée baissa encore un peu le front, et s'en fut sans protester vers ses derniers préparatifs.

Mais à quoi bon, alors ? se dit-elle en rejoignant le jardin. Une splendeur, en cette fin d'été : les roses remontantes donnaient tant et plus, les dahlias aussi. Après les grosses chaleurs d'août, on avait arrosé abondamment en prévision de cette fête, grâce au puits jamais tari qui faisait toute la valeur des lieux. Mais tant d'efforts en valaient-ils la peine ? Si la soirée ne se terminait pas par une entrevue entre les deux pères de famille, avec une date fixée pour une demande en mariage en bonne et due forme ?

En maîtresse de maison avisée, Edmée Cantagreilh avait pourtant déjà tout prévu en son for intérieur : des fiançailles après les vendanges, et avant qu'on tue le cochon, ce serait très bien. Pour un mariage au printemps prochain. Ce qui laisserait tout l'hiver, saison creuse, à la petite couturière de Meyrals pour travailler à la robe de mariée et aux toilettes du cortège. Tout cela très simple, bien sûr, pour une noce campagnarde.

— Madame, le boulanger vient de livrer...

Yvonne, affairée, venait aux ordres.

— Très bien, Yvonnette, il faudrait disposer les tourtes, alors...

Sa lassitude reflua, puisqu'on attendait d'elle quelque chose. Pour madame Cantagreilh, qui n'avait jamais eu à se soucier d'autre chose que de son train de maison, les devoirs à accomplir valaient toujours plus que toute cette politique qui préoccupait tant son époux. Elle n'en voyait pas bien les tenants et les aboutissants : quoi qu'il arrive à Paris, à Berlin ou à Dantzig, il y aurait toujours ici trois repas par jour à envisager, les conserves à préparer pour l'hiver, les toits à repasser avant les tempêtes d'automne. Dans sa vie, la bonne dame n'avait guère eu l'occasion de quitter le Périgord. Il y avait eu un pèlerinage à la grotte de Lourdes, leur voyage de noces à Biarritz, et des mariages familiaux dans le Lot voisin.

Gaston Cantagreilh, en revanche, avait fait la guerre. Il s'était engagé, encore tout jeune, et avait rapporté du Nord des idées arrêtées sur beaucoup de choses. Heureusement, l'armistice l'avait vite rendu à sa province, et au mariage, célébré en 1919. Durant les années suivantes, qui avaient vu naître et grandir Marguerite, Gaston travaillait à l'étude de son père. Jusqu'à reprendre seul la charge, à la disparition du vieux monsieur, survenue durant la grande dépression des années 1930. Edmée, elle, avait longtemps vécu sous l'autorité de sa belle-mère, sans rien trouver à y redire. Elle n'était devenue maîtresse de maison à Bigaroque qu'à la mort de cette dernière. Jamais il n'y avait eu un mot plus haut que l'autre entre les deux femmes. Pourtant, le couple de domestiques, Léonie et Arsène, soutenus par la vieille dame, n'en faisaient qu'à leur tête. Boudant la jeune belle-fille, qui n'était pas taillée pour l'affrontement.

C'est de l'histoire ancienne, tout cela, se dit encore madame Cantagreilh, en arrangeant machinalement le bouquet du vestibule.

La petite Yvonne, elle, lui manifestait beaucoup de respect. Quel dommage tout de même que ce Philippe, qui semblait avoir par ailleurs toutes les qualités, ait choisi la carrière militaire plutôt que le notariat ! Maître Cantagreilh aurait ainsi eu un successeur désigné, se serait trouvé soulagé de son trop-plein de travail, et on ne serait pas si ennuyés maintenant par cette guerre… Enfin, même si on ne pouvait l'éviter, elle ne durerait certainement pas aussi longtemps que la grande. Et puis Philippe Cazenac, comme les autres, se lasserait vite de la vie de garnison ; il démissionnerait et reviendrait en Périgord. Pourquoi le jeune couple ne s'installerait-il pas à Bigaroque, dans une aile de la chartreuse ? Ainsi madame Cantagreilh voyait-elle déjà les choses.

Marguerite rejoignit enfin sa mère, si fine et jolie dans sa robe « à la manière de Schiaparelli », comme disait la couturière. Avec un col de piqué, plus jeune fille, tout de même, couvrant la gorge. Pour l'occasion, au lieu de sa tresse habituelle, elle avait ramassé ses cheveux sombres en rouleaux sur la nuque. Et tournait sur elle-même, sa jupe en corolle, pour une fois en quête de l'approbation maternelle.

— Ravissant, ma chérie !

Cette enfant était charmante. Mais bien difficile à comprendre. Allons, le bonheur du mariage aplanirait ses petites difficultés de caractère, et le futur époux devait être habitué à commander ! Pourvu que ces messieurs les politiciens tirent de leur chapeau un accord de dernier moment. Il faudrait bien aussi que maître Cantagreilh sorte enfin de son bureau.

Elle vérifia encore l'ordonnancement du buffet, goûta un des petits massepains de Léonie.

— Hummm... !

Il faudra penser à féliciter Léonie ; elle avait mauvais caractère mais était fine cuisinière, on ne pouvait lui dénier cela.

Marguerite se mirait dans la glace au-dessus de la cheminée, manifestement contente de l'image renvoyée.

— Mademoiselle Jeansou s'est vraiment surpassée, pour ta robe... Et voilà ton père qui arrive aussi. Nous sommes donc prêts à accueillir les invités.

Monsieur Cantagreilh traversait lentement la cour. Face à sa femme et à sa fille qui l'attendaient en haut du perron, il ne sembla pas voir le tableau charmant qu'elles formaient, dans l'encadrement de la porte-fenêtre, avec le jardin en arrière-fond. Et annonça d'une voix basse, un peu rêche, où la tension mettait de la solennité :

— Cette fois, la mobilisation générale est décrétée. Je dois aller tout de suite à la mairie. De toute façon, si nos invités ont écouté les informations, ils auront bien autre chose à faire que de venir à Bigaroque...

Madame Cantagreilh lissa sa jupe et porta un regard de noyée en direction du buffet.

— Qu'allons-nous faire de tout cela ?

Elle n'avait pas fini de parler que le téléphone fit résonner sa sonnerie grêle. Monsieur Lajunias, de Périgueux, priait qu'on veuille bien l'excuser. Il était membre du personnel de la préfecture et, suspendu aux événements, ne pouvait s'éloigner de son bureau...

2

Décembre 2000

Maud Cantagreilh connaissait tout de l'Eurostar. L'odeur de ses fauteuils, sa double douane, ses retards, les files de voyageurs en partance, mêlant les langues anglaise et française. Elle avait douze ans quand il était apparu, avec son long nez pointu. Il lui était presque une deuxième maison ; la troisième, plutôt, ce qui faisait vraiment un peu trop. Depuis son enfance, comme pour tous les enfants de divorcés, avec chaque période de vacances scolaires, revenaient les allers et retours, en l'occurrence entre Londres et Paris. Entre la maison de maman et celle de papa, avec un tunnel angoissant entre les deux : elle connaissait par cœur les bruits assourdis du convoi au passage de la Manche, et le goût des sandwichs au concombre du bar. Ses parents s'étaient séparés l'année de ses trois ans, et sa mère avait presque aussitôt suivi celui qui allait devenir son beau-père en Grande-Bretagne. Au début, les voyages se faisaient en bateau, sous la houlette d'une étudiante recrutée au dernier moment, s'efforçant plus ou moins de s'intéresser à cette gamine qui lui rapporterait trois sous, une fois livrée à bon port. De haute lutte, à partir de l'inauguration du TGV, elle avait conquis le droit de voyager seule, quitte à avoir peur toute seule aussi. Une expérience fondatrice. Adolescente, elle avait tout testé, les départs au petit matin, les places en classe affaires arrachées in extremis, les rames prises à la volée, les arrêts inexpliqués dans le tunnel, ponctués par les crises de nerfs des voyageurs claustrophobes, les insupportables retards. Maintenant, à dix-huit ans, elle était aussi passée maître dans l'art et la manière de dénicher les billets les moins chers sur Internet.

Ces temps-ci, tout avait pourtant une couleur différente. Elle avait la tête et le cœur pleins de Duncan, vivait chaque instant pour le bonheur de le partager avec lui. Alors, elle patientait en souriant aux anges, dans l'attente des sempiternels contrôles antiterroristes…

Un mois de vacances s'ouvrait devant elle, après un premier trimestre d'université. Contractuellement, elle devait en passer la moitié à Paris, fête de Noël incluse. Le fait qu'elle soit désormais majeure ne changeait rien à la convocation de son père.

« Je reviens, je reviens, je reviens vite… » avait-elle soufflé en embrassant une énième dernière fois Duncan sur le quai. Depuis trois mois qu'elle se perdait dans ses cheveux, il lui semblait que jamais elle ne se lasserait des boucles de sa nuque, de l'étendue immense de son pull rêche sur sa poitrine. Maud détestait les séparations, et les voyages.

« Tu n'as pas vu ton père depuis l'été, tu dois quand même être contente de le revoir ? *Just a little ?* »

Duncan adorait les départs, et les voyages, et tant d'autres choses.

« J'ai toujours l'impression d'être nulle, avec lui. Pourtant, à qui la faute si je parle mal le français ? Et puis, il réclame ma présence comme un dû, et m'accueille toujours comme si je le dérangeais… »

Ils avaient pris l'habitude de mêler les deux langues dans leurs conversations amoureuses. Lui sans le moindre complexe fabriquait joyeusement une infâme bouillie grammaticale. Cela ne faisait pas rire la jeune fille, qui s'en offusquait un peu et rectifiait ses phrases avec le plus grand sérieux. Quitte elle-même à bousculer ensuite encore plus la syntaxe anglaise. Voilà donc la vraie raison de ses éternels problèmes sémantiques ! Duncan saisissait un peu mieux désormais la cause de cette crispation inattendue chez la jeune fille. Manifestement, on ne plaisantait pas avec ces choses-là, chez les bourgeois parisiens. Depuis la rentrée de l'UCL, l'université de Londres, où il était tombé raide amoureux de sa petite demi-Française, tellement française malgré tout, il mesurait sans cesse combien lui échappait toujours une part de sa personnalité. Une fois de plus, elle le déconcertait, dans ses angoisses et ses refus.

Puis le moment du départ était arrivé :

« *Please ?* »

L'employé avait tendu deux doigts inquisiteurs, pour signifier qu'il attendait le billet de Maud, sans pour autant les gratifier du moindre regard.

Il était plus que temps de se séparer ; elle avait reniflé encore un grand coup l'odeur de son pull, comme un petit animal perdu. Il avait plongé encore une fois dans ses yeux liquides, couleur chocolat. *My God*, qu'elle était belle ! C'étaient ce regard de biche un peu traquée, cette peau mate de Méridionale, ces cheveux sombres aux reflets de châtaigne qui lui plaisaient tellement chez elle. Tout ce qui sans doute lui venait de ses origines françaises.

« A bientôt ! *See you soon...*

— Juste le temps que papa me vire, et je reviens ! »

Duncan n'avait pas de goût particulier pour les épanchements ; un dernier baiser, et il s'en était allé tranquillement son chemin à travers la foule ; tandis que sur l'escalier roulant Maud attendait qu'il se retourne une dernière fois, puis encore une autre. Lui était pris dans ses pensées, étonné encore de cette sensibilité à fleur de peau. Et de ces complications autour d'une situation somme toute banale. Ses parents à lui n'avaient pas divorcé, et s'entendaient même très bien, avec une famille nombreuse autour d'eux. Mais nombre de ses amis connaissaient cela, et s'en étaient plutôt bien accommodés dans leur enfance. Double famille, double maison, et doubles cadeaux à Noël, voilà tout !

Maud semblait vivre cela comme un écartèlement. Pourtant, depuis quinze ans, elle aurait pu s'habituer... C'était presque au dernier moment qu'elle lui avait annoncé son départ imminent pour passer Noël en France, chez son père. Comme un obstacle devant lequel on renâcle. Alors que lui, organisant ses vacances, imaginait déjà l'inviter chez ses parents, la présenter à son grand-père, à ses sœurs aînées, à ses neveux... Chez les Hathaway, on était très famille.

« Impossible ! Papa me convoque à Paris, à dates fixes. Et une fois que je suis là, à sa disposition, il bosse toute la journée, pendant que je reste seule dans un immense appartement sombre ; normal, paraît-il, puisque c'est “chez moi”, mon home. Quand il rentre le soir, c'est pour m'assener des leçons sur tout. On n'a rien à se dire, je ne sais rien de lui, il ne sait rien de moi, et nous perdons tous les deux notre temps à jouer au père et à la fille. Mais mum' est intraitable : c'est le jugement du divorce qui a décidé de cela, et papa est à cheval sur la loi. Elle ne veut pas d'ennuis, et tient absolument à ce que je continue à voir mon père, alors qu'elle-même n'a pas tenu cinq ans avec lui. Ce silence, cet isolement... Il a une vie tellement sinistre, mon pauvre papa, malgré tout son argent ! »

Un petit trémolo à la fin de la phrase avait résonné à l'oreille de Duncan. Ce mystérieux « papa » français représentait pour Maud plus qu'elle ne voulait bien le reconnaître. Pour s'émouvoir ainsi, elle devait l'aimer un peu quand même, et pas seulement par obéissance. La mère de Maud, remariée à un banquier de la City, semblait, elle, banalement équilibrée ; elle tenait quelque chose comme une galerie d'art, et ne passait qu'en coup de vent dans leur maison blanche de South Kensington, pour s'occuper de sa fille. Duncan, intrigué, avait alors cherché à en savoir plus : maître Charles Cantagreilh était inscrit au barreau de Paris et habitait le quartier de Monceau ; le genre d'avocat d'affaires qui a réussi, et travaille vingt heures par jour, au détriment d'une vie sentimentale suivie. De sa brève et unique histoire d'amour avec la mère de Maud était née la ravissante jeune fille qui occupait toutes ses pensées.

« Et voilà, c'est tout… Au moins, depuis que je suis entrée à l'UCL, il s'intéresse à mon *bachelor degree* d'histoire… »

Le papa payait rubis sur l'ongle tout ce qui était nécessaire à sa fille, malgré le cours de la livre sterling, si défavorable pour les Français. Duncan en savait quelque chose, lui dont les parents en avaient profité pour acquérir une maison dans le sud de la France : en voyage l'été précédent, ils étaient tombés amoureux d'un ancien presbytère, à vendre « pour une bouchée de pain », comme on disait en français. Décidément, Duncan aimait jouer avec cette langue française, que son grand-père lui avait apprise tout petit ; et plus encore l'entendre, quand Maud la modulait comme une chanson.

II

Décembre 1939

Jusqu'à la veille des vendanges encore, Marguerite vivait dans un rêve éveillé. Elle avait toujours un peu plané au-dessus des choses, gens et événements, ne redescendant sur terre que sur les injonctions de sa mère, et souvent avec une certaine mauvaise grâce. Protégée par l'univers intemporel de cette chartreuse qu'elle aimait d'évidence, et sûre de pouvoir modeler la vie à la forme de ses désirs. Jamais elle n'aurait pu concevoir une fracture si brutale dans le cours des choses.

Avec l'annonce de la mobilisation générale, peu après son anniversaire, d'un coup le monde était devenu chaos. Cette fête si bien orchestrée tournant au désastre, le silence plombé des invités qui avaient pris la route avant de connaître la nouvelle, les larmes sur des visages ridés qu'elle n'imaginait pas pouvoir pleurer. Et puis, au retour de son père, les conciliabules des hommes d'âge – aucun des plus jeunes n'était venu à la réception –, la crise nerveuse de madame Castang, l'agitation fébrile de sa mère, cherchant vainement par un trop-plein de paroles à faire reculer la terreur de cette soirée trop tiède. Turck et Diane, les deux chiens de la maison, désorientés, quémandant des caresses qu'on leur refusait. Et l'absence de Philippe, évidemment, qui suffisait pour elle à ce que tout sonnât creux. Il avait fini par téléphoner, si tard dans la soirée :

« Tu t'es doutée, n'est-ce pas ? Je dois rejoindre Angoulême, où se forme mon unité. »

Margot avait d'abord été plus agacée qu'attristée par ce contretemps. Elle admirait justement Philippe pour son énergie, son enthousiasme dans l'action. Avec lui, il se passait toujours quelque chose, par opposition à sa propre famille, trop rangée. Même si elle lui en avait voulu un peu d'apparaître déjà si détaché d'elle, dans l'excitation de l'aventure à venir. Mais comment pouvait-elle mesurer alors que le fleuve des événements emporterait tout sur son passage ? Il était heureux de servir son pays, certain de la supériorité de l'armée française :

« On l'a bien vu pendant la Grande Guerre, c'est la meilleure du monde. Et nous avons tout l'empire colonial derrière nous ! »

Il envisageait dans la même phrase son départ et son retour glorieux :

« Tu verras, le jour de notre mariage, sous la voûte d'acier que formeront pour toi mes camarades... »

Elle percevait dans sa voix toutes les promesses du monde.

Après la mobilisation, cela avait été la déclaration de guerre, qui obérait tout espoir de retour en arrière. Et le départ des hommes. La jeune fille aurait bien voulu rejoindre Philippe encore une fois à Sarlat. Au bout d'à peine trois jours de séparation, déjà lui manquaient son torse penché sur elle, la tension de ses muscles, le goût de ses baisers...

Depuis que Philippe était revenu de Saint-Cyr, au printemps précédent, ils avaient l'habitude clandestine de se retrouver à Sarlat. Margot prenait chaque jour à Siorac l'autorail de la vallée. Officiellement, elle allait faire des écritures à l'étude de maître Cantagreilh, sous la direction de madame Castang. Cela fait partie de l'éducation d'une jeune fille, n'est-ce pas, que de savoir rédiger des lettres bien tournées, et aussi un peu de dactylographie ? Edmée Cantagreilh, à qui suffisait amplement la charge d'enseigner à sa fille les devoirs d'une maîtresse de maison, passait volontiers le relais à madame Castang pour l'après-midi. Laquelle réussissait très bien, puisque Margot semblait mettre plus d'entrain à aller à Sarlat qu'à réussir des bouquets sous la direction de sa mère. La jeune fille attrapait le premier train après le déjeuner, et revenait par le dernier avant le souper. Sur un petit bureau, dans un coin de l'étude, elle s'appliquait. Lorsque, à quatre heures tapantes, madame Castang ajustait soigneusement la housse de la machine à écrire, coiffait son chapeau, et rentrait chez elle, Marguerite restait penchée sur son travail du jour :

« Je termine, et ensuite j'ai une course à faire pour maman dans la Traverse. Ne vous inquiétez pas, je m'occupe de fermer l'étude.

— Merci, mon petit, je compte sur vous. Et vous avez encore bien travaillé aujourd'hui, vous pourrez le dire à votre papa de ma part ! »

Maître Cantagreilh avait solennellement confié à sa fille un double des clés de la petite maison de Sarlat. Deux bureaux au rez-de-chaussée, avec les archives alignées dans un couloir, à l'étage une chambre avec ses commodités, qui servait parfois au notaire quand il passait la nuit en ville, à l'arrière une petite cour mangée d'humidité, décorée d'une collection disparate de pots de terre cuite. Philippe, de Sainte-Nathalène, descendait souvent plusieurs fois par jour jusqu'à Sarlat, avec sa motocyclette. Il déposait alors sous l'une de ces potiches, jamais la même, des petits papiers pliés en huit, tirés de son carnet, que Margot dénichait en arrivant, et qui servaient de prélude à leurs rencontres. Le jeune homme n'était pas un grand épistolier, mais il ne doutait de rien et s'exprimait tout net : « notre mariage », « ma femme », « quand nous aurons des enfants ». Ces mots d'amour, quand elle les découvrait en arrivant de la gare, la faisaient à la fois rougir et trembler de plaisir.

Quelques minutes à peine après le départ de madame Castang, Philippe garait dans la cour sa Terrot bleue pétaradante. Le champ était libre alors pour les deux jeunes gens. Riant tout bas, se cherchant déjà des yeux, des mains, de la bouche, ils se glissaient dans leur royaume du premier étage. Et n'en ressortaient qu'en courant, juste à temps pour que Marguerite attrape son train.

Leurs parents les croyaient encore au stade des présentations, des rougissements pudiques ; il y avait déjà entre eux deux la complicité du secret, la force du désir, le plaisir partagé, avec l'émerveillement des projets d'avenir. La nature passionnée de l'une, la vigueur conquérante de l'autre s'accordaient exactement. C'est dans cette petite chambre qu'il l'avait demandée en mariage, en preux chevalier, avec une grandiloquence maladroite. Comme une princesse, assise sur un trône de draps chiffonnés, elle avait dit oui, sans l'ombre d'un doute. Ne restait plus alors qu'à mettre leurs familles devant le fait accompli. En organisant un peu de mise en scène, pour rattraper les étapes sautées. La petite réception des Cantagreilh, entre moisson et vendanges, serait un prétexte parfait. Madame mère était tombée dans le panneau avec sa naïveté habituelle ; seul maître Cantagreilh, préoccupé des menaces de guerre, renâclait aux mondanités, et avait failli faire rater l'affaire.

« Ça y est ! Nous avons fixé une date avec maman : le 2 septembre. On va lancer les invitations, dont une pour tes parents.

— Promets-moi que tu te coifferas comme aujourd'hui ? »

Elle avait essayé pour lui ce jour-là un chignon enroulé sur la nuque, qui lui donnait l'air d'une jeune femme. Et qu'il s'appliquait à défaire, épingle par épingle, pour voir étalé sur ses épaules le drapeau sombre de ses cheveux ; et s'y abîmer.

Tout cela appartenait déjà aux souvenirs heureux. C'était il y a si longtemps... Le jour de la mobilisation, dans le vestibule ouvert à toutes les oreilles, à la veille du départ de Philippe, elle avait répondu par monosyllabes à ses adieux téléphonés, à la fois fanfarons, tendres, pressés. Comme elle regrettait aujourd'hui de n'avoir pas mieux goûté chaque intonation, fait répéter chaque mot, comme autant de trésors ! Et comme elle regrettait surtout de ne pas s'être jetée dans le train de Sarlat pour le retrouver une dernière fois ! Qui sait ? Avec le recul, elle imaginait qu'elle aurait pu barrer le cours des choses, retenir encore le temps qui emportait son amour, ses rêves. Madame Cantagreilh, consultée puisque dans l'urgence il ne pouvait en être autrement, s'était fermement opposée à ce projet : « Retrouver ce jeune homme en ville, alors que vous n'êtes pas même fiancés ? Tu n'y penses pas ! Que fais-tu de ta réputation ? » Prise de court, Marguerite n'avait pas outrepassé ouvertement l'interdiction, à l'inverse de tant d'autres fois. Et s'en désespérait encore.

Ensuite, les événements s'étaient succédé, comme fous, tant à Bigaroque que dans le reste de la France. Et elle n'avait pas revu Philippe : cela restait une déchirure béante, et une rancune de la fille contre la mère. Maître Cantagreilh, à son habitude, informait très laconiquement les habitants de la chartreuse de ce qu'il apprenait par la radio. D'Angoulême, le régiment de l'aspirant Cazenac était parti sur le front de Champagne. Une carte administrative arrivée à Bigaroque en avait très vite prévenu Marguerite. Cela n'avait rien d'une correspondance amoureuse, ces quelques mots griffonnés qu'elle intercepta et enferma aussitôt dans le petit secrétaire de sa chambre, à côté des mots doux de la belle époque de Sarlat. Madame Cantagreilh ne pouvait donc s'en formaliser, et elle avait de toute façon d'autres chats à fouetter.

En Périgord, à l'automne 39, on était très occupé de l'arrivée des Alsaciens. Se déployait un plan préparé à l'avance, et exécuté dès les premiers jours de la guerre. Il fallait au plus vite évacuer les civils de cette partie du Bas-Rhin qui risquait de devenir une zone de combat. Deux cent cinquante mille d'entre eux avaient été dirigés vers la Dordogne, avec tous les services administratifs de la ville de Strasbourg.

Mais Périgueux ne pouvait accueillir autant de monde, et les derniers arrivants avaient été réembarqués, avec juste une soupe chaude en gare, vers la campagne avoisinante. Les maires des communes situées sur le tracé du chemin de fer étaient priés à leur tour de préparer des hébergements pour ceux qu'on commençait à appeler les « repliés » : « Tous les Périgourdins tiendront à réserver bon accueil aux réfugiés de Strasbourg ; tous s'efforceront d'adoucir pour nos infortunés compatriotes les douleurs des heures présentes. Il s'agit là, tout à la fois, d'une obligation et d'un devoir. Nul ne s'y dérobera. »

La mairie de Bigaroque, comme les autres, s'y employait. Cent fois, les arrivants racontaient les terribles conditions de leur exode : des affiches sur les murs de Strasbourg et des villages environnants ordonnant le départ : « Chaque personne portera des vêtements chauds, une couverture, une gamelle, et pour trois jours de vivres... Pour les enfants de moins de sept ans, il est de la plus grande importance de coudre à leurs vêtements une étiquette, indiquant leurs nom, date de naissance, lieu d'origine et lieu de recueil. » A l'arrivée en gare de Siorac, les wagons à bestiaux avaient déversé femmes, enfants et vieillards – les hommes restaient mobilisés sur place –, épuisés par trois jours de voyage, presque sans nourriture et sans sommeil. Ils avaient dû tout abandonner derrière eux, maisons et provisions, les vaches qu'il aurait fallu traire, les chiens hurlant à la mort. Bien peu d'entre eux connaissaient auparavant l'existence même de ce pays méridional où ils arrivaient.

Les Cantagreilh se dépensaient sans compter pour les accueillir. Le maire pour recenser toutes les granges, masures et greniers du village ; son épouse pour rassembler et répartir selon les besoins couvertures, casseroles et savon. Marguerite, malgré son humeur sombre, avait été priée de prêter main-forte. En l'absence des hommes, on avait besoin de tout le monde, et chacun devait supporter son lot de chagrins. De toute façon, il n'était plus question pour elle d'aller passer ses après-midi à Sarlat : le tramway ne roulait plus qu'à intervalles irréguliers, du fait des réquisitions. Elle n'aurait pas été sûre de pouvoir rentrer le soir, et sa mère n'aurait pas permis qu'une jeune fille passe la nuit seule en ville.

Même les Espagnols, clandestins dans les bois depuis les combats de 1936 de l'autre côté des Pyrénées, proposaient leurs bras, aux côtés des Périgourdins, et on ne les refusait pas. Le vieux Boissavie, maréchal-ferrant à Bigaroque, qui faisait aussi la bourrellerie, avait pris l'un d'eux comme ouvrier, pour remplacer son fils mobilisé. Joao, tout en maniant l'alêne et la griffe à roulette comme personne, avait appris le patois d'ici, et répétait, à qui voulait l'entendre :

« Après l'Espagne, vous verrez, c'est la France qui tombera sous les fascistes... »

On frissonnait, sans trop vouloir l'écouter. La forge de Boissavie, avec son travail[1] sous l'auvent, ouvrait sur la place du village, à côté de la boulangerie, face à l'épicerie-tabac-café, et recueillait tout ce qui s'y disait ou faisait. Joao était un beau gars musclé et rieur, même s'il avait perdu un œil à Guadalajara. Il tentait en vain d'arrêter Marguerite sur son chemin, quand elle venait chercher la grosse tourte de pain pour la chartreuse :

« Oh ! Damiseïlo ! »

Mais la jeune fille, trop occupée d'elle-même, de son amour lointain, pour se laisser distraire, passait le regard haut, au vu et au su de tout le village.

« Elle est fière comme ça, la fille du château ? »

Boissavie, en mâchonnant sa chique de tabac, désapprouvait :

« Té, c'est à croire qu'on nous l'a changée, la Margote ! »

Marguerite, enfant unique et fille du maire, avait pourtant été, du temps où elle fréquentait l'école communale, la petite reine du village. Au centre d'un cercle formé par les enfants des métayers, des artisans, des fermiers, elle connaissait tout le monde et tout le monde la connaissait. En devenant pensionnaire, l'année de ses douze ans, chez les Dames de la Providence, à Bergerac, elle avait pris déjà un peu de distance. Mais lors de chacun de ses retours, à la messe du dimanche, à la fête votive, elle savait encore saluer chacun, et répondre de bonne grâce. On lui

1. Barrières de bois entre lesquelles on entravait la bête à ferrer.

pardonnait ses rêveries, ou ses bouderies, tant qu'elle continuait à se mêler aux enfants du village, pour ramasser les châtaignes, les champignons ou le bois mort. Puis, insensiblement, elle avait rejoint le monde adulte, et le fossé entre les conditions de chacun s'était creusé. Jusqu'au dernier été d'avant-guerre, où la jeune Margot, comme on continuait à l'appeler, passant le plus clair de son temps à Sarlat, avait semblé ne plus s'intéresser à personne. Voilà que maintenant elle était devenue tout simplement inabordable.

« Faut que jeunesse se passe... »

Boissavie haussait les épaules ; la petite redeviendrait comme sa mère, qu'on s'accordait à trouver simple, gentille et serviable.

A la chartreuse même, Arsène, jardinier et mari soumis de Léonie, avait nettoyé à marche forcée l'aile est de la maison, inhabitée depuis la mort de madame, mère de monsieur. Il avait chaulé de frais la salle du bas, ramoné la cheminée, récuré sa vieille oule[1] et, dans la grande chambre attenante, remonté des bois de lit, rempli des paillasses de panouilles[2] fraîches. Ce n'était pas tout : dans les combles, qui servaient de grenier à foin du temps des chevaux, on avait trouvé à aménager encore une grande pièce, avec force paravents et tentures, chauffée par le conduit de cheminée.

Toute une famille alsacienne, sœurs, nièces et grand-mères, était ainsi logée, heureuse de n'être pas séparée. Ravie aussi de trouver, avec un toit, l'eau courante et l'électricité. Ce n'était pas si fréquent, dans cette province qui accusait cinquante ans de retard sur l'Alsace ! Les Fender étaient toutes

1. Marmite de fonte à trois pieds.
2. Fanes de maïs.

blondes, dodues et fort joviales, mais employaient une langue gutturale incompréhensible pour les patoisants périgourdins.

« Des boches ! Elles parlent le boche ! »

Arsène maugréait, lui qui avait laissé à Verdun sa jeunesse, et presque toute son ouïe, fracassée par le son du canon. Il leur portait quand même des pommes d'hiver un peu blettes, pour le privilège d'entrer chez elles. Marguerite aussi y passait volontiers du temps : ces dames, qui parlaient parfaitement le français mais passaient tout aussi bien à l'allemand, étaient très bien renseignées sur les mouvements de troupes à travers l'est de la France. « Ach non ! » Elles n'avaient pas rencontré Philippe, qui ne donnait plus signe de vie depuis le début de l'automne.

« Ma bauufre beuudite, disait la grand-mère en caressant gentiment la main de la jeune fille, nous afons connu déchà cela en 14, il refiendra, che vous le tis, et affec la métaille militaire ! »

En quelques semaines, à coup d'huile de coude, les Alsaciennes avaient rendu coquette l'aile de Bigaroque, accrochant même en prévision du printemps des jardinières de semis aux ouvertures du premier étage, pour donner un aspect de fenêtres civilisées aux vieilles trappes à foin. Même maître Cantagreilh, qui n'appréciait guère ces « améliorations » dans sa chère cour intérieure, laissait faire.

Quand le gel apparut, d'autres de leurs malheureux compatriotes, échoués dans les grottes des falaises de la Dordogne, les rejoignirent encore, apportant de nouveaux soucis à madame Cantagreilh et puisant dans les provisions de la resserre de Léonie.

3

Juin 2001

Les examens étaient terminés. Main dans la main, Maud et Duncan remontaient l'allée circulaire de Hyde Park, vers Marble Arch. Tout était léger, l'air, la lumière, les gens, leur humeur. Même les cygnes, sur la Serpentine, exécutaient leurs « 8 » sempiternels avec plus d'entrain que d'ordinaire. Tout était léger ; à ceci près que depuis un moment Duncan tournait dans sa tête une phrase – bien construite, entièrement en français – et cherchait le meilleur créneau pour la placer, avec le plus de naturel possible.

— Et si on partait en vacances, tous les deux ? Par exemple, pour voir la nouvelle maison de mes parents, en France ?

Maud immobilisa sa main dans la poche arrière du jean du jeune homme. Elle aimait sentir ainsi sa chaleur, suivre la marche rassurante de ses muscles en mouvement. Elle s'arrêta et l'observa de biais, jusqu'aux boucles de rouille derrière lesquelles il cachait son regard. Elle avait parfaitement saisi l'importance de l'invitation. L'ambiance agitée de la vie familiale des Hathaway, déjà testée à Londres le temps d'une après-midi, la déconcertait mais ne lui déplaisait pas. Cependant, cela n'avait rien à voir avec des vacances au long cours.

— Tu veux dire, dans votre maison en France ?

— Oui, ce serait sympa ? Après tout, tu es française, donc chez toi au moins autant que nous... On pourrait prendre la ligne directe Londres-Bergerac, par l'aéroport de Stansted. Pas cher, en low cost. Ensuite, c'est à moins d'une heure de route.

— Humm ?

Maud plissait le nez, signe de souci. Duncan joua son va-tout :

— Pour une Française, c'est quand même dommage que tu ne connaisses que Paris, et que tu n'aies jamais mis les pieds au sud de la Loire. Voilà l'occasion !

— Il faut que je voie avec mon père. En principe, je passe toujours chez lui le mois de juillet. Viens plutôt passer quelques jours à Paris, toi, d'abord...

— D'abord ?

Maud avait dit « d'abord ». Et s'il fallait en passer par un séjour à Paris, il avait connu pire !

— *Why not ?* A la cité universitaire, il y a des chambres accessibles aux étudiants de l'UCL. On visitera Paris, et puis, ensuite, on prendra le train pour rejoindre mes parents...

Maud lui sauta au cou. La présence de Duncan à Paris la ravissait. Cela, lui semblait-il, ferait reculer les ombres, le silence, l'ennui. Pour le reste, on verrait ensuite...

— Génial !

Le garçon en profita. Il attrapa les deux mains de sa douce, noua ensemble ses poignets derrière son dos, pour l'empêcher de se défendre, et lui prit la bouche, là, au milieu de l'allée. Cette fille, il l'avait dans la peau. Et elle n'avait pas dit non. Avec des conditions préalables, certes, mais pas insurmontables.

Maud, elle, se laissait faire avec délice. Mais, dans son existence si cloisonnée, où depuis toujours l'on décidait pour elle de ses vacances, un départ « hors des sentiers battus » – c'était cette expression française qui lui venait – apparaissait problématique : il faudrait l'imposer à son père, et pour cela avouer l'existence de Duncan.

Sans avoir encore jamais rien expérimenté de semblable, la jeune fille pressentait déjà des difficultés entre les deux hommes.

III

Décembre 1940

Margot avait froid, si froid. D'ailleurs, même de mémoire de Léonie, qui était née avant la défaite de Sedan, on n'avait jamais eu si froid en Dordogne que durant cet affreux hiver. La rivière était glacée par plaques, et aussi la surface du puits de Bigaroque, au matin. Ceux qui travaillaient dans les bois à couper les feuillards en revenaient avec des engelures terribles ; au nord du département, un enfant avait été retrouvé mort de froid dans son berceau.

« Là-haut, nos soldats, on n'ose imaginer ce qu'ils subissent... »

Dans sa chambre sous les combles, la jeune fille entassait les lainages et les édredons sans parvenir à se réchauffer. Les bouillottes n'y changeaient rien, pas plus que le moine[1] rempli de braises que lui apportait Yvonne, sur ordre de madame. Malgré ce froid, Marguerite ne bougeait pas de son lit, parfois de toute la journée. Incapable de parler, incapable de manger quand sa mère l'obligeait à descendre au cantou[2] de la cuisine, le seul endroit de la maison où l'on arrivait

1. Cage utilisée pour bassiner les lits.
2. Espace aménagé avec des bancs dans une grande cheminée.

à maintenir un peu de tiédeur. A l'entrée de cet hiver de guerre, il avait été décidé de ne plus chauffer la salle à manger, haute et remplie de courants d'air, pour ne pas épuiser trop vite la réserve de bois. C'est qu'il fallait partager avec les habitantes de l'aile est. Père, mère et fille s'étaient donc repliés dans la cuisine enfumée, où ils prenaient désormais leurs repas à la même table que les domestiques, et tous les gens de passage. Léonie, ainsi délogée de son domaine réservé, grommelait plus que jamais. Mais comment faire autrement ?

Marguerite avait été heureuse à l'excès, elle était malheureuse de même, et se laissait couler avec un désespoir presque voluptueux : c'était le froid de la mort qui la faisait trembler ainsi jusqu'aux tréfonds. Celle de Philippe Cazenac. Secouer la torpeur glacée qui l'envahissait aurait été abandonner Philippe, le renier, et s'éloigner un peu plus encore des jours heureux. Ces jours dont elle restait seule à se souvenir, et qu'elle essayait, épouvantée, muette, frigorifiée, de retenir dans le filet de ses souvenirs. Un hiver entier était passé, sans nouvelles du jeune officier, hormis trois cartes de la poste militaire, dépourvues de cachet de provenance, avec des formules préétablies cochées d'une croix, et des initiales pour toute signature. Maître Cantagreilh parlait alors d'une « drôle de guerre », d'attente, de tergiversations diplomatiques, évoquait l'Angleterre, la Finlande, la Russie.

Pauvres gens...

Edmée soupirait, devant cette accumulation de noms. Et Marguerite ne disait rien.

Puis était venu le printemps, et l'invasion. Le 3 juin, passé les fêtes de l'Ascension et les processions des Rogations, la radio avait annoncé des bombardements dans le Nord ; et, le 13 juin, le passage de la Seine par l'armée allemande. De nouveaux réfugiés affluaient en Dordogne, infiniment plus nombreux, dans la désorganisation la plus totale. Sur la route menant à Sarlat, en contrebas dans la vallée, on voyait passer des voitures surchargées. La boulangère de Bigaroque, qui leur avait vendu des tourtes, prétendait même que certaines étaient conduites par des femmes. Il se disait que la grande-duchesse Charlotte de Luxembourg était arrivée ainsi en Périgord avec sa suite, pour se réfugier dans un château des environs. Monsieur Cantagreilh avait repris les clés de l'étude de Sarlat à sa fille ; il y allait désormais aûx nouvelles tous les jours ou presque, rapportant de la ville submergée de réfugiés les récits tragiques de leur exode.

« Un cauchemar, un ciel de feu et les bombes de la Luftwaffe, plus de morts civils que militaires...

— Mon Dieu ! Mon Dieu ! Mon Dieu ! » répétait madame Cantagreilh.

Jusqu'à ce 16 juin, et la démission de Paul Reynaud, président du Conseil : « L'Assemblée nationale donne tous les pouvoirs au gouvernement de la République, sous l'autorité et la signature du maréchal Pétain, pour promulguer une nouvelle Constitution de l'Etat français. »

Tous à Bigaroque, des Alsaciennes jusqu'à la petite bonne, avaient été appelés à écouter la radio, par la porte-fenêtre ouverte du bureau de maître Cantagreilh. La voix se détachait avec solennité, malgré les grésillements du haut-parleur poussé à fond. Elle fut bientôt remplacée par celle, plus haut perchée, du Maréchal, que l'on avait appris à reconnaître sur les ondes de Radio-Paris : « C'est le cœur serré que je vous dis aujourd'hui qu'il faut cesser le combat... » Une autre voix encore, plus grave et tout aussi auguste, poursuivait : « Les services administratifs français doivent se conformer aux réglementations des autorités militaires allemandes, et collaborer avec ces dernières d'une manière correcte... »

Maître Cantagreilh, en tant que vétéran de la guerre de 14, avait conclu, en tournant le bouton du récepteur :

« C'est un homme rempli d'expérience, et un militaire économe des vies de ses compatriotes. »

On s'était donc sentis un peu rassérénés, malgré la tristesse, et les femmes s'étaient embrassées en silence.

A la mairie de Bigaroque, selon les instructions reçues du préfet, mais aussi par conviction, le portrait du maréchal Pétain, chef de l'Etat français, en grand uniforme, avait été accroché dans la salle. Même si monsieur Lascombe, un ingénieur des chemins de fer qui venait de prendre sa retraite à Péchalifour, hameau tapi dans les bois derrière Bigaroque, s'était montré plus circonspect, quelques jours à peine plus tard :

« On dit qu'un mouvement se dessine pour refuser l'armistice. Un appel a été lancé à la radio anglaise.

— Par un général de brigade à titre temporaire, vague sous-secrétaire d'Etat du gouvernement déchu ! J'ai entendu cela aussi, chez le maréchal-ferrant. Que voulez-vous qu'il en sorte ?

— Notre député de Périgueux, Delbos, n'a pas voté les pleins pouvoirs. On lui prête l'intention de gagner l'Afrique du Nord, pour rassembler des forces...

— Mon pauvre ami, ce ne serait pas raisonnable ! »

Avec le même air concentré, les mêmes épaules imperceptiblement voûtées, la même canne de marche pour ponctuer leurs pas et leurs paroles, les deux hommes poursuivaient d'interminables débats, en allers et retours cadencés sur la terrasse.

On se résigna cependant assez vite à la défaite, avec un soulagement secret. Les Alsaciens, qui pesaient si lourd sur les provisions des ménagères périgourdines, se préparaient à rentrer chez eux, comme les autorités les y encourageaient. Et les hommes allaient revenir ; peut-être juste à temps, espérait-on, pour les travaux d'été ? C'est alors que madame Castang, qui le tenait de la rumeur de Sarlat, avait informé maître Cantagreilh de la mort de Philippe Cazenac :

« Tombé pendant les derniers combats... Pauvre, pauvre jeune homme ! »

De retour à Bigaroque, le notaire avait rapporté la mauvaise nouvelle, une parmi tant d'autres :

« Il semble que son unité, prise à revers par les troupes allemandes alors qu'elle se portait vers la Belgique envahie, ait été décimée. Cela s'est passé début mai, au moment de l'offensive allemande. Mais dans notre pauvre pays désorganisé par les événements, la famille vient seulement d'être prévenue... »

Marguerite n'avait pas réagi à ces paroles désinvoltes, ou tout simplement précautionneuses. Ou plutôt elle avait réagi par un mutisme total, dont rien ne semblait depuis pouvoir la faire sortir. Surtout pas la tendresse désolée que sa mère lui témoignait. Les parents de Philippe répondirent par un mot aussi poli que distant aux condoléances émues de madame Cantagreilh. Pour les Cantagreilh, comme pour les Cazenac, il n'y avait rien eu entre les jeunes gens, hormis un projet vague encore. Et puis, à Bigaroque, personne ne connaissait ce garçon, qui était d'au-delà de Sarlat. Personne donc n'en parla plus.

La grande question du moment, c'était plutôt de savoir quand reviendraient les hommes du village. On attendait toujours, alors que les foins commençaient. Ceux qui étaient démobilisés donnèrent enfin de leurs nouvelles, quelques garçons en tout. Mais les autres ?

A la mairie, à force d'efforts, après des jours et des semaines d'angoisse pour les familles, on avait fini par obtenir grâce à la Croix-Rouge la liste de ceux qui avaient été faits prisonniers. Tant d'hommes pris dans les filets de la défaite ! Parmi eux le Paulin Vialle de la métairie du Bost, seul homme de la maison ; le fils Boissavie, qui faisait tant besoin à la forge ; et aussi le jeune curé de Bigaroque, tout juste arrivé dans la paroisse...

On continuait à espérer, malgré tout :

« Deux millions de captifs ; près de dix mille pour le seul département de la Dordogne ! Ils sont trop nombreux, l'Allemagne ne pourra pas les nourrir tous, ils vont rentrer... »

Et puis non. Radio-Paris assena bientôt le coup : « Tous les prisonniers de guerre français resteront dans les camps jusqu'à la conclusion de la paix. » Au fil du temps, on les localisa tous. Les Périgourdins apprirent à décliner les numéros des stalags, à prononcer des noms nouveaux, comme « Silésie » ou « Bavière ». On s'occupa d'y envoyer les meilleurs produits des fermes, puisqu'il n'y avait rien d'autre à faire. Toutes les réserves y passaient, sans qu'on puisse savoir si elles arrivaient à leurs destinataires : pâtés, confits, confitures, savon, tabac, chaussettes de laine épaisse.

Madame Cantagreilh avait pris sous son aile protectrice ceux qui n'avaient pas de famille pour les soutenir. L'abbé Vigouroux, par exemple, qui n'avait eu que le temps de se faire apprécier de ses paroissiens avant d'être enfermé dans un camp. Lui au moins envoya bientôt au maire, depuis son oflag, de longues lettres en latin, pour décourager la censure, où il décrivait sa vision des événements. A la chartreuse même, Yvonne avait perdu son éternel sourire, et se faisait plus rare. Les trois femmes du Bost, en l'absence d'homme, peinaient aux gros travaux de la ferme.

Madame Cantagreilh, pour sortir sa fille de ce silence où elle s'était enfermée et ne connaissant pas meilleur remède au chagrin, tentait de l'entraîner dans ses activités :

« Margoton, pourrais-tu faire le paquet de Paulin, je te prie ? Cela lui fera plaisir, et j'ai presque promis à sa mère un mot gentil de ta part, comme le faisaient les marraines de guerre autrefois, vois-tu... »

Et d'ajouter en soupirant, devant l'air fermé de la jeune fille :

« Ces pauvres gens, ils sont tellement dévoués... »

Marguerite détournait la tête. Elle ne pouvait pas, tout simplement. En venait à haïr Paulin Vialle, simplement parce qu'il était vivant. Ce garçon qu'elle connaissait depuis toujours, noiraud et râblé, avait encore son avenir devant lui, même en Silésie, même sans lettre d'elle. Alors que Philippe...

Des frissons la prenaient, encore et toujours, à l'idée lancinante de ce jeune corps magnifique, qui l'avait si fort serrée, aimée, et qui était désormais enfoui sous la terre gelée. Elle ne pouvait plus évoquer ses baisers, son capital de bonheur secret, sans que s'impose à son esprit cette image d'horreur de sa décomposition. Sans cesse, jusqu'à lui donner la nausée. Avec d'autres questions sans réponses : avait-il pensé à elle durant tous ces mois, et au moment de mourir ? Elle s'accrochait au vide, et le vide la renvoyait au néant. Si elle avait pu seulement posséder quelque chose de Philippe, qui la relierait à lui... un vêtement, un mouchoir, quelque chose qui aurait gardé entre ses plis un peu de son odeur poivrée, de sa force vitale. Reliques inaccessibles... Lui restaient les carrés de papier quadrillés pliés en huit, enfermés dans son secrétaire.

La métayère du Bost envoya le colis sans la lettre de la damiseïlo, et prit assez mal ce refus :

— Cette petite, ce qu'elle est devenue méchante, quand même, alors qu'on est dans le malheur...

L'automne avait passé, puis on s'était enfoncé dans l'hiver, un hiver particulièrement froid.

« Il faut manger, ma chérie, tu as tellement maigri... »

Mais tout le monde avait maigri, et personne ne s'en étonnait, à force de choux-raves et de topinambours. A table, le regard de sa mère sur elle l'exaspérait. Madame Cantagreilh répétait, pour s'en convaincre elle-même :

« Considérons que nous avons de la chance : nous restons en dehors de la zone occupée, et à la campagne on ne meurt jamais de faim...

— De la chance ? Mais ma pauvre amie, notre pays est à genoux... »

Maître Cantagreilh protestait ; pas Margot.

Les deux chiens aboyèrent mollement dans la cour, on toquait à la porte de la cuisine.

— Turck, Diane, au pied !

C'était Roger Avezou, le cadet du secrétaire de mairie, envoyé du village pour prévenir le maire.

— La Georgette, notre voisine, elle s'est fait encorner par une de ses vaches.

Avec le don qui était le sien de souffrir à la place des autres, Edmée Cantagreilh poussa un cri en joignant les mains, sous l'œil impavide de Léonie.

— Oh, mon Dieu, la pauvre femme ! Voilà ce qui arrive quand on est seule pour faire l'étable...

Marguerite se renfrogna encore un peu plus, évitant le regard du garçon, qui était son contemporain, et encore il y a peu son complice dans les meilleurs coins à champignons.

— Il faudrait l'emmener à l'hôpital de Sarlat, pour la recoudre.

Depuis que l'autorail ne marchait plus, c'était la 11 CV de monsieur Cantagreilh qui servait, plus souvent qu'à son tour. Celui-ci se leva, et soupira, en cherchant son chapeau :

— On va commencer à manquer d'essence…

Le préfet Jacquier venait de publier un arrêté qui réservait le combustible aux médecins, aux bouchers et aux services publics ; il fallait désormais un bon de réquisition pour espérer en obtenir.

Le maire traversait déjà la cour pour rejoindre son automobile, le garçon sur ses talons, trop content de ne pas retourner au village à pied, par les bois noirs. Edmée les rattrapa, avec un cache-nez et un pochon de noix.

— Je me fais un sang d'encre de vous voir partir ainsi, mon petit…

Le soir tombait vite en cette saison, et il était devenu obligatoire, pour rouler de nuit, de badigeonner les phares des automobiles de peinture bleue. Afin de les masquer à la vue des avions bombardiers. Ce que monsieur Cantagreilh, si fier de la calandre chromée de sa Citroën, se refusait à faire. Lui qui avait toujours été un homme d'ordre, un représentant de la loi conscient de ses devoirs, multipliait ainsi les petits signes de révolte devant les consignes de la préfecture, trop évidemment dictées par l'occupant. Il comprit sans doute l'inquiétude de sa femme :

— Ne m'attendez pas ce soir, je resterai dormir à l'étude. Et il ne faut pas se faire trop de souci pour la Georgette, il y a à Sarlat ce jeune médecin alsacien…

Le docteur Nessman, replié avec sa famille en 39, avait choisi de rester à Sarlat après l'armistice, plutôt que de rentrer dans sa ville de Strasbourg, désormais sous la botte nazie. En quelques mois de présence, il avait apporté beaucoup d'améliorations au petit hôpital rural, et sa réputation allait loin dans la vallée, jusqu'à Bigaroque.

Avant de partir, par un signe impératif, maître Cantagreilh fit encore déposer dans la malle arrière de l'automobile, par un Arsène récalcitrant, un sac de jute rempli de pommes de terre. Le médecin avait une famille nombreuse et méritait d'être remercié pour sa disponibilité.

4

Juillet 2001

Cela faisait battre en chamade le cœur de Maud. Maître Cantagreilh, apprenant la présence à Paris d'un ami de Maud – dont peut-être il percevait l'importance, malgré les airs dégagés de sa fille –, avait souhaité faire sa connaissance et invité à dîner les deux jeunes gens.

— C'est une convocation, comme d'habitude. Sans appel, en vue d'un jugement en deux heures de temps maximum. Tu veux bien quand même ?

— Pourquoi pas ? C'est plutôt sympa de sa part, je trouve...

Duncan ne comprenait pas toujours sa dulcinée : il ne voyait vraiment pas pourquoi cette invitation à dîner serait une épreuve, ni pourquoi il se laisserait impressionner.

Rendez-vous avait été fixé à l'Avenue, une adresse de l'avenue Montaigne.

— Quel honneur ! C'est un lieu très élégant, non ?

— Mmouiii... Juste en face des vitrines de Dior, un peu avant le Théâtre des Champs-Elysées. Tu sauras te repérer, et tu seras à l'heure ? Papa déteste les gens en retard.

— Euh... J'ai plutôt le sens de l'orientation, et c'est assez central comme endroit, me semble-t-il ?

Ce flegme gentiment ironique ajoutait encore à la nervosité de Maud, et donc à la curiosité de Duncan. En tout cas, le jugement du papa ayant manifestement de l'importance, il faudrait être à la hauteur...

Pour l'instant, le jeune homme réservait son avis. Mais retombait toujours sur son intuition première, à savoir que la jeune fille aimait son père plus qu'elle ne voulait bien le dire, et même peut-être l'adorait sans en avoir conscience. Toutes les questions qu'il avait pu poser sur lui, depuis presque un an qu'ils se connaissaient, n'aboutissaient à rien. Elle répondait sincèrement, il en était sûr, mais cela tournait court. Maud ne connaissait pas son père, à un point que c'en était étonnant. Duncan avait demandé encore, un peu avant :

« Il y a des informations sur lui à réviser ?

— Aucune. De toute façon, d'habitude c'est lui qui pose des questions !

— Simplement qui sont ses parents, où il est né, comment il en est arrivé là ?

— Non ! »

Elle semblait butée, il avait joué l'ironie :

« Il a peut-être une autre famille, des enfants, que tu ne connais pas ? Ça arrive...

— Peut-être... »

Maud n'excluait même pas cette hypothèse, qu'il avait lancée en forme de plaisanterie. Elle réfléchissait, songeuse, sérieuse :

« Ça m'étonnerait, quand même ! Ma mère dit qu'il est incapable de vivre avec une femme. Et puis il bosse tout le temps. Non, je ne crois vraiment pas. Par exemple, il ne me répéterait pas, comme il le fait souvent : "J'ai une seule fille, et je tiens à ce qu'elle réussisse sa vie"...

— Il a des frères, des sœurs ?

— Jamais entendu parler…

— Des passions ? Des sujets de conversation particuliers ?

— Le boulot… Et les vieux bouquins. Il achète aussi toujours les derniers trucs électroniques. Par exemple, il a été un des premiers à avoir un téléphone de voiture, un enregistreur, une télévision à grand écran…

— Tu permets que je lui pose des questions, quand même ? »

Le regard liquide que Maud avait levé sur lui en réponse le toucha au cœur : il y avait une réelle peur devant l'énormité de la demande, et en même temps de l'admiration pour son audace. Duncan s'en était tenu à cela.

A l'heure dite, avec une ponctualité militaire qui ne lui ressemblait guère, et la cravate de son ancien collège pour inspirer confiance, il franchit la porte de l'Avenue, devant un groom qui se précipitait pour lui ouvrir. Ce même regard de Maud le guettait, d'une petite table ronde. Elle était assise en face d'un sexagénaire, qui tournait le dos à l'entrée. Duncan adressa d'abord à la jeune fille un grand sourire, pour le plaisir de voir fondre la peur à son contact. Il avait ce pouvoir, et le savait.

L'homme se souleva légèrement, visage fermé, lui serra la main à la broyer, fit un geste bref pour l'inviter à s'asseoir.

Duncan se cala confortablement dans son siège, bien décidé à le regarder en face. Il reconnut aussitôt dans les pupilles du père cette même lueur, sur le qui-vive, qui pour lui définissait Maud depuis le premier jour de leur rencontre. C'était d'autant plus étonnant qu'il avait les yeux extraordinairement clairs, bien plus que les prunelles de miel de sa fille. Même visage charpenté, même peau mate, même air sérieux. Maud, si féminine, brune et menue, était pourtant la réplique de monsieur Cantagreilh, haut, massif et presque chauve.

Une serveuse, vêtue de noir comme toutes les Parisiennes, s'approcha aussitôt d'eux. Le dîner était déjà commandé, sans que leur hôte ait demandé d'avis à quiconque.

En effet, Duncan le vérifia vite, c'était bien lui qui menait la conversation, et posait les questions. En français uniquement, c'est-à-dire sur son terrain, il passa le jeune homme au crible, sans fioritures ni amabilités, comme s'il s'agissait d'un entretien d'embauche. Au fond, pour le jeune homme, c'était bien de cela qu'il s'agissait : il était candidat à l'honneur de plaire à sa fille, bien décidé à réussir l'examen. Mais à s'en passer aussi, si possible. Il lui fallait juste ne pas se laisser désarçonner par ces fichues expressions idiomatiques françaises, qui souvent signifient le contraire de ce que l'on pense.

— Vous étudiez donc l'économie à l'UCL ?

— Oui, et l'histoire aussi, en option. C'est à ce cours, qui nous passionne tous les deux, que Maud et moi nous sommes rencontrés...

— A quoi sert donc l'histoire, si ce n'est à ressasser le passé ?

— Papa ! Tu t'y intéresses pourtant toi-même...

Maud venait courageusement au secours de Duncan, plissant le nez et tripotant nerveusement une mèche de ses cheveux. Il lui en sut gré, mais commençait à comprendre le fonctionnement du monsieur. Duncan décida donc de repasser à l'anglais et répondit, regardant tout droit son interlocuteur :

— *Well !* Cela sert à préparer l'avenir. La connaissance de l'histoire est indispensable pour comprendre les ressorts du présent, et ne pas répéter indéfiniment les erreurs du passé. Sans savoir d'où l'on vient, sans bases solides, on ne peut pas aller de l'avant, ni construire le futur.

Un point partout. L'homme se tut brusquement, décontenancé un instant par la réplique. Pourtant, d'après Maud, son père parlait parfaitement l'anglais. Il réattaqua presque aussitôt, alors qu'on apportait d'immenses assiettes, composition artistique faite de quelques haricots verts disposés sur un carpaccio de bœuf anémique. Dommage ! Duncan avait espéré goûter à de la bonne cuisine française roborative...

— Vous partez pour le sud de la France, me dit Maud...

On était déjà repassé à la langue française.

— Oui, pour découvrir une vieille maison que mes parents ont achetée dans le Sud-Ouest, et qu'ils ont commencé à restaurer...

— Le Sud-Ouest est grand ; dans quelle région, exactement ?

Toujours cette manière désagréable de mettre en difficulté son interlocuteur.

— Dans le Périgord.

— Le Périgord aussi est grand, jeune homme ! Il y a le Périgord blanc, autour de Ribérac, le noir, du côté de Sarlat, et vers Bergerac ce qu'on appelle maintenant le Périgord pourpre...

Maud pourtant s'extasia :

— Papa a une culture incroyable ! Tu peux le lancer sur n'importe quel sujet, il sait tout...

Mais cette culture-là, au moins, Duncan l'avait aussi, depuis très récemment :

— C'est en Périgord noir, au milieu des bois. Vous savez mieux que moi pourquoi on l'appelle ainsi...

Avec finesse, le garçon bottait en touche, en relançant les questions dans l'autre sens, pour arrêter cet interrogatoire qui ne menait à rien. Qu'importait à l'avocat de connaître la position exacte d'une vieille maison perdue dans les coteaux du Sarladais ?

— Des pays de la Vézère jusqu'au sud de la vallée de la Dordogne, les chênaies sombres donnent leur nom au pays, avec aujourd'hui autant de châtaigniers et de pins, d'ailleurs...

L'avocat imposait sa science d'un ton péremptoire, dans une langue académique difficile à suivre. Qu'à cela ne tienne, se dit Duncan, il fallait montrer au Français que pour être jeune, et britannique, il n'en était pas ignare pour autant :

— La vallée est bien différente, beaucoup moins austère, et riche d'une incroyable histoire.

Mais le maître ne voulait pas céder un pouce de son terrain, et y prenait manifestement plaisir :

— Depuis la guerre de Cent Ans, des forteresses se surveillent de part et d'autre de l'eau : Beynac, Castelnaud, Beytou, Fayrac. C'est toute cette ancienne province du Périgord qu'Aliénor d'Aquitaine amena en dot à son époux anglais.

Maud, étonnée de cette passe d'armes, mais soulagée de voir son père se passionner ainsi, rajouta une louche de démagogie en soulignant :

— On croirait vraiment que tu as grandi là-bas !

Maître Cantagreilh, qui pourtant buvait des yeux sa fille depuis le début du dîner, détourna le regard. Il continuait d'aligner les questions :

— Où se trouve votre maison ?

— Dans un ravissant village, tout à fait minuscule, qui s'appelle Bigaroque.

Son interlocuteur ne cilla pas.

— Plusieurs villages situés au-dessus de la Dordogne portent ce nom, car il signifie « double roche ». Les falaises qui surplombent la rivière depuis la préhistoire ont ainsi des formes étonnantes. Votre maison est à proximité de quelle ville ?

— Mes parents vont faire leurs courses à Sarlat-la-Canéda, où il y a un marché très important.

— Oui, le samedi. Où habitez-vous, dans le village ?

L'interrogatoire se resserrait toujours, sec et précis.

— Dans l'ancien presbytère, accolé à l'église. La maison est très ancienne, mais n'était plus habitée depuis des années...

— L'ensemble est du XVIe siècle, même si l'église a été un peu remaniée au XIXe. J'espère que vous avez un bon maître d'œuvre, pour ne pas dénaturer la construction d'origine !

Pour le coup, Maud avait ouvert de grands yeux étonnés, et Duncan rendu les armes, s'avouant vaincu devant une telle culture :

— Je ne m'y connais guère en architecture. Ma spécialité est plutôt l'histoire contemporaine, celle de la dernière guerre en particulier. J'ai l'intention de faire une recherche, l'année prochaine, sur cette région en particulier, parce que mon grand-père y a servi dans sa jeunesse.

— Y a-t-il encore des recherches à faire ? Tout a été écrit sur cette période, et de préférence par ceux qui n'y connaissent rien, laissa tomber froidement maître Cantagreilh, en manière de conclusion.

Il regarda sa montre, fit un signe impérieux à la serveuse, en agitant sa carte dorée. Le tout sans sourire, comme s'il était seul à table.

Duncan répondit, dans un silence glacé :

— Pardonnez-moi, je crois au contraire qu'il y a beaucoup à comprendre encore ! Les archives de Berlin viennent de s'ouvrir : cela offre un champ de travail nouveau et passionnant pour les historiens. Il y a notamment les journaux de marche de toutes les unités allemandes ayant opéré en France, qui sont désormais disponibles à la WAST, ce grand centre de documentation...

L'homme ne releva même pas ; tout son intérêt pour la conversation semblait avoir disparu.

— Bon, eh bien, il faut rentrer... Content d'avoir fait votre connaissance, jeune homme ! Tu viens, Maud ?

La jeune fille hésita, l'espace d'un instant. Les deux hommes se jaugeaient du regard, au-dessus d'elle. Elle prit sa décision :

— Non, papa, je ne rentre pas tout de suite, je voudrais montrer les Champs-Elysées *by night* à Duncan.

Le père, par son acquiescement, rendit un point à l'amoureux :

— Très bien ! Tu as tes clés pour rentrer ?

Battu dans la dernière manche de ce match muet, il se leva brusquement, tapa à la volée son code sur la machine de la serveuse qui se précipitait, arrêta d'un geste leurs remerciements, poussa la porte du restaurant sans attendre le groom.

Duncan regarda Maud, qui avait les larmes aux yeux.

— Il est comme ça...

Il lui prit les mains, lui sourit par-dessus leurs assiettes encore pleines.

— Tu m'avais prévenu, pas plus de deux heures de temps ! Il a une belle personnalité, ton père...

— Tu trouves ?

— Oui. Je ne l'imaginais pas ainsi ; c'est étonnant comme vous vous ressemblez !

Maud ne semblait pas désolée de ce constat ; il avait donc vu juste.

— Tu l'imaginais comment ?

Il ne fallait surtout pas faire d'impair :

— Plus jeune, et moins bavard. Il s'est vraiment passionné pour la conversation un bon moment, à propos de la maison de mes parents, par exemple. Quel âge a-t-il ?

— Euh... je ne sais même pas exactement. Autour de soixante ans, peut-être ? Je me rends compte que je ne lui ai jamais souhaité son anniversaire... Allez, on y va ! Il faut que je te montre les Champs-Elysées, maintenant que je l'ai fâché pour ça !

Duncan lui attrapa la taille avec autorité, parfaitement conscient de sa demi-victoire.

— Ma petite Française ! Il faudra bien qu'un jour tu descendes au sud de la Loire, pour vérifier les dires de ton père !

Maud ne répondit pas, se contentant de se laisser envelopper de tendresse. Même si elle avait trouvé le courage de fausser compagnie à son père pour cette fin de soirée, elle ne se sentait pas encore celui de parler d'un départ vers la Dordogne.

Aux prochaines vacances, peut-être ?

IV

Octobre 1941

Madame Cantagreilh se sentait essoufflée, et fatiguée de cet essoufflement. D'une fatigue comme jamais elle n'en avait connu. Il faut dire aussi que jamais elle n'avait connu non plus de pareilles circonstances. Avec la guerre, depuis l'arrivée des réfugiés alsaciens, puis l'exode, elle s'était dépensée sans compter. Ce n'était que son devoir, même si elle éprouvait tout de même un certain plaisir à entendre louer le dévouement et la générosité de la femme du maire. Mais par moments, vraiment, elle ne savait plus où donner de la tête ! On venait la voir de partout, et il fallait, pour soulager un peu de la misère de ces gens qui avaient tout perdu, trouver quelque chose à offrir à chacun : des tisanes de camomille, de l'eau de noix contre les vers des enfants, de quoi soigner les engelures, de l'eau rouillée contre l'anémie, des décoctions de thym et de prunelles sauvages, tout simplement, pour redonner un peu de force dans les épreuves. Et des mots, de l'attention, de la douceur, lorsqu'on n'avait que cela...

En cet automne 1941, le flot s'était tari, mais demeurait la fatigue, lourde, si lourde. Et aussi les restrictions. Depuis l'interruption du trafic maritime, les produits exotiques comme le riz, le café, le cacao, avaient quasiment disparu. Des tickets de rationnement avaient été instaurés pour toutes les denrées de première nécessité, le pain, le sucre, le sel, et le fil à coudre. Il fallait se procurer des bons imprimés pour trouver des chaussures, et même donner à titre gratuit des habits usagés pour pouvoir seulement acheter des vêtements. Ce qui supposait bien des recherches dans les placards de l'ancienne madame Cantagreilh, pour rassembler de quoi habiller Margot, toujours frigorifiée, en vue de l'hiver à venir ; et autant pour la petite Yvonnette, qui n'avait rien de chaud à se mettre. Maître Cantagreilh avait formellement interdit le marché noir à son épouse, comme à tous les habitants de la chartreuse. Il avait raison, à n'en pas douter, mais tout cela entraînait bien des complications pour les maîtresses de maison. Au village même, certains n'étaient que trop enclins à entrer dans ces trafics : il fallait donner un coup d'arrêt en montrant l'exemple.

Bougonnant plus encore qu'à l'ordinaire, Léonie avait repris sa quenouille, qui datait d'avant 14, pour en tirer de la laine à tricoter. Le maire ne se privait pas non plus de pester, et fort, contre tout un fatras de nouvelles réglementations imposées par la préfecture : il fallait sans cesse répondre à des questionnaires inquisiteurs et tatillons, recenser des circulaires, faire remplir des fiches, distribuer des tickets, et encore se faire rappeler à l'ordre dix fois par mois !

« Ecoutez-moi ça ! fulminait-il. "Quelle quantité et quel type de farine le boulanger de votre commune reçoit-il, et quels meuniers la délivrent ?" Il y a bien d'autres priorités, tout de même, dans notre malheureux pays ! »

Maintenant, c'était la récupération des métaux non ferreux qui était annoncée, dont on n'imaginait que trop bien à quoi elle était destinée ; et le recensement général des propriétaires de véhicules, remorques, motocyclettes. « Tout surveiller, tout contrôler, rendre compte de tout. » On sentait les autorités sur les dents, incapables de pourvoir au ravitaillement, prises en tenaille entre la population et l'occupant, sans cesse partagées entre obéissance et résistance.

« Au moins, pour le tabac, vous avez de la chance ! »

Madame Cantagreilh, bravement, essayait de ne pas ajouter une plainte à toutes les autres. Officiellement, les paquets de tabac soumis au timbre de la Régie étaient octroyés seulement par décades, tous les dix jours, en quantité bien trop limitée pour son époux, qui tirait sur sa pipe toute la journée. Mais celui-ci cumulait les décades de sa femme et de sa fille, non fumeuses évidemment. Et dans cette région de production, le tabac se trouvait à disposition dans les fermes : Avezou, le secrétaire de mairie, un homme réputé aussi malin que filou, propriétaire de six hectares de bonne terre, s'était installé au centre d'une contrebande très organisée. Depuis toujours, dans les hangars à tabac, on savait anticiper le passage des contrôleurs, en mettant de côté des surgeons qui, séchés au grenier, seraient ensuite hachés en fines lamelles dans le broyeur d'alimentation des oies. Cela donnait un tabac à pipe un peu âpre mais correct, qui servait désormais de monnaie d'échange chez les commerçants de Sarlat, contre des chaussures de cuir, de la chicorée ou du papier à écrire.

« Il n'y aurait pas de quoi s'offusquer, s'il ne pratiquait pas des prix d'usure sur le marché noir... »

En l'absence d'Yvonne, Marguerite apportait un pot de tisane, puisqu'il n'était plus question de feuilles de thé, dans le bureau où son père recevait monsieur Lascombe, dont il appréciait le jugement. Tous deux, indéfiniment, tournaient les boutons du poste à cinq lampes, cherchant à capter les ondes de Radio-Lausanne ou de Radio-Londres.

« La BBC émet à quinze heures trente, à destination de la France, sur 261 mètres, 49 mètres et 41 mètres. »

L'ingénieur apportait toujours aussi des renseignements de première main :

« Dans chaque département, les bronzes devront être mis à la disposition du ministère de la Production nationale et envoyés à la fonte, dit Radio-Paris. Mais Radio-Paris ment, Radio-Paris est allemand...

— C'est une honte, du véritable vandalisme, voyons ! Les statues de Fénelon, de Montaigne, de Brantôme, d'Eugène Le Roy à la fonte ?

— Pour cette dernière au moins, mon ami, je peux vous dire, sous le sceau du secret, qu'elle a été soustraite au pillage, et camouflée dans la chapelle des Capucins, à Périgueux... »

Edmée Cantagreilh, elle, se souciait moins du sort de ces illustres hommes de bronze que de celui de sa fille. Cela faisait maintenant plusieurs mois que Philippe Cazenac avait disparu, et le chagrin de Margot se prolongeait au-delà du raisonnable. Les premiers temps, cela pouvait se comprendre : quel choc que cette première rencontre avec la mort pour une si jeune fille ! Mais il aurait dû s'estomper au fil du temps. Au contraire, cela allait de mal en pis. Comment la faire sortir d'elle-même, de sa prostration, de son amaigrissement continu ? En mère attentive, elle avait essayé tous les remèdes : la citronnelle, réputée tonique, l'huile de foie de morue, jusqu'à ce qu'il n'y en ait plus, la mique[1] de Léonie, que Guitte aimait tant petite, et de la distraction.

1. Plat fait d'œufs, de mie de pain trempée et de cochon.

Mais c'était particulièrement difficile, en ce triste automne : le temps s'était comme arrêté, dans un huis clos nouveau à la chartreuse. Jusqu'alors, chacun des habitants vaquait à ses affaires, dans un va-et-vient continu de gens, de chiens et de chevaux, de charretous s'arrêtant respectueusement à l'entrée de la cour : on n'y tolérait pas plus le crottin que les moteurs. L'un venait utiliser le téléphone, l'autre parler d'une affaire qui le tracassait, monsieur Avezou demander une signature ou un avis. Le jeune curé, avant qu'il soit retenu en Allemagne, déjeunait à la chartreuse tous les jeudis, les métayers en saison apportaient poulaille, sacs de noix et haricots de leur jardin, et la camionnette du boulanger passait deux fois la semaine en klaxonnant.

Mais tout cela était loin. Seul Garrigue, le facteur, faisait toujours sa tournée, mais on était moins généreux en piquette à la cuisine, et Yvonne moins d'humeur à plaisanter. Tandis que les jours raccourcissaient dans la campagne grise, l'essence manquait, les festivités étaient interdites par décision préfectorale, et même le marché de Sarlat se dépeuplait, faute d'approvisionnement. Peut-être étaient-ce aussi toutes ces difficultés de ravitaillement qui épuisaient madame Cantagreilh : il fallait, avant l'hiver, reconstituer au plus vite les réserves vidées par le passage des réfugiés. Mais comment, avec toutes ces restrictions ? A table, on ne parlait plus que de cela : depuis peu, c'était le port de Bordeaux, soumis au contrôle des autorités allemandes, qui bloquait l'approvisionnement en savon. Arsène lui fabriquait un remplaçant nauséabond, à base de couenne de porc. Par là-dessus, monsieur Cantagreilh, dont les affaires ne semblaient pas ralentir, allait toujours par monts et par vaux, bien au-delà maintenant de Sarlat. Et Marguerite ne voulait rien avaler. Il faut dire que Léonie forçait plus encore que d'habitude sur le saindoux, pour faire oublier la pauvreté des autres ingrédients de sa cuisine.

De toute façon, Margot semblait insensible à tout : elle passait le plus clair de son temps dans sa chambre sans chauffage. Cette petite chambre d'enfant, prise sur les combles, était située à l'aplomb de l'aile centrale, dans le fronton de la chartreuse, avec deux œils-de-bœuf se répondant de part et d'autre. Sa pauvre mère, sans pouvoir rien y faire, écoutait jour et nuit à son plafond, juste au-dessus d'elle, cette présence désolée, les mille petits bruits de sommier grinçant sur lequel on se retournait, les pas nocturnes, les hoquets et les reniflements étouffés. En désespoir de cause, elle avait voulu montrer la jeune fille au docteur Marty, qui venait régulièrement ausculter son cœur :

— Docteur, je crains que cette enfant ne soit devenue neurasthénique...

Mais Marty en avait trop vu, depuis un an de guerre qu'il courait d'un drame à l'autre ; il était comme tout le monde, éprouvé par les événements. Faute d'essence pour sa Juva 4, il lui fallait grouper les visites, et faire la plupart à pied ou à bicyclette. Son œil de praticien était devenu encore plus expéditif que par le passé : s'il n'y avait ni fracture, ni plaie ouverte, ni danger de mort, son temps et son attention étaient comptés. Il adressait au rebouteux de Sagelat toutes les douleurs qui pouvaient être de son ressort, et remettait le reste à plus tard. Cette petite qui ne voulait pas manger, par ces temps de privations, eh bien, qu'elle aille au diable...

— Des états d'âme de jeune fille, chère madame ! Cela passera, et c'est plutôt vous qu'il faut ménager, assena-t-il à madame Cantagreilh.

Et à la fille :

— A ton âge, tu pourrais aider un peu ta maman, tout de même ! Nous finirons par l'enterrer, à ce train-là.

Sans rien dire, Margot était remontée dans sa chambre. Et Edmée se retrouvait une fois de plus à se ronger, en guettant au carreau de la cuisine le retour de son époux.

La pénurie obligeait le notaire, qui continuait de vouloir aller à Sarlat, à s'y rendre à pied, à travers bois, comme cela se faisait encore au début du siècle. Il lui fallait pour cela une bonne demi-journée de marche ; maître Cantagreilh couchait alors sur place, parfois plusieurs jours d'affilée.

Quand il réapparaissait, monsieur Lascombe en faisait autant, mystérieusement prévenu, pour de longues visites. Les deux hommes, de leurs cannes, battaient alors le pavé de la terrasse. Marguerite avait pris l'habitude de se poster en vigie derrière son œil-de-bœuf, côté jardin. Les conversations des deux hommes ne l'intéressaient que très modérément, mais il fallait bien attacher l'œil et la pensée à quelque chose, pour que défilent les heures, pour échapper à l'horreur. Et elle se mussait au-dessus de leurs têtes, bien cachée des regards.

« Quelle conduite tenir ? Le préfet appelle maintenant à "la relève", pour que des travailleurs libres viennent remplacer les prisonniers, à raison de trois ouvriers pour un rapatrié...

— Rien ne dit qu'un seul prisonnier reviendra jamais ! Et puis, aller renforcer la puissance allemande, alors que l'on a tellement besoin d'eux ici ?

— Ces garçons, de peur que les gendarmes viennent les chercher, prennent leur musette et gagnent les bois, qu'ils connaissent depuis leur enfance. Il y a assez de cabanes de feuillardiers, de bories[1] de bergers et de grottes dans les falaises de la Dordogne pour les accueillir...

1. Cabanes rondes de pierres sèches.

— Evidemment ! Sans bien savoir où ils sont, on se doute que ce sont eux qui font disparaître les poulets des cours de ferme, et les légumes des potagers. Certains pourraient les dénoncer... »

Plus tard, recouchée dans le lit grinçant, Marguerite refermait les yeux sur sa douleur interdite, pour la contenir en même temps que la protéger. Paupières serrées, muscles tendus. Si elle se permettait de baisser la garde, les images revenaient toujours, même dans son sommeil, de ce corps enseveli dans la terre, dévoré peu à peu, chaque jour un peu plus. Alors, pour résister au temps, à la réalité, à l'insomnie, elle étalait une fois de plus devant elle sa misérable collection : huit carrés de papier, moins de cinquante mots, et trois cartes cochées de la poste militaire.

Au fil du temps, son chagrin était devenu un poids, lourd et durci comme une pierre, enkysté au creux d'elle-même, autour duquel s'organisaient toute sa vie, toutes ses émotions. Une chose presque familière, qui rendait difficile toute autre communication. Elle n'avait plus les mots pour en parler. A l'annonce de la mort de Philippe, si elle avait su alors dire sa douleur, peut-être aurait-elle pu déposer ainsi la charge d'angoisse qui la nouait. Mais maintenant, celle-ci faisait si intimement partie d'elle que Marguerite ne pouvait plus remonter à sa source, ni s'en détacher. Engluée dans un désespoir sec qui lui faisait comme une prison, désormais rien ne pouvait plus l'en faire sortir.

Au village aussi, on avait bien sûr remarqué le silence dans lequel se murait Marguerite. D'abord, on lui en avait juste un peu voulu de ne pas se mêler, ou si peu, au grand élan de solidarité des villageois. Chacun avait ses difficultés, n'est-ce pas ? Un prisonnier dont on restait trop longtemps sans nouvelles, un bon cheval réquisitionné...

Les langueurs de la fille du notaire ne tardèrent pas à agacer. Particulièrement à la métairie du Bost. Yvonne y racontait volontiers, le soir, comment la pauvre madame et elle-même se tuaient au travail, pendant que la demoiselle, préoccupée d'elle seule, demeurait dans sa chambre…

Edmée Cantagreilh, elle, voyait sa fille se noyer lentement, doucement, dans le silence et la solitude. Mais elle aussi était à bout de forces.

5

Noël 2001

Comme chaque année, Maud avait passé Noël avec son père à Paris, et comme lorsqu'elle avait six ou douze ans il l'avait emmenée voir les illuminations et les vitrines des grands magasins. Comme chaque année, elle s'était poliment extasiée sur la Ville lumière. Puis il y avait eu le jour de l'an, avec sa litanie de bonnes résolutions et de vœux. Maintenant commençaient les soldes parisiennes, dernière étape de son séjour, avant le retour à Londres. Maud s'apprêtait à la ruée programmée, pour satisfaire à la longue liste de courses prescrites par sa mère. A cause du taux de change très favorable à la livre anglaise, il y avait des affaires à faire pour les Britanniques, et madame Abbingdon restait en matière d'élégances une vraie Parisienne. Sa fille lui rendait volontiers ce service ; faire plaisir lui faisait plaisir. Alors, pourquoi cette journée de shopping à venir lui pesait-elle tant ? Elle ne se sentait pas à sa place à Paris, pas plus qu'à Londres. Incapable d'opérer dans sa tête les conversions mentales indispensables : fallait-il regarder à gauche ou à droite avant de traverser ? Dire « *sorry* » ou « pardon » ? Faire la queue à l'arrêt des bus ou se battre pour monter, à la française ? Etait-elle anglaise ou française ?

« Les deux, et c'est une sacrée chance ! »

Duncan lui avait affirmé cela, avec son esprit toujours positif et pragmatique, un jour où elle lui racontait ces difficultés.

Au fond, ni l'un ni l'autre, mais pourquoi ?

En ce petit matin sans énergie, où il lui manquait tant, elle s'interrogeait. Cet écartèlement entre deux cultures, ou plutôt ce sentiment de ne pas savoir d'où elle était vraiment, commandait mille détails de sa vie quotidienne. Sa nullité crasse en orthographe, par exemple, dans les deux langues tout autant, venait de là : une orthophoniste qui s'occupait d'elle autrefois avait expliqué à sa mère qu'un enfant doit d'abord être assuré dans une langue, une maison, des habitudes, pour être en mesure d'en apprendre d'autres. Cette phrase de bon sens lui était restée toujours en mémoire, comme une clé évidente à ses difficultés d'enfant ballottée entre deux cultures.

Allons, il lui fallait se secouer, pour au moins passer avant la foule des premiers jours de soldes.

Quelle était la commande ? D'abord, le parfum de sa mère, à acheter dans le joli magasin Guerlain des Champs-Elysées : chaque année, son père lui glissait deux billets de cent francs, pour faire de sa part ce cadeau à son ancienne épouse. Un sac Vuitton, dont elle avait les références exactes, un foulard Christian Dior, idem : tout cela se trouvait dans les grands magasins du boulevard Haussmann ; fallait-il commencer par l'un ou par l'autre ? Maud avait toujours du mal à se repérer dans cette ville brillante et gaie. Pourtant, elle possédait un nom français, une carte d'identité française, un père terriblement français, et elle était capable de faire illusion dans la langue. Mais au-delà, face à ces vendeuses de luxe, hautaines et désagréables comme seules savent l'être les Françaises, elle perdait pied. Les tournures françaises et anglaises se mélangeaient, les conversions entre les euros et les livres aussi. Toujours reparaissait ce sentiment désagréable de flotter, sans amarres. Pourquoi ?

On sonna deux coups à la porte. C'était Filomena, la concierge de l'immeuble. Une vraie concierge parisienne, bien plus française que Maud, celle-là, malgré sa nationalité portugaise. Elle possédait les clés, bien entendu. Si elle se manifestait ainsi avant d'entrer par ces coups de sonnette réglementaires, c'était à la fois un appel discret à la conversation et une reconnaissance – très relative – de l'intimité de la jeune fille. Filomena tenait dans une main un paquet de lettres et dans l'autre une baguette de pain, encore chaude, pour le petit déjeuner.

— Oh, merci ! Merci beaucoup, Filo !

— Voilà, avec mes meilleurs vœux !

— Euh... vous aussi !

Ce sentiment désagréable de ne pas bien maîtriser les formules à utiliser. Elles s'étaient embrassées, de façon mi-convenue, mi-sincère, avec entre elles deux la liasse d'enveloppes, qui les empêchait de se rapprocher tout à fait, et beaucoup de silences accumulés.

Filomena apportait le courrier tous les matins. Mais après la trêve des confiseurs, un « pont » de trois jours, il y en avait une pile volumineuse. Maud s'en empara. Quand elle était petite, elle adorait jouer au facteur, lire les noms et trier les lettres selon les destinataires : papa, la secrétaire, madame Monteil, les collaborateurs, dont elle apprenait les noms au fur et à mesure des arrivées ou des départs... Filomena ne l'avait pas vraiment vue grandir, et continuait à lui laisser ce travail, comme une preuve de confiance inestimable.

— Merci, je m'en occupe !

Maud avait désormais une autre raison, moins avouable, de contrôler le courrier de son père.

Filomena avait toujours travaillé rue de Villiers, même du temps où la mère de Maud vivait là ; elle avait donc vu naître et éclater la famille, et représentait un lien ténu de continuité dans sa vie. Pourtant, tout en en faisant des tonnes côté conversation, à propos de la neige qui peut-être bien allait arriver, du plombier qui lui ne venait jamais, ou de la galette des Rois à ne pas oublier de manger bientôt, Filo était une tombe : jamais elle ne parlait du passé, ni n'abordait les sujets qui fâchent. Maître Cantagreilh la tolérait à ce prix, et Filomena le savait bien, qui tenait à cet emploi en or. Elle s'occupait du ménage, des repas, des chemises et de tout le reste, pour un homme occupé au moins douze heures par jour, qui lui fichait une paix royale et la payait largement.

L'appartement, à l'étage noble d'un de ces immeubles construits dans le quartier de Monceau pour les demi-mondaines du Second Empire, était divisé en deux. Sur le devant, les pièces de réception servaient de bureaux : une enfilade de salons où tout était monumental, les doubles portes-fenêtres à glaces biseautées, les cheminées à trumeaux, les moulures, les dorures. Tout concourait, à défaut d'être vraiment beau, à donner aux clients un sentiment de sécurité et de confort cossu. Monsieur Cantagreilh occupait un salon dont les portes avaient été capitonnées de cuir, avec un petit bureau attenant pour sa secrétaire. Puis il y avait une pièce, grande comme une salle de bal, où s'entassaient les collaborateurs et autres stagiaires, et enfin un salon d'attente installé en prolongement de l'entrée, commune aux deux parties de l'appartement. Maud n'en franchissait guère le seuil, sachant bien que son père n'y tenait pas. Quand elle était petite, et risquait de « déranger les grandes personnes qui travaillent », cela se justifiait peut-être. Moins maintenant, et pourtant l'interdiction muette était clairement maintenue.

Maud emporta tout le courrier vers l'autre aile de l'appartement, qui était la partie privée. Un peu plus chaleureuse, sinon intime, parce qu'elle ouvrait sur une cour intérieure plantée d'arbres, bordée de bacs à fleurs par l'indispensable Filomena. Pour l'heure, à cause du gel hivernal, les géraniums étaient empaquetés de plastique et ajoutaient plutôt une touche sinistre à l'ensemble.

Maud, en mordant déjà le croûton de la baguette, traversa le salon, contournant les grands canapés de cuir, de part et d'autre d'une inévitable table basse toujours couverte de journaux. Que Filomena rangeait au carré en maugréant un peu : elle n'avait pas le droit de les jeter et ne voyait vraiment pas à quoi pouvait servir tout ce papier journal inesthétique et salissant. Le long des boiseries couraient des bibliothèques emplies de livres anciens ; c'était à sa connaissance le seul vice de son père, avec la musique : quand il ne travaillait pas, il achetait des éditions rares dans les librairies spécialisées du faubourg Saint-Honoré, qui s'entassaient ensuite sur ces rayons. Tard le soir, rares moments de détente dans une vie de travail, il ouvrait l'un ou l'autre, l'additionnant d'une cantate de Bach tirée de son dernier jouet électronique. Posée devant ces rangées de livres, une collection de photos d'elle, à tous les âges. Toujours cette fichue culpabilité de sa mère, qui lui faisait envoyer des portraits à chaque occasion : Maud minuscule emmitouflée de rouge, à Hyde Park ; Maud ronde et rose dans son maillot de bain, sur la plage de Brighton ; Maud soufflant ses six bougies ; Maud encore à une party de l'école ; Maud toujours, dans sa première robe de jeune fille... Chaque photo était encadrée, probablement par Filomena, et l'on pouvait suivre ainsi les tendances des cadeaux d'entreprises sur les quinze dernières années : cuir de crocodile, acier brossé, fer forgé au design torturé, ou plastique translucide...

A chacun de ses retours à Paris, cela l'étonnait toujours autant de se retrouver face à ces reflets de sa propre vie, qui n'avaient évidemment pas grand-chose à voir avec la réalité, ou du moins avec ses souvenirs.

Rien d'autre de personnel dans le salon. Au-delà, distribués le long d'un couloir interminable, venaient une grande cuisine sombre, un débarras, deux chambres accolées à leurs salles de bains. D'abord le domaine de son père, où jamais elle ne rentrait, et puis le sien, dont le papier peint à fleurettes roses, choisi autrefois par sa mère, n'avait pas bougé depuis. Non plus que les reproductions des lapins de Beatrix Potter sur les murs. Avec le temps, Maud avait fini par aimer cette chambre, enclose dans un univers hostile, mais unique lieu permanent dans sa vie de fille de divorcés. Puisque cela ne dérangeait personne, elle y entassait ses affaires, à l'abri des velléités de rangement de sa mère : albums de photos, peluches, vieux cahiers scolaires, vêtements trop petits mais gorgés de souvenirs.

— Merci encore, Filomena ! cria-t-elle à la concierge, qui vaquait à travers l'appartement.

Dans les bonnes choses de Paris, il y avait quand même ces baguettes blanches et croustillantes, juste sorties du four du boulanger de la rue de Villiers !

En l'honneur de cette presque dernière baguette parisienne, et de ce qu'elle avait à faire tranquillement, Maud renonça à être la première sur le champ de bataille des courses, emporta dans sa chambre un plateau de petit déjeuner, avec le courrier posé à côté de son bol de thé, et ferma la porte derrière elle.

Une à une, minutieusement, elle étudia chaque enveloppe : toutes portaient des en-têtes professionnels et des adresses imprimées. Certaines, épaisses, sur papier couché ou cartonné, indiquaient de luxueuses cartes de vœux pour l'année commençante. Comme celles que sa mère et son beau-père recevaient par dizaines, à cette époque de l'année. Mais il n'y avait aucune écriture manuscrite, qui aurait révélé une correspondance plus personnelle, une provenance particulière.

Pauvre papa...

Elle en fut infiniment triste pour lui, plus encore que déçue de l'échec de sa petite enquête. Mais cela corroborait ce que lui avait dit son père, la veille. Et c'était évidemment cela qui la déprimait tant.

V

Eté 1942

Marguerite était apparue au seuil de la cuisine. Même Léonie, qui en règle générale supportait difficilement les humeurs de la petite damiseïlo, releva la tête de ses épluchures, en la voyant ainsi, plus livide et muette que d'ordinaire.

— Té, qu'est-ce qui t'arrive encore, à toi ?

— Maman...

Ce matin-là, madame Cantagreilh n'était pas encore descendue. Elle qui, en femme d'habitudes et de devoir, apparaissait toujours exactement à huit heures, habillée, coiffée et énergique. Léonie, fort étonnée de voir la fille avant la mère, et entendant la demie de neuf heures sonner à l'horloge, avait envoyé Marguerite aux ordres : « Va donc savoir si on sort un enchaud de cochon pour midi ? Il n'y en a plus guère d'avance. Et puis si monsieur sera là ? »

Non, monsieur ne serait sans doute pas là, il était de moins en moins là. Mais Léonie éprouvait un plaisir mauvais à le faire remarquer de tous.

— Alors, quoi, ta maman ?

Marguerite fit un vague geste, qui griffa l'air, puis se tut, avant de se laisser tomber sur le banc du cantou.

Elle tremblait de tous ses membres, au coin du feu déjà activé pour la soupe d'Arsène.

— Té...

Léonie finit de s'essuyer les mains à son torchon, tout en haussant les épaules – on ne pouvait décidément rien en tirer, de cette drôle-là –, et se décida à aller juger par elle-même de la situation.

La vieille domestique, comme son mari, répugnait de plus en plus à monter dans les étages. En prenant de l'âge, ils se repliaient dans ce qu'on appelait l'arrière-cuisine, une petite pièce voûtée et sombre, garnie d'un lit-clos et d'un coffre, que la mère de monsieur leur avait attribués au début du siècle, lors de leur arrivée à la chartreuse. C'était Yvonne qui peu à peu avait repris le service des maîtres, et le ménage ; du moins quand elle pouvait se libérer du travail de la métairie. Eux considéraient qu'ils avaient assez à faire avec la cuisine et le jardin.

En soupirant bien haut, Léonie se hissa donc jusqu'à la chambre de madame ; autant parce qu'il le fallait bien que pour échapper à la présence transie de la petite dans sa cuisine.

Celle-là, allez savoir pourquoi elle se met dans des états pareils ?

Encore une différence entre l'ancienne madame et la nouvelle : la mère de monsieur lui disait tout, à elle, Léonie, avant d'en informer la maisonnée. Tandis que madame Edmée traitait tout le monde de la même façon, ce qui n'était pas convenable. Il y avait quand même une différence entre elle, qui était là depuis un demi-siècle, et Yvonne, ou les métayers...

— Milladiou...

Tout de suite on entendit résonner dans la maison la voix de Léonie appelant Arsène, qui ne pouvait l'entendre, criant et chuchotant à la fois. Sur le ton d'une plainte indéfinie.

— Madame est morte ! Madame est morte !

Au coin du cantou, Marguerite, sans bouger, avait écouté au-dessus d'elle les pas précipités, les appels feutrés. Des mots et des gestes qui confirmaient la réalité qu'elle avait entrevue, et qui la laissait sidérée.

Maintenant, sans plus penser à elle, les trois domestiques, réunis dans le vestibule, Léonie, Arsène et Yvonne, qui venait d'arriver, cherchaient qui prévenir. Le curé ? Il n'y en avait plus, et de toute façon c'était trop tard pour les derniers sacrements. Monsieur ? Personne ne savait où le chercher.

— A son étude ? émit Yvonne entre deux sanglots.

Arsène ne répondit que par un hochement de tête dubitatif.

De toute façon, il fallait pour cela utiliser l'appareil téléphonique, dont aucun des trois ne maîtrisait le fonctionnement. Marguerite les entendit conférer longuement pour savoir comment s'y prendre, et qui s'y risquerait. Elle ne bougeait pas, ne pleurait pas, tremblait un peu par moments.

L'arrivée inopinée de monsieur Lascombe, qui surgit du bureau de maître Cantagreilh en entendant le remue-ménage dans le vestibule, changea le cours des choses. Personne n'imaginait qu'il puisse être là, à portée de voix, en l'absence du maître de maison. Mais, en de telles circonstances, on ne s'étonnait de rien. Il prit la situation en main avec le calme des hommes qui en ont beaucoup vu. Commença par entrer seul dans la chambre, pour vérifier qu'on ne pouvait plus rien faire pour madame.

— Un arrêt du cœur, certainement. Elle ne s'est pas vue partir, dans son sommeil... C'était une sainte femme, nous le savons tous, et le bon Dieu l'a déjà accueillie dans son paradis.

Avec les domestiques, il récita un chapelet, puis s'éclipsa, les laissant continuer seuls. Yvonne le suivit pourtant, timidement, les yeux rouges et le nez dans son mouchoir.

— Il faudrait téléphoner à monsieur à l'étude, tout de même ?

Monsieur Lascombe marqua un temps d'hésitation, comme si l'idée lui paraissait saugrenue. Puis, sur son insistance, s'en alla vers l'appareil. La demoiselle des postes répondit aussitôt.

— Bonjour, mademoiselle. Pour le 2 à Bigaroque, je voudrais le 67 à Sarlat, je vous prie...

La sonnerie stridula longuement dans le vide, jusqu'à ce qu'une voix aimable l'informe :

— Ce numéro ne répond pas, monsieur.

Revenant vers les domestiques, il distribua les tâches :

— Il faut prévenir les sœurs de Sainte-Marthe, à Siorac. Faire la chambre, pour les visites. Yvonne, vous pouvez peut-être préparer des vêtements, pour la toilette funéraire ?

— Oui, monsieur. La robe de crêpe Georgette grise, celle que madame portait le jour de la déclaration de guerre ?

— Ce sera très bien.

Léonie, légitimiste, s'insurgea :

— Sans attendre monsieur ? S'il ne répond pas à Sarlat, c'est qu'il est en route pour rentrer...

— Sans attendre. Monsieur peut ne pas revenir tout de suite.

Le ton était assez définitif pour rabattre le caquet de la vieille. Lascombe, après être repassé par le bureau, où il semblait être comme chez lui, repartit à pied par le sentier du bois.

Personne n'était retourné à la cuisine voir Marguerite, toujours prostrée devant la cheminée.

Toute la journée, on attendit en vain l'époux de la défunte. Sœur Marie des Anges, qui connaissait bien la femme du maire, pour l'avoir souvent assistée auprès des familles du village, avait déjà préparé le corps, disposé l'eau bénite et le buis, allumé des lumignons. Comme la cire manquait, on réutilisait les caleils d'autrefois, remplis de graisse à brûler.

Les femmes de la métairie, et celles du village, étaient venues dire leurs prières, avec tout le bien qu'elles pensaient de la défunte, et se pressaient dans la cuisine. Tout le monde était choqué par cette mort brutale, on avait besoin de s'épancher, on se proposait pour la veillée, pour aider à la préparation des obsèques. Les plus anciens rappelaient le souvenir de la précédente madame Cantagreilh, qui, elle, avait vécu si longtemps.

Léonie, à son affaire, servait le café gardé au chaud, qui n'était, en fait de café, que du malt mélangé à de la chicorée. L'atmosphère de la grande maison s'en trouvait réchauffée, comme jamais depuis longtemps.

Marguerite s'était pourtant réfugiée dans sa chambre, où personne n'osa aller la déranger. Seule Yvonne finit par venir lui presser le bras, avec des mots de réconfort, et lui offrir à boire et à manger :

— Pour vous remettre, pôvre ?

On l'installa de nouveau dans le cantou, et le silence se fit autour d'elle. Elle ne pouvait ni répondre, ni avaler quoi que ce soit, ni même regarder vraiment les visiteurs. Sa dernière protection contre le malheur venait de s'effondrer.

Prévenu, le docteur Marty était passé en début d'après-midi, sans manifester d'étonnement.

— C'est son angine de poitrine qui l'a tuée. Madame Cantagreilh savait que cela devait arriver. Je vais tout de suite signer le permis d'inhumer, car on m'attend à la ferme de la Seguinie, et si je veux y être avant la nuit... Vous me ferez savoir l'heure de l'enterrement ?

Il s'adressait naturellement à Marguerite, qui ne réagit pas.

Léonie opina du bonnet à sa place. Pour elle, qui enterrait là la troisième génération des dames Cantagreilh, l'important était que les choses se fassent dans l'ordre, dans son ordre. Et puis si ça devait arriver, comme le disait le docteur...

Yvonne et sa mère, bien décidées à occuper aussi le terrain, se désolaient :

— Et monsieur l'abbé, qui n'est pas là pour l'enterrement !

La réponse fusa, aigre :

— On trouvera bien un prêtre !

— Mais monsieur l'abbé Vigouroux, il était comme de la famille, et elle lui avait fait tellement de bien...

— Té...

Arsène attendait derrière la grille, la manivelle de la Juva 4 en main, pour aider le docteur à démarrer. Et les chapelets reprirent autour de la morte, avec quelques rancœurs en plus.

Marguerite rejoignit de nouveau sa chambre, par l'escalier en colimaçon qui passait devant celle de sa mère.

— Je vous salue, Marie...

Les voix monocordes se répondaient, moitié en français, moitié en patois. Personne ne prit la responsabilité d'interrompre la récitation pour inviter la jeune fille à se joindre à l'assemblée.

Ce n'est que tard dans la nuit que l'on entendit se rapprocher le moteur de la Citroën, et que les phares peints de bleu trouèrent la nuit. Yvonne se leva un instant du chevet de la défunte pour aller à la fenêtre, annonça l'identité de l'arrivant :

— Comme madame se serait inquiétée, de voir ainsi monsieur dehors après le couvre-feu...

Monsieur savait déjà. Il s'était arrêté au village, où la nouvelle était déjà connue de tous. Il enleva son chapeau, ses gants, son manteau, fourra le tout dans les mains de Léonie, qui se tenait seule dans le vestibule pour l'accueillir, droite et le visage sec. Et monta directement dans la chambre de sa femme, où tremblotaient toujours les lueurs des caleils. Personne évidemment n'osa lui demander d'où il revenait à une heure pareille.

A l'étage du dessus, Marguerite entendit le remue-ménage causé par l'arrivée de son père, les chuchotis qui l'accueillaient. Mais elle ne le rejoignit pas, ne vit pas à quel point, en ces instants, son père était atteint. Lui, rigidifié dans son chagrin, était incapable de le partager avec sa fille unique, qui lui ressemblait tant. Chacun se coucha de son côté, pendant que les femmes restaient à pleurer, veillant la morte.

Marguerite était pourtant la seule de la maisonnée à ne pas s'être inquiétée de l'absence de son père, ni même étonnée de la présence de monsieur Lascombe. A force d'être là, en vigie derrière sa fenêtre, ou bien sur le banc du cantou, silencieuse et indifférente, on finissait par l'oublier. Ces derniers temps, maître Cantagreilh avait plus souvent parlé devant elle que face à son épouse, trop attentive, ou trop bavarde.

« Rendez-vous compte, Lascombe ! "Je souhaite la victoire de l'Allemagne"... Si Laval, ministre du Maréchal, peut dire une chose pareille, il est impossible à un bon Français de le suivre... »

Elle avait entendu aussi, sur la terrasse, à l'abri de toutes les oreilles sauf des siennes, son père discuter longuement et nerveusement avec le secrétaire de mairie. Il s'agissait de la parution d'un nouveau décret, qui enjoignait aux maires la réquisition de toutes les armes à feu dans leurs communes, la peine de mort punissant leur détention illégale. A la chartreuse, on s'était contenté de déplacer les deux fusils de chasse pendus à la cuisine, pour les monter, enveloppés d'une toile, dans les combles.

Edmée Cantagreilh fut enterrée dans l'église de Bigaroque, par un jeune vicaire réfugié d'Arras, à l'accent pointu et au teint blême. En dehors des vieilles femmes en mouchoirs de tête, il n'y eut guère de monde pour accompagner la bonne dame de Bigaroque jusqu'à sa dernière demeure, tant les transports étaient devenus difficiles. Les rares trains circulant étant presque exclusivement réservés aux transports de troupes, sa famille du Lot dut renoncer au voyage. Père et fille, au premier rang de la petite nef romane, se tinrent côte à côte, avec leurs brassard et mantille noirs, sans savoir partager leur douleur.

Les semaines suivantes, à la chartreuse, rien ne changea ; ou plutôt tout empira. Le notaire semblait n'avoir plus d'attache dans sa propre maison, ne rendait plus de comptes à personne. Il disparaissait des jours entiers, et ce n'était pas toujours pour se rendre à son étude de Sarlat, ni à la mairie. Quand il était chez lui, c'était pour s'enfermer dans son bureau. Bien sûr, il venait encore des visites, car, malgré la guerre, on continuait à mourir et à partager des héritages. Mais Marguerite voyait aussi souvent, depuis sa lucarne, des inconnus qui ne ressemblaient pas aux clients habituels. Ceux-là apparaissaient plutôt à la nuit tombée, chargés parfois d'un bagage, et se glissaient par la petite porte de l'aile est, à la suite de son père.

Depuis le séjour des Alsaciennes, rentrées à Strasbourg avec l'armistice, tout était resté en l'état : elles avaient laissé la salle propre comme un sou neuf, la cuisine en ordre de marche, les lits faits au carré dans les chambres. Seulement, Arsène avait d'autorité enlevé les jardinières de fleurs, fanées faute de soins, et refermé les trappes à foin. Décidément, on ne changeait pas si facilement les habitudes : les fleurs devaient être au jardin et pas ailleurs ! L'étage avait donc retrouvé son aspect de grange inhabitée, où parfois pourtant brillait, entre les interstices en vieux châtaignier, la lueur d'une lampe à acétylène.

Ces silhouettes furtives, personne d'autre qu'elle ne semblait connaître leur existence.

On ne voyait plus Yvonne à la chartreuse ; Léonie ayant décrété qu'on n'avait pas besoin de « la petite », celle-ci avait été congédiée de fait, sans remerciements. Ni monsieur Cantagreilh, qui n'entendait rien au train de maison, ni Marguerite, murée en elle-même, n'avaient fait un geste pour la retenir. Léonie et Arsène restaient ainsi seuls maîtres dans la maison, rencognés dans la cuisine, et concentrés sur la seule mission qui vaille : assurer la nourriture. Ce qui n'était pas rien, à l'orée de ce nouvel hiver de guerre. On avait tué un cochon en cachette dans la grange du Bost, pour éviter de le voir réquisitionner, et il fallait maintenant mettre en pots saindoux, jambons, boudins ; Arsène préparait le potager, pour remettre en culture les légumes qu'on achetait avant guerre au marché. Et en attendant, Léonie servait à chaque repas ou presque de ces rutabagas que Marguerite abhorrait.

Sans Edmée Cantagreilh pour entretenir les relations, à coups de visites, conversations, sorties de messe, et sans Yvonne pour relayer les nouvelles, la communication était presque coupée entre le village et la chartreuse, isolée dans ses bois. Maître Cantagreilh n'avait jamais été un grand bavard en société, mais on ne s'en apercevait pas tant que sa femme, qui l'était pour deux, meublait la conversation ; et leur fille était devenue muette.

Tout se passait donc sans paroles, et sans explications : le notaire comptait sur sa fille pour entretenir à distance « l'aile des Alsaciennes », comme on l'appelait toujours, et elle s'exécutait en silence. Sur un seul signe de son père, elle préparait du bois, des draps, un broc d'eau chaude, que son père emportait.

C'était sa manière à elle de tirer les conséquences de tout ce qu'elle avait entendu derrière sa fenêtre, et de reprendre sa place parmi les vivants. Elle se tenait ainsi aux côtés de son père, puisque sa mère n'y était plus, contre les forces du mal qui entouraient la chartreuse, contre le vide qui avait happé Philippe. Sans poser aucune question. Et son père s'habituait d'autant plus à compter sur elle qu'elle savait si bien se faire oublier. Margot allait et venait, transparente, dans la cour, le jardin, la cuisine, sans jamais entrer dans l'aile est.

Elle entretenait du feu dans le bureau aussi, quand son père fumait en compagnie de monsieur Lascombe.

« Je suis profondément légaliste, vous le savez bien. Mais que le gouvernement donne son accord pour la déportation des Juifs, y compris en zone libre, c'est inacceptable...

— Il relève de la simple humanité d'aider ces gens qui ne cherchent rien d'autre qu'à sauver leur peau. Et d'accueillir ceux qui travaillent à la libération de notre pays. »

D'autres fois encore, la nuit, des voix de visiteurs clandestins montaient de la cour jusqu'à sa chambre, alors que Léonie et Arsène étaient claquemurés dans leur lit-clos. Marguerite savait donc, grâce à ces conversations additionnées, quand on attendait un des avions de la Royal Air Force. Elle savait l'existence d'un terrain improvisé du côté de Domme, sur l'autre rive de la Dordogne. Elle savait la raison pour laquelle monsieur Cantagreilh écoutait aussi attentivement la radio de Londres : des messages sybillins en annonçaient l'arrivée. Et aussi que les avions lâchaient des containers, dont elle avait même retenu, allez savoir pourquoi, les dimensions exactes. Elle participait à leur attente, et ensuite au décompte de leur cargaison d'explosifs, d'armes, d'appareils de télégraphie sans fil. Elle en suivait les péripéties, lorsqu'ils tournaient longtemps dans le ciel noir, à la recherche des marquages au sol d'une piste de fortune. Les draps tout juste sortis des armoires à linge de sa mère devaient délimiter un plat rectangulaire, marqué aux quatre coins de fanions que le facteur Garrigue était chargé d'allumer au dernier moment.

En même temps que son père, elle avait été ainsi avertie de l'atterrissage mouvementé d'un parachutiste anglais, largué par erreur près des Eyzies, au-dessus d'un bois de sapins. Le parachute ne s'étant ouvert qu'à quelques dizaines de mètres du sol, l'homme avait fait une chute libre de sept ou huit mètres. Il avait pu, malgré la souffrance due à sa jambe fracturée, se confectionner une gouttière de fortune, cacher son parachute et se réfugier dans une ferme. Où maître Cantagreilh était allé de nuit le chercher dans sa Citroën, pour le faire examiner par Marty sur le divan de son bureau.

Elle savait aussi, sans qu'on le lui ait dit, et sans l'avoir jamais croisé, que l'homme était installé dans les combles, à l'étage de l'aile est. Parfois, des conversations chuchotées attestaient de la présence d'autres visiteurs nocturnes. Et tout ce monde, en compagnie de Lascombe et des deux chiens parfaitement silencieux, se glissait ensuite au fond du jardin, vers cet endroit du mur d'enceinte qu'il était facile d'escalader. Mais tout cela troublait à peine le quotidien de la maison, comme des plissements sur une eau calme, perçus d'elle seule. Et dans cette eau trop calme, elle se battait comme elle pouvait, solitaire, à coup de tâches matérielles épuisantes, contre la désespérance.

L'invasion de la zone libre par les Allemands, en novembre 1942, ne toucha pas vraiment Marguerite, qui n'avait encore même jamais vu un uniforme feldgrau. Elle apprit la chose au village, en allant chercher sa tourte de pain, comme elle avait recommencé à faire, puisque le boulanger ne passait plus.

« Les premiers boches sont entrés en Dordogne ! »

Le 11 novembre au matin, les troupes stationnées derrière la ligne de démarcation s'étaient mises en mouvement, tandis que des détachements prenaient possession de Périgueux, ainsi que des points stratégiques du département : dépôts d'essence, de munitions, ponts sur la rivière. Toute la journée, des colonnes pétaradantes avaient traversé le Périgord, depuis Terrasson et Villefranche, pour se rendre à Brive et à Cahors. On les avait vues cheminer sur la route, en contrebas de Bigaroque. Dans les principaux bureaux de poste du département, des téléphonistes s'étaient présentés pour réserver des lignes à l'usage des autorités allemandes. Les Allemands étaient à Sarlat dans l'après-midi, alors qu'un télégramme de la préfecture arrivait à la mairie : « Ce matin, à 9 h 30, une formation allemande est entrée à Périgueux, où elle doit s'installer au quartier de l'artillerie... Je fais un appel pressant à la population pour qu'elle conserve tout le calme et le sang-froid nécessaires. »

C'était Joao, l'ouvrier du maréchal-ferrant, qui délivrait sur la place du village ces nouvelles de première main. Il les aurait volontiers aussi commentées avec la fille du maire. Et de lui glisser, gourmand, au mépris de toutes les précautions, alors qu'elle frayait son chemin vers la boulangerie :

– La situation est peut-être pourtant en train de se renverser ! Il y a eu un sabotage du maquis, sur la ligne de Limoges : un train sanitaire a explosé, qui évacuait des blessés allemands venant de l'hôpital de La Rochelle.

La jeune fille ne lui opposa que son indifférence habituelle et se hâta de rentrer à la chartreuse.

Ce soir-là, Marguerite avait vu la Citroën entrer lentement dans la cour, ce qui ne se produisait jamais. Et son père, aidé de deux inconnus, transporter à grand-peine des caisses de bois blanc vers la petite porte de l'aile est, tandis que s'éclairaient les combles. Pour elle qui avait entendu monsieur Lascombe commenter la dissolution de l'armée d'armistice, et les réticences de ses officiers à livrer leurs armes, il n'était pas difficile d'en deviner le contenu.

La jeune fille ne ressentit aucune peur du danger, non plus qu'aucune interrogation. Les jours à venir n'en seraient pas moins tristes ni moins longs, ni les tâches quotidiennes moins fastidieuses. Mais ces caisses les justifiaient amplement : en souvenir de Philippe.

Dans un pays désormais entièrement occupé, cette grande maison retirée sur son coteau, à l'écart des routes, et disposant d'une vue parfaitement dégagée sur tous les mouvements de la vallée, ainsi que d'échappatoires commodes par les bois, était devenue un point de passage très pratiqué. De nuit uniquement, et surtout à pied, par le mur du fond du jardin et, au-delà, les bois.

6

Janvier 2002

Selon une tradition bien établie, le jour de l'an, celui où toutes les familles se rassemblent plus ou moins joyeusement, son père l'invitait pour un « brunch » en tête à tête. Dans les salons du musée Jacquemart-André, à deux pas de l'appartement. C'était une variante de l'épreuve de la conversation entre père et fille, juste avant de se séparer pour un nouveau trimestre. Une variante plus agréable pour Maud, car agrémentée d'une forêt-noire crémeuse dont elle rêvait le reste de l'année, à la cafétéria de l'université. Et qui lui faisait pardonner un peu le reste.

Car, invariablement, maître Cantagreilh profitait de ces derniers moments pour pratiquer un interrogatoire serré, au moment de la laisser repartir pour cette vie londonienne dont il ignorait tout, sur laquelle il n'avait aucune prise. Elle en connaissait les thèmes par cœur : études, fréquentations, longueur des jupes, projets d'avenir, dans l'ordre et le désordre... Comme maître Cantagreilh évitait soigneusement de parler de lui, aussi bien que de la mère de Maud, son ancienne femme, et du nouveau mari de celle-ci, la conversation était piégée de mille chausse-trappes, et vite limitée. Autre exercice obligé : son père lui fixait toujours une série d'objectifs pour l'année à venir, orthographiques, alimentaires, ou vestimentaires. Par honnêteté, elle essayait plus ou moins d'en tenir compte et à l'heure du bilan se sentait toujours un peu coupable.

Cette année, le brunch du musée Jacquemart-André devait être différent : la jeune fille, dopée par l'amour, avait décidé de rendre coup pour coup, et de soumettre elle aussi son père à la question. Bien sûr, c'était Duncan qui était à l'origine de cette volonté offensive.

« *It's crazy !* Tu ne sais vraiment pas où ton père a grandi ? S'il a une famille, des frères et sœurs, pourquoi tes parents ont divorcé ? Rien ? »

Chaque question de Duncan la laissait bouche bée, étonnée elle-même de son ignorance.

« Mon père, avant d'habiter cet appartement ? Non, je ne sais pas où il vivait. Jamais je ne l'ai entendu parler de ses parents, mais papa ne parle jamais de lui. Ils sont morts depuis longtemps, je suppose... »

L'idée même d'avoir des grands-parents lui semblait incongrue. Sa grand-mère maternelle était morte peu après sa naissance : elle connaissait son visage, si jeune sous une mise en plis démodée, par une photo toujours posée sur la table de nuit de sa mère. Et si celle-ci était prolixe sur sa propre famille, elle opposait elle aussi un ferme refus de parler de son échec conjugal, et de son ancien mari. « Pose ces questions directement à ton père, il te doit des réponses ! »

Duncan enfonçait le clou à chaque occasion :

« Comment peux-tu imaginer ton avenir si tu ne sais pas d'où tu viens ?

— Je n'oserai jamais... »

Maud avait avoué cela d'une toute petite voix. Et puis, à force de réfléchir... Elle aussi ressentait ces trous dans son histoire, maintenant qu'elle les voyait béer, comme des vides dangereux où elle pourrait sombrer.

Ces vacances-là, elle était donc arrivée à Paris avec la ferme résolution de demander des comptes. Après tout, si elle avait choisi d'étudier l'histoire, c'était confusément pour comprendre la sienne propre.

Et puis les journées avaient passé, déroulées comme à l'ordinaire, maître Cantagreilh au bureau, à l'avant de l'appartement, et Maud dans sa chambre, à l'arrière. Avec un silence si épais entre eux qu'elle n'y voyait aucun interstice pour entamer un interrogatoire.

Courageuse mais pas téméraire, elle s'était donc fixé une date butoir, décidant que ce serait pour le jour de l'an, avec une touche de solennité.

Ils s'étaient retrouvés à leur place habituelle, dûment réservée, une petite table ronde calée sous un candélabre doré aux abat-jour plissés de rose, entre deux tapisseries monumentales.

« Tu reconnais Achille, pendant la guerre de Troie ?

– Oui, papa, tu me poses la question chaque année... »

Et sous l'œil intéressé des personnages peints sur la fresque du plafond :

« Tiepolo, je sais ! »

Monsieur Cantagreilh était d'humeur joviale. Heureux de voir sa fille, ou simplement content dans ce cadre qu'il aimait ? Cela demeurait toujours une interrogation pour Maud. Comme de juste, il avait commandé d'avance, sans demander l'avis de sa fille, persuadé de connaître une fois pour toutes ses goûts culinaires. Et commencé aussitôt avec entrain sa litanie de recommandations. Les études, la chance qu'elle avait, l'importance de la culture générale, une bonne hygiène de vie, surtout... Aucune mention du rôle que jouait sa mère dans toute cette organisation, bien entendu, pas la moindre allusion à Duncan, qu'il avait rencontré l'été précédent. Elle avait écouté plus patiemment que d'habitude, pour se donner le droit de reprendre la main au cours de la conversation.

Il lui fallait profiter aussi de l'« Œuf cocotte aux fines herbes », une merveille de la cuisine française, et de la « Corbeille du boulanger », avec ses petits pains fondants. La forêt-noire était enfin arrivée, hautement couronnée de crème Chantilly. Allons, il n'était plus possible de reculer. Et elle s'était lancée, avec une émotion telle qu'il lui était impossible de se souvenir comment était venue la question. Cela avait pris à peine quelques secondes. Son père avait écouté, s'arrêtant net de tourner une petite cuillère d'argent dans sa tasse. Et sans se dérober, sans détourner le regard, en plongeant ses yeux dans les siens, ce qui n'arrivait pas si souvent :

« Ma petite fille, je suis né de père inconnu. De père inconnu, entends-tu ? Toi qui as le privilège d'en avoir un, même s'il n'est certainement pas parfait, je te conseille de regarder l'avenir plutôt que le passé... »

La voix était cassante, définitive. Comme elle avait l'habitude de l'entendre. Mais y vibrait également une gravité plus grande, et de la souffrance. Une vraie souffrance jamais exprimée, lourde et massive, posée entre eux comme une porte. Faite de mots cadenassés, même si leurs regards se comprenaient. Alors, toutes ses questions lui étaient rentrées dans la gorge, définitivement. C'était elle qui, affolée, avait pris l'initiative de fuir ce terrain dangereux :

« Il faut que je pense à vérifier l'horaire de mon Eurostar, pour le retour... »

Il n'y avait pas réplique plus calamiteuse, elle s'en rendait bien compte. Mais son père l'avait acceptée, avec un mince sourire.

« Comme chaque année, tu l'attraperas au dernier moment... »

Ensuite, il était trop tard pour revenir en arrière, reprendre la conversation. Les dernières minutes, pendant que le serveur débarrassait, avaient été horriblement contraintes. Et depuis, Maud était malheureuse, entre phrases convenues et silences ordinaires, entre soldes, bagages et billets de train.

De ces quatre petits mots : « né de père inconnu », ressassés tant et plus, elle ne savait que faire. Passé le choc, la frustration montait, à cause de toutes ces questions qui se pressaient derrière, sans le moindre indice pour les creuser. Cet aveu de son père, dont elle mesurait bien l'importance, ne faisait que verrouiller plus encore son avenir. Cela ne changeait rien à sa vie, et pourtant cela changeait tout. Elle était perdue, en arrivait à en vouloir à Duncan, à sa curiosité, autant qu'elle avait hâte de le retrouver.

Il était acceptable de ne pas avoir de père, mais pourquoi cela empêchait-il d'en parler, d'expliquer ? Maud, obnubilée, butait sur ce mystère. Car un grand-père inconnu faisait aussi une famille inconnue, une histoire inconnue, ouvrait un trou béant devant ses pas.

Au moment de prendre le bus vers la gare du Nord et l'Eurostar – il y avait longtemps que plus personne ne l'accompagnait, depuis que sa mère avait renoncé aux duègnes étudiantes –, elle était au moins mille fois plus triste qu'en arrivant. Chargée comme un baudet de toutes les courses dont sa mère l'avait accablée, mais aussi du poids de cette interrogation.

L'Eurostar prit sa vitesse de croisière, à travers les étendues plates et grises du nord de la France. Duncan ne la féliciterait pas pour ses talents de détective...

VI

Avril 1943

A force de se lever tôt et de se coucher tard, Marguerite pensait un peu moins à Philippe ; plus exactement, la douleur de ne plus pouvoir évoquer aussi nettement sa voix, son rire, la courbure nette de ses lèvres sous la moustache, se faisait moins vive. Ses caresses lui manquaient moins, parce qu'elle n'en ressentait plus aussi violemment la mémoire dans sa chair. Sans doute sa mère, dont l'absence pesait en revanche terriblement lourd, aurait-elle été heureuse et soulagée de la voir ainsi vaquer du matin au soir ! Mais madame Cantagreilh n'était plus là pour le constater, ni personne d'autre.

Chaque jour, et pas seulement pour obéir à son père, elle charriait l'eau et le bois, tordait la lessive des draps, épluchait des légumes pour des gens que jamais elle n'apercevait, sauf à la sauvette derrière sa fenêtre, et qui jamais ne l'en remerciaient. Et chaque jour, ainsi, elle reconquérait une petite part d'elle-même. Peu à peu s'ordonnaient les informations récoltées, ajoutées à celles du journal déposé chaque jour par le facteur. Et tout cela prenait sens : la guerre était à un tournant, les Alliés pouvaient désormais la gagner.

Il avait fallu pourtant traverser encore un nouvel hiver solitaire, humide et trop doux, celui-là, qui augurait de piètres récoltes. Entre les habitants de la chartreuse s'établissait un modus vivendi, qui préservait pour chacun une vie rétrécie à quelques obsessions malheureuses, sous la chape du chagrin et de la peur. Seul maître Cantagreilh quittait la propriété, mais y revenait taciturne. Et monsieur Lascombe apparaissait régulièrement, plus souvent à la nuit tombée qu'au grand jour. Dans le bureau, au coin du feu entretenu par la jeune fille, ou sur la terrasse les rares jours sans pluie, les deux hommes échangeaient des nouvelles :

« Les troupes de la Wehrmacht stationnées à Sarlat sont de jeunes Silésiens, de guère plus de vingt ans, et bien encadrés par des officiers qui ont pour consigne de réduire au minimum les contacts avec la population.

— Ici, tout le monde craint les dénonciations et les représailles...

— Ce n'est pas d'eux qu'il y a le plus à craindre ! Plutôt de la Kommandantur, installée à Sarlat, à l'hôtel de la Madeleine ; et tout autant de la milice française. Leurs gars sont surtout recrutés en ville, mais on peut supposer qu'ils viendront jusque dans nos villages chercher des renseignements, en particulier sur les maquis installés dans les bois... »

Ce à quoi maître Cantagreilh répondait encore, en soupirant :

« J'ai reçu en mairie plusieurs lettres dénonçant nommément des "mauvais Français", et je crains fort que la police allemande ne soit en possession des mêmes. Tout à fait entre nous, je soupçonne Avezou de tremper là-dedans ; tout cela est prétexte à assouvir des jalousies et des règlements de comptes très anciens.

— Nous risquons de le payer très cher... »

La voix de Lascombe était tendue, presque menaçante.

« Pourtant, ici, les gens sont surtout préoccupés par la réquisition de blé. Même pas encore récolté, on nous le demande déjà pour le ravitaillement des Allemands... »

On s'habituait à tout, la guerre et l'occupation ne pesaient pas plus que la solitude et le chagrin. Et malgré tout passaient le temps et les saisons, dans une peur diffuse.

Le mois d'avril commença, avec d'un coup un soleil violent, presque cruel, qui avait fait en quelques jours exploser la végétation endormie. Tout autour de la chartreuse, les iris trop vite ouverts affichaient leurs camaïeux de couleurs comme une provocation au malheur ambiant.

Marguerite, suitée des deux chiens, poussait une brouette brinquebalante vers le jardin, pour y déverser la cendre des cheminées. Faute de l'engrais chimique d'avant guerre, désormais introuvable, la cendre était précieuse pour le potager d'Arsène.

Au mitan de la journée, la chaleur brûlait sa peau trop blanche, déshabituée du soleil. Mais cette sensation physique oubliée depuis si longtemps lui faisait du bien.

Elle s'arrêta un instant, les yeux posés sans le voir sur le magnifique paysage en contrebas : le bouquet de toits du village et au-delà, très loin, le ruban de la grand-route de Sarlat épousant la rivière argentée.

Soudain, les chiens se mirent en arrêt, oreilles tournées vers la vallée. Une colonne automobile, semblable à une procession de fourmis, avait quitté la grand-route pour monter vers le village. Sans hésiter, certainement parfaitement renseignée, la voiture de tête filait. En se rapprochant, on distinguait de grandes croix blanches peintes sur les capots.

Marguerite, le ventre noué, la vit ensuite traverser la place, s'engager sur le chemin du Bost, qui menait tout droit à la chartreuse, puis disparaître dans le petit bois. Et l'on entendait déjà ronfler les moteurs dans la côte, riper les pneus sur les ornières du chemin. Avant que ne débouche devant la grille ouverte une traction avant, suivie de trois ambulances.

Marguerite n'avait pas bougé, sidérée par le fracas. Ils passèrent la grille, au mépris de toutes les habitudes, avec la tranquille certitude du vainqueur. Les véhicules vinrent se garer en épi devant le perron, dans une pétarade renvoyée par l'écho entre les murs, en plus des aboiements furieux des chiens.

C'était la première fois que des Allemands venaient jusque-là, et même la première fois depuis les guerres de religions que l'on venait ici en ennemi. L'un après l'autre, les moteurs s'éteignirent, laissant place à un immense silence, où par intermittence un coucou célébrait le printemps. Le contraste était saisissant entre cette éruption hostile et la lumière claire du jour.

Un officier sortit de la voiture de tête, s'arrêta un instant au milieu de la cour, saisi comme tous les visiteurs par l'harmonieux équilibre des lieux, et se dirigea vers les marches du perron.

Marguerite comprit alors à cet instant qu'elle était seule pour faire face à la situation. Son père, elle l'avait aperçu aux premières heures du jour, s'en allant à pied du côté des bois. Sans rien dire bien sûr de sa destination, ni de son retour. Faute d'essence, la Citroën restait bâchée depuis des semaines ; cachée dans la grange de la métairie, derrière des meules de foin, pour échapper à la réquisition. Léonie devait sans doute faire le piquet derrière le fenestrou de la cuisine. Quant à Arsène, au jardin, il continuait, sans rien entendre, à arracher les premières patates de la saison. De toute façon, elle le savait bien, les vieux domestiques se garderaient bien de se montrer. Il n'y avait donc qu'elle pour recevoir ces indésirables.

Marguerite n'avait aucune idée de ce qui pouvait s'être passé les jours précédents, ou se passait encore, dans le bureau de son père ; ni en face, à l'intérieur de l'aile est. Depuis longtemps pour elle, les matins et les soirs se succédaient en se confondant : quand avait-elle vu passer des ombres, briller des lumières, pour la dernière fois ? Arrivaient-elles, ou repartaient-elles ? Impossible de le dire.

La jeune fille rentra dans la maison, étonnée de se sentir si calme, presque légère, délivrée un instant de son malheur par le sentiment d'un autre danger plus proche, galvanisée par l'action.

Aux deux coups secs du heurtoir, que plus personne n'utilisait – les rares habitués de la maison entrant plutôt par la cuisine –, Marguerite était derrière la porte. Elle débloqua lentement la machinerie compliquée de la serrure. L'homme portait l'uniforme vert-de-gris, un long manteau croisé trop chaud pour la saison, à col noir, avec deux galons sur l'épaule, une casquette qu'il prit la peine de retirer. Et un brassard avec une croix rouge sur la manche, différente du svastika nazi qu'elle connaissait bien.

En levant les yeux vers lui, elle se fit la réflexion qu'il n'avait pas l'air si méchant. Comme si les crimes des boches étaient écrits sur leurs visages ! En même temps que tout le monde à la chartreuse, elle avait entendu sans écouter son père rapporter les saccages commis par les Allemands dans tout le département, lorsqu'ils investissaient ainsi des propriétés privées.

Au domaine d'Essendiéras en particulier, propriété de madame Pouquet, la belle-mère de l'écrivain André Maurois, une escouade semblable à celle-ci avait réquisitionné les provisions, cassé les vitres, menacé les métayers et même abattu un adolescent qui n'obéissait pas assez vite. Maître Cantagreilh avait alors raconté comment cette très vieille dame, par la seule force de sa dignité, avait réussi à arrêter les exactions. Marguerite espérait sans se le dire ajuster son attitude à celle de cette femme qu'admirait son père.

— Matemoiselle…

L'homme s'inclinait devant elle. De près, il avait moins de hauteur, et de prestance : un visage trop fin, les traits tirés, des vêtements poussiéreux et tachés. Il tenait à la main un document, qu'il ne prit pas la peine de déplier. Etait-ce contre des soldats comme celui-là que Philippe était parti combattre ? se demanda-t-elle tout d'un coup, troublée. Alors, c'était à elle de poursuivre son histoire, et elle était depuis longtemps au-delà de la peur.

Deux pas derrière lui, les chauffeurs des ambulances, deux très jeunes hommes, portant le même brassard, attendaient, observant la scène. Les chiens continuaient à aboyer par intermittence, comme s'ils avaient compris que la partie était perdue.

— Bonchour.

Cet accent rêche et heurté, dont se moquaient ceux du village qui avaient déjà approché des boches, ressemblait en effet à celui des jolies Alsaciennes blondes, du temps où la vie était encore la vie…

Pourtant, la voix était trop lente, fatiguée, pour paraître agressive ou violente. Et il était donc impossible d'y répondre de façon trop désagréable.

— Vous désirez ?

Son ton lui apparut tout à fait posé. Elle s'adressa mentalement un satisfecit, ce qui ne lui était pas arrivé depuis bien longtemps.

— Réquisition.

La maison, depuis le départ des réfugiés de l'Est, était notoirement sous-occupée. Quelqu'un l'avait-il signalé aux boches ? L'homme, avec un vocabulaire français manifestement limité, portait les yeux de gauche à droite, englobant tous les bâtiments en fer à cheval, comme une terre promise qu'il s'appropriait.

Avec l'arrivée du printemps, il n'y avait plus de feu de cheminée, ni de soupe fumante, mais sans doute encore à l'étage des traces de passage, qu'il faudrait justifier. Toutes ces questions alourdissaient le silence entre elle et l'Allemand, et les minutes passaient. Mais lui semblait ne pas s'en formaliser.

Peu à peu, les choses s'ordonnèrent dans l'esprit de la jeune fille : l'arrivée tonitruante des boches ne pouvait être passée inaperçue à d'éventuels habitants clandestins. Il fallait donc gagner du temps avant d'ouvrir la maison, pour leur permettre de disparaître, et vérifier ensuite par elle-même qu'il ne s'y trouvait plus rien de compromettant. Malgré la tension, elle éprouvait un certain plaisir à prendre barre sur les événements. Pour la première fois depuis longtemps, maîtresse de son destin. Et l'homme qui semblait être le chef la regardait toujours, sans manifester d'impatience.

La jeune fille opina de la tête, pour accuser réception de la demande. Puis, plutôt que de faire entrer directement l'officier allemand, elle se dirigea vers la porte d'angle de l'aile est, en l'invitant d'un signe à la suivre. Cette entrée-là était toujours verrouillée, elle le savait bien. Depuis la nuit des temps, on ne passait que par les portes-fenêtres, plus larges, orientées vers le jardin, et toujours ouvertes, elles. Comme elle l'espérait, le battant résista à sa poussée.

Ayant ostensiblement, autant que vainement, secoué la poignée, elle annonça, en joignant un geste circulaire significatif à ses paroles :

— Attendez-moi ici, je vais vous ouvrir de l'intérieur.

Le chef hocha la tête, patiemment, indiquant qu'il la comprenait, et l'approuvait.

Marguerite alors tourna les talons, toujours sous le regard conjugué des trois hommes, retraversa la cour, rentra dans la maison par le perron. Ressortit aussitôt sur la terrasse et par le jardin, se rua vers l'aile est.

Tout était en ordre, du moins au rez-de-chaussée. Sans prendre le temps d'hésiter, elle ferma soigneusement la porte qui menait aux combles. Ces combles où maître Cantagreilh avait entreposé des caisses de bois blanc, et où parfois brillait une lumière. Ne lui restait qu'à réapparaître à la porte d'angle, où l'attendaient ses hôtes.

Il lui fallut encore un moment pour déverrouiller le loquet intérieur, grinçant et rouillé. Deux brancards avaient été sortis des ambulances, et avancés jusque devant la porte, au soleil. Les regards des blessés allongés s'ajoutèrent à ceux qui fixaient les mouvements de la jeune fille.

Devant eux, Marguerite s'effaça dans un geste d'accueil, qu'elle aurait voulu l'instant d'après moins appuyé. Mais le chef la remercia d'un sourire et entra pour inspecter les lieux.

— La salle, et la chambre…

Pourvu, mon Dieu, qu'il ne demande pas à monter à l'étage !

La question tomba aussitôt, devant la montée d'escalier et la porte fermée au sommet :

— Là-haut ?

— Le grenier, très encombré, beaucoup de poussière qu'il faudrait nettoyer...

De nouveau, elle se fit comprendre par gestes. L'homme accepta l'explication.

— *Gut.*

De la voix, il investissait déjà les lieux, donnait des ordres gutturaux, tandis que suivaient les brancardiers. La jeune fille s'obligea à ne pas croiser le regard des blessés allongés, glissant devant elle : un, deux... sept en tout, qu'on fit tenir tant bien que mal dans la grande chambre du bas.

Marguerite savait que la dignité aurait voulu qu'elle se retire, maintenant. Mais elle se persuada aisément que son devoir l'obligeait aussi à surveiller l'installation des boches. D'où venaient-ils ? D'un endroit où l'on se battait, à voir l'état des blessés. Maintenant, on encombrait les deux pièces de caisses, de cantines, de ballots.

Sans comprendre ce qui se disait, elle fut frappée de la lenteur de ces hommes, manifestement au bout de leurs forces. C'était sa première rencontre avec la guerre en chairs et en regards : paradoxalement, elle apparaissait plus humaine et moins violente que les images qui la hantaient depuis trois années. Jamais elle n'avait pensé que les ennemis, cette entité à haïr globalement, pouvaient la toucher ainsi. Juste en face d'elle, qui se tenait très droite sur le seuil, il y avait un visage gris sans regard, aux traits poupins, qui gémissait doucement, sans discontinuer, ni rien demander non plus. C'était bouleversant, plus que tout le reste. Philippe, dans ses récits d'aventures guerrières, ne lui avait jamais parlé de cela. Elle aurait voulu aider, faire quelque chose pour eux, elle qui avait refusé d'écrire une simple lettre au fils des métayers du Bost. Mais c'étaient des Allemands, qui envahissaient sa maison, et son pays, elle n'en avait pas le droit.

L'homme galonné ne la quittait guère des yeux et, voyant la faille, poussa l'avantage :

— Eau, s'il fous plaît ?

De son bras tendu, elle désigna le puits, dans le jardin, avec son bassin d'arrosage, les autorisant par ce simple geste à outrepasser les limites de l'aile est.

— *Wasser...*

Le mouvement fut aussitôt répercuté vers un de ses aides, qui saisit un seau dans leur barda.

— Mais pour la nourriture, il vous faudra aller à Sarlat vous approvisionner, nous n'avons plus rien ici.

La jeune fille retrouvait les mots de sa mère pour se plaindre des difficultés de ravitaillement.

L'homme sembla saisir le sens de cette longue tirade en français.

— *Gut...*

Même si chacune des deux parties restait sur ses gardes, il n'y avait pas d'agressivité dans leurs échanges. Les envahisseurs étaient trop mal en point, ou particulièrement soulagés d'être arrivés.

— Une autre place ?

De la même voix douce, l'homme désignait le bureau de maître Cantagreilh, qui leur faisait face, exactement de l'autre côté de la cour. Le bureau, centre de toutes les activités de son père, où trônait l'indispensable poste de radio...

— Non, non, mon père habite là, il va revenir bientôt...

Marguerite réfléchit : seule l'aile centrale ne recélait aucun danger, et la chambre de sa mère, inhabitée depuis sa mort, ne pouvait rien contenir de compromettant. Il n'y avait pas d'autre choix.

Elle désigna à regret le corps de bâtiment :

— Là, si vous voulez, il y a une chambre...

L'homme, par la fenêtre, observa longuement les lieux, hésitant. Marguerite avait le ventre noué, son va-tout joué.

— Merci, je prendre moi-même.

Son français était peu élaboré, mais clair. Il se retourna vers ses hommes pour dire quelque chose en allemand, s'inclina devant elle.

— Je suivre vous ?

Il n'y avait qu'à obtempérer. La jeune fille le précéda de nouveau dans la cour, puis le vestibule, monta l'escalier, avec toujours le poids de ce regard sur sa nuque. Malgré les circonstances, à cause de cette présence étrangère, elle remarqua à quel point la maison apparaissait mal entretenue, et ce lui fut désagréable.

Sur le palier, elle ouvrit la porte, s'effaça. Il lui était pénible de faire pénétrer qui que ce soit dans cette pièce où flottaient encore tant d'images, une vague poussière parfumée, l'écho de la voix maternelle. Curieusement, dans cette chambre morte, se concentrait tout ce qui avait été chaud et vivant autrefois, auquel il n'aurait pas fallu toucher. Mais elle protégeait son père, en agissant ainsi.

L'homme alla à la fenêtre, rabattit les volets, pour faire entrer l'air et la lumière ; et le printemps s'invita, avec ses odeurs puissantes. Au fond du jardin, la silhouette d'Arsène, arrimé à sa bêche, indifférent. Ici, sur l'abattant du secrétaire où madame Cantagreilh rangeait sa correspondance, elle avait, petite fille, appris à écrire son prénom ; une minuscule tache d'encre sur le buvard de l'écritoire en témoignait. Sur le mur, les gravures d'Horace Vernet, dont elle connaissait les moindres détails, crinière de cheval au galop et collines étagées ; et sur la coiffeuse des flacons, un poudrier avec sa légère houppette rose, que personne n'avait dérangée.

Elle se sentit infiniment généreuse d'accepter ici un intrus. Et s'en félicita elle-même une fois encore, pour se donner le courage d'aller jusqu'au bout de ce qu'elle avait commencé.

— Merci. Je dérange pas beaucoup.

La formulation maladroite, en français, se voulait soignée. L'officier était sans doute assez fin pour avoir perçu la réticence à lui concéder cette chambre féminine. Il salua.

— Nos hommes reprendre la force, ici...

Un geste vers la fenêtre semblait englober toute la beauté et le calme de la maison. Mais peut-être aussi lui donner congé, puisqu'il était désormais chez lui.

La jeune fille sentit d'un coup sur ses épaules toute la tension de l'heure écoulée, salua et s'enfuit aussitôt vers la cuisine.

Dans un réflexe de protection, elle évita d'emprunter devant lui le colimaçon menant à sa propre chambre, pour ne pas en indiquer le chemin. Mais c'était se condamner à elle-même sa retraite, le seul endroit où elle se sentait chez elle. Le passage en était barré par ce palier commun aux deux pièces, où de plus le plancher craquait de partout. Autrefois, il y a longtemps, si longtemps, aux temps heureux de ses voyages à Sarlat pour retrouver Philippe, elle en avait fait l'expérience.

— La chambre de madame !!!

Léonie comme prévu ne ressortit de l'arrière-cuisine que lorsque tout mouvement se fut interrompu. Les Allemands, après avoir déménagé le contenu de leurs camions à l'intérieur de l'aile est, puis s'être fournis au puits, semblaient tous dormir, volets fermés. Au beau milieu d'une après-midi de printemps ! Drôle d'armée ! Seules les automobiles, incongrues dans la cour de la chartreuse, rappelaient la situation.

Du village, personne n'était venu aux nouvelles ; pourtant, il était impossible que le passage du convoi à travers le village ait pu passer inaperçu.

— La chambre de madame !!!

La vieille femme, qui bien entendu avait suivi l'entrée de l'officier par le grand perron, et vu sa silhouette s'encadrer à l'étage, était scandalisée. Elle éructa à l'intention de Marguerite, comme si celle-ci était coupable de l'invasion :

— Té, la chambre de madame ! Y pouvaient pas se suffire des chambres des Alsaciennes, là-haut ?

La jeune fille ne répondit pas. D'ailleurs, d'elle on était habitué à ne pas attendre de réponse. Et la vieille, histoire de faire passer sa colère, se mit à touiller à grands coups la toupine sur le feu, et à donner du couteau sur le bois de la table, découpant des chanteaux de pain dur pour tremper la soupe.

— La chambre de madame ! La damiseïlo leur a donné la chambre de madame, aux boches !

Arsène entrait en raclant des sabots, hochait la tête, s'asseyait pour se faire servir. Il le savait bien ; lui aussi avait vu s'ouvrir les volets clos depuis deux saisons. Mais se pouvait-il vraiment que les deux vieux ne sachent rien des allées et venues nocturnes ? Depuis le début de la guerre, chaque jour un peu plus lents et voûtés, ils se repliaient sur leur petit train d'occupations, manière pour eux de protester contre le cours désastreux des choses. Fallait-il expliquer ce qu'elle savait, si son père n'avait pas jugé bon de les mettre dans le secret ? Au village non plus, on n'aimait guère les vieux domestiques. Depuis ce temps où elle jouait avec les gamins du village, Marguerite avait épousé les préventions des gens du pays contre eux. Parce qu'ils regardaient d'un peu haut les petites gens, à force d'habiter au château et d'y faire la loi. Ces derniers temps, Yvonne et sa famille avaient dû charger encore leur mauvaise réputation, et personne ne leur aurait fait confiance. Alors, elle non plus.

D'ailleurs, qu'y avait-il vraiment dans les combles de l'aile est, qui allaient buter sur sa petite chambre du fronton ? Des caisses de bois blanc dont personne ne lui avait dit le contenu, des visiteurs nocturnes qui avaient dû déjà déguerpir. Et il était trop dangereux d'attirer l'attention en y allant voir maintenant.

Autrefois, quand elle était enfant, Margot, le cœur battant très fort, accompagnait Arsène, alors plus ingambe qu'aujourd'hui, pour faire le tour des gouttières : après les gros orages de fin d'été, il y avait toujours des tuiles déplacées. La charpente était magnifique, en traverses de châtaignier de deux cents ans d'âge ; mais une dame blanche y avait élu domicile, qui effrayait terriblement la petite fille d'alors.

Ce soir-là, à la cuisine, Marguerite avait attendu le retour de son père jusqu'à tomber de sommeil : elle voulait lui rendre compte de ce qui s'était passé ; entendre son approbation, peut-être sa fierté. Elle aurait eu besoin de prendre acte avec lui des événements, d'assumer avec lui ces véhicules poussiéreux et laids garés dans un lieu interdit de toute éternité.

Mais maître Cantagreilh ne reparut pas à Bigaroque.

Quand minuit sonna à l'horloge, elle emprunta l'escalier craquant, très vite, et se fourra au lit, épuisée de fatigue. La présence étrangère au-dessous d'elle lui pesait, et elle dormit très mal. Par l'œil-de-bœuf ouvert sur la nuit fraîche, des bruits lui parvenaient dans son demi-sommeil. Rêve ou réalité, tout se mélangeait pour l'inquiéter : le ronflement des autos allemandes dans la cour, ou bien de celle de son père derrière la grille ? Et puis des cris : ceux de Philippe, qui revenait souvent encore dans ses cauchemars, ou bien des blessés boches installés dans l'aile est ?

Elle se réveilla en nage, dans un petit matin laiteux et tiède.

7

Janvier 2002

— Papa m'a dit : « né de père inconnu ». Et voilà, parenthèse refermée, on parle d'autre chose, admire donc plutôt les primitifs italiens du musée !

Maud, lovée dans l'immense canapé de chintz de la maison de Kensington, la nuque calée au creux de l'épaule de Duncan, était pourtant bien, merveilleusement bien. Sa mère et son beau-père partis pour un week-end à New York, tous deux profitaient des lieux en parfaite quiétude. Ils étaient si heureux de se retrouver, après ces longues vacances ; et elle si soulagée de déposer devant lui ce paquet de mystères enchevêtrés.

— *Well !* Voilà au moins une vraie information !

Elle fit une petite moue.

— Un père inconnu, certes... mais une mère ? Une mère ne peut être totalement inconnue ? Et sauf cas très rare, elle est elle-même issue d'une famille, non ?

C'était ainsi du moins que Duncan, petit dernier d'une famille nombreuse, concevait la vie.

Dans la tête de Maud s'alluma une petite lumière. Elle savait évidemment qu'il fallait être deux pour faire un enfant, mais les paroles définitives de son père l'avaient laissée comme sidérée, au point de l'empêcher de penser plus loin.

— Tu ne lui as même pas posé la question ?

— Même pas. Mais j'imagine bien que s'il ne m'en a pas parlé, c'est qu'il ne veut rien en dire non plus...

— C'est vrai. *Really exciting*, comme histoire ! Mais on ne passe pas soixante ans de sa vie, et vingt ans de vacances avec sa fille, sans rien laisser paraître. Si cette famille existe, il y a sûrement des indices dans la vie de ton père, que tu vas retrouver. Donc, a priori, pas de cartes de vœux familiales. Alors, essaie de te rappeler : pas de dispute au téléphone avec un frère aîné ? Pas de vieille tante à qui il faut rendre visite au jour de l'an ? Pas d'objets dans l'appartement venus d'un héritage, pas de portraits, de photos ?

Au fil des questions, Maud secouait toujours négativement la tête.

— Non. Rien à l'horizon...

— Ton père ne t'a jamais raconté de souvenirs d'enfance, genre, je ne sais pas, le chien qui l'a mordu quand il avait quatre ans, et la cicatrice qui est toujours là ? Ou bien le prof de latin, au collège de Saint-Trucmuche, qui lui faisait apprendre par cœur les textes de Sénèque ?

— Non, non, et non.

— Tous les Parisiens sont des immigrés de province, dit notre prof de sociologie française Alors pas non plus de considérations généalogiques, style « moi qui suis têtu comme un Breton », « rapiat comme un Auvergnat », « indolent comme les gens du Midi » ?

Maud roucoulait, en piquant de petits baisers le bras de son amoureux, qui appuyait de grands gestes ses interrogations. Elle admirait sa capacité à tirer les fils du mystère, mais ne trouvait rien à lui mettre sous la dent.

— De ce côté-là non plus, rien de rien. Mais il serait plutôt un homme du Grand Nord, avec ses yeux gris. Et je crois que quand il avait des cheveux, ils étaient plutôt blonds. Dis donc, tu es superfort en civilisation française, bien plus que moi !

— Rappelle-toi, quand même, quand on a déjeuné avec ton père, l'été dernier, il avait l'air de connaître vraiment très bien le Périgord, jusqu'au minuscule patelin de mes parents...

— C'est vrai. Mais rappelle-toi aussi, papa est avocat : il est capable de parler de n'importe quoi en donnant l'impression de maîtriser son sujet. Je le sais bien, ça fait bientôt vingt ans que j'écoute ses discours.

Elle redevint sérieuse, se redressa sur le canapé, soudain tendue.

— Au fond, je sais depuis longtemps que je ne sais rien de lui. Et qu'il y a des questions qu'il ne faut pas lui poser. Toutes celles-là, justement... Alors, moi aussi j'ai tiré un trait sur cet aspect-là de ma vie, et soigneusement évité de m'interroger là-dessus. Papa est comme ça, seul au milieu de nulle part, et puis voilà. Maman, avec ses amis de partout, a toujours occupé tout l'espace. Et elle sait très bien noyer le poisson, quand elle le veut.

— Noyer qui ?

— Expression française, *my dear*, qui signifie que mummy ne répond jamais aux questions qui la dérangent. Papa m'a regardée droit dans les yeux, et m'a dit : Tu ne sauras rien. Mum' ne m'a jamais rien refusé, mais elle détourne la conversation avec des flots de paroles...

— Tu sais ce que dit Freud ? Qu'il faut résoudre ses nœuds intérieurs. Sinon, on passe sa vie à les reproduire. Et un secret de famille pareil, par ailleurs tout à fait passionnant, c'est un sacré nœud...

— Peut-être aussi que j'ai entretenu l'illusion de trouver moi-même dans mes études les réponses à ces questions interdites, entre mes cours de sociologie française, de philosophie, sur « les origines du moi », etc.

— Quelle clairvoyance, mon amour ! Ta vie ressemble à un gruyère français : de la belle pâte onctueuse, et puis des trous. Et tu la regardes avec des airs de petite souris !

— Dans les contes français qu'on me lisait quand j'étais petite, les souris étaient toujours mangées par les chats...

— Alors, je suis un gros matou !

Elle ne put continuer sa démonstration, Duncan l'avait enveloppée d'un mouvement tournant sur le canapé, lui barrant tout accès, et prenait sa bouche.

— Et si on se mariait ? Des racines, j'en ai plein à t'offrir, et je les connais par cœur : l'ancêtre qui a fait faillite, la cousine alcoolique, le grand-père héros de guerre, mes sœurs et leurs enfants respectifs, qui sont bien sûr tous des génies...

Maud reçut comme un coup de barre dans le plexus. Se renfonça dans le canapé fleuri. C'était la première fois que Duncan lui parlait de mariage ; et malgré son éternelle ironie elle sentait bien à quel point il était sérieux. Mais elle n'avait que vingt ans, et une image déplorable de la vie conjugale. Elle n'était pas prête ; pas encore. Peut-être justement parce qu'elle ne savait pas assez bien qui elle était pour fixer son avenir ? Pourtant, elle ne voulait pas le décevoir, ce garçon qu'elle adorait.

Maud ferma les yeux, essaya de penser à autre chose, en respirant le parfum un peu poivré de ses cheveux roux. Duncan perçut parfaitement son recul intérieur. Il le craignait tant qu'il n'en fut pas étonné.

Et, astucieusement, botta en touche aussitôt, pour dissiper le début de malaise entre eux :

— Alors, prochaine étape, prochaines vacances : partir sur la trace de ta grand-mère !

Maud acquiesça en l'embrassant, encore et encore. Pragmatique, il profita de ce qu'on lui offrait.

VII

Avril 1943

Mystérieusement, après leur première sortie de ravitaillement, l'automobile et les deux ambulances avaient été garées le long du chemin, juste avant la grille. Celui qui commandait la manœuvre était-il capable de percevoir la disharmonie de tout ce métal masquant les fleurs, les pierres blondes, la perspective à travers les portes-fenêtres finement incurvées ? En tout cas, cela rendait déjà un peu plus lointaine et supportable la présence des Allemands. Et ressemblait à une marque de bonne volonté.

A chaque retour de la voiture, qui seule se déplaçait, conduite par l'officier, Marguerite trouvait, déposé dans le vestibule, un paquet, comme un loyer symbolique offert en contrepartie de l'occupation des lieux, ou du dérangement occasionné : une motte de beurre le premier jour, charnue et crémeuse, comme on n'en avait pas vu depuis longtemps, et qui suscita le dédain de Léonie : « Comme si on cuisinait au beurre, ici... » La motte n'en disparut pas moins prestement dans les profondeurs du garde-manger. Et puis le lendemain ce fut un pochon de vrai café moulu, tout aussi introuvable en Périgord, et le troisième jour une chambre à air de bicyclette. Certainement avait-on remarqué, accoté au mur de la cuisine, le vélo de la jeune fille, à plat depuis des mois. Mais dans le gouffre sans fond où elle était tombée cette dernière année, celle-ci n'en avait cure. Et d'ordinaire, maître Cantagreilh allait assez souvent à la mairie pour ramener du village le mauvais pain gris auquel les habitants de la chartreuse avaient droit.

Marguerite ne se demanda pas longtemps quelle conduite tenir : en acceptant le premier cadeau, elle acceptait tous les autres, et cela rendait bien service à la maisonnée.

Au bout de quelques jours, les soldats allemands allaient et venaient dans l'espace qui leur était attribué, si naturellement qu'ils semblaient être là depuis toujours. Depuis leur arrivée, aucun visiteur ne s'était montré à la chartreuse, et le maître de maison n'avait pas reparu. Seul le facteur effectuait sa tournée comme à l'ordinaire, apportant sa propre gazette locale, en même temps que le journal et le courrier. Les lettres que le jeune curé Vigouroux écrivait aux Cantagreilh depuis son oflag, dans un latin d'église rempli de sous-entendus, s'étaient taries depuis plusieurs mois.

Au troisième jour, acceptant un verre de piquette dans l'intimité de la cuisine, portes et fenêtres fermées, Garrigue avait rassuré la maisonnée : maître Cantagreilh n'était pas loin, assurait une présence à la mairie et à l'étude, mais jugeait préférable de ne pas revenir à Bigaroque tant que les Allemands y seraient. Pour des raisons qu'il ne jugea pas bon de préciser. Si nécessaire, on pouvait communiquer par son intermédiaire. Monsieur demandait d'ores et déjà du linge de rechange, que Margot était allée chercher elle-même dans la chambre contiguë au bureau. Elle avait laissé repartir le facteur sans rien demander de plus, mais avec un sentiment d'abandon incommensurable. A qui rendre compte, auprès de qui déposer le fardeau, si son père la laissait seule face aux événements ?

Avec le temps, quatre des jeunes blessés arrivés couchés étaient passés à la station assise, et leurs journées coulaient sur des châlits pliants, contre la façade du jardin, face au soleil de ce printemps précoce qui ne désemparait pas. Ils étaient manifestement contents d'être là. De la fenêtre ouverte de la cuisine, on entendait des éclats de voix joyeux, dans leur langue gutturale. Tous n'apparaissaient pas ainsi dehors, mais on ne les entendait plus gémir comme les premières nuits, seulement répondre aux interjections venues de l'extérieur. C'était impossible de s'exaspérer sans cesse de leur présence, de leurs bruits, et Margot, désœuvrée par l'absence des ordres de son père, essayait vainement de ne pas y prêter attention. Léonie en tout cas faisait mine de les ignorer superbement, ne sortait pas de sa cuisine, obligeant le pauvre Arsène à courir à sa place. Peut-être les Allemands, depuis leur arrivée, n'avaient-ils même pas aperçu la silhouette de la vieille femme ?

Un jour, au plus fort de la chaleur, un groupe d'hommes sortit de la maison, torse nu, pour se laver dans le bassin d'arrosage, au cœur du jardin. C'était encore un pas dans l'envahissement des lieux. Ils riaient, se bousculaient, avec des cris de contentement ; bien à l'abri dans ce bout du monde, soulagés sans doute d'avoir échappé à autre chose.

Seule, cachée dans l'ombre de sa fenêtre, la jeune fille ne pouvait s'empêcher de regarder ces grands garçons bien bâtis, bien nourris, habillés de belles étoffes. Ni de les envier un peu de toute cette joie de vivre affichée, de cette camaraderie perceptible entre eux. Elle mesurait douloureusement auprès d'eux ce que la guerre et les deuils lui faisaient manquer de jeunesse et de bonheur.

Dans ces moments-là, l'officier n'était pas là, parti au volant de sa traction noire. Autant les premiers temps elle avait été sur le qui-vive, inquiète pour d'éventuels habitants clandestins de l'aile est, ou d'un incident entre les boches et Léonie, qui pourrait tourner au drame, autant au fil des jours son inquiétude s'apaisait, jusqu'à oublier le danger : ces soldats semblaient occupés seulement d'eux-mêmes, et pas de faire la guerre, ni même de chercher noise à quiconque. Quant au reste du monde, il semblait avoir oublié l'existence de la chartreuse. Les maquisards, que l'on savait pourtant presque à portée de voix, installés dans les cabanes de feuillardiers des bois alentour, se gardaient bien d'approcher. Ils avaient été avertis du danger, peut-être par la métairie du Bost où très régulièrement ils se ravitaillaient. Yvonne et sa mère fournissaient leur tribut d'œufs pondus du jour, de jeunes carottes tout juste arrachées, et même de pain de seigle, cuit en cachette dans l'ancien four remis en service ; sans tickets d'alimentation, bien entendu. « Il faut bien les aider, ces jeunes, si on ne veut pas les voir partir en Allemagne, chuchotaient-elles pour s'excuser auprès d'Arsène. Ils s'entraînent à se battre, té, un jour ils libéreront le pays ! »

Les deux femmes attendaient tellement le jour où Paulin reviendrait, enfin, prendre sa place derrière la charrue brabant ! A Bigaroque même, les iris bleus, mauves et blancs, gloire printanière de la propriété, avaient choisi ce moment de l'invasion pour s'épanouir, plus beaux que jamais. Il faisait chaque jour un peu plus chaud. Toute la nature exultait, avec des vrombissements d'insectes réveillés trop brusquement.

Au fur et à mesure que passaient les jours, Marguerite gagnait en assurance. Elle n'était pas loin de se dire qu'on exagérait quelque peu la férocité ennemie.

Et l'absence prolongée de son père légitimait les décisions qu'elle avait prises seule. Obligée par les circonstances, elle ressentait une sorte de bien-être à les assumer, et reprenait pied dans la vie quotidienne, passant la tête-de-loup sur les toiles d'araignée du vestibule, le chiffon sur les meubles trop poussiéreux. Léonie refusait toujours toute initiative, pour ne pas être tenue responsable de l'intrusion des boches dans la maison. Il était difficile de savoir à qui la vieille femme en voulait le plus : au Maréchal, pour ne pas avoir réussi à la protéger au-delà de sa cuisine, à madame, pour avoir déserté au moment où on aurait bien eu besoin d'elle, ou à Marguerite, pour être là. Seul le maître de maison, parce qu'elle l'avait tenu dans ses bras, échappait comme à l'ordinaire à son ire. A intervalles réguliers, elle soupirait : « Ah, quand monsieur reviendra... »

L'officier s'était installé seul dans la chambre de madame Cantagreilh, laissant ses trois sbires dans la salle, à proximité des blessés. Marguerite, aux aguets derrière son œil-de-bœuf, pouvait discerner une distance certaine entre lui et ses hommes ; entre eux, il n'y avait que des ordres donnés et reçus. L'homme restait sanglé dans son uniforme, et jamais elle ne l'avait croisé au détour du vestibule ou de l'escalier. Dans cette partie de la maison si sonore, avec ce colimaçon rajouté au début du siècle, chaque déplacement s'annonçait d'assez loin pour qu'il puisse facilement s'éviter. Mais on était déjà du côté des habitudes : tous deux passaient assez de temps dans leurs chambres silencieuses pour reconnaître la présence de l'autre à mille petits bruits.

Sans le vouloir, la pensée de la jeune fille filait alors toute seule vers l'Allemand, plus souvent que vers Philippe.

8

Février 2002

— Pâques en Dordogne, c'est raté !

Duncan, l'écharpe et les boucles en bataille, apparaissait tout déconfit. Il venait de retrouver Maud à la cafétéria de l'université. Tout le froid et toute l'humidité de Londres au mois de février s'y étaient aussi donné rendez-vous : pour se réchauffer, les deux jeunes gens entouraient des deux mains leur gobelet de café.

— Mes parents ne peuvent pas y aller avant le mois de mai. Grand-pa ne va pas bien, il doit passer toute une série d'examens médicaux, et mummy préfère être là, pour l'emmener ensuite se reposer là-bas.

Maud et Duncan avaient une seule demi-heure commune de pause, dans cette journée du mardi chargée pour eux deux. Ils avaient donc pris l'habitude de se retrouver pour un sandwich, à mi-chemin entre la bibliothèque de l'un et l'amphithéâtre de l'autre. A cette heure improbable, plus tout à fait celle du lunch et pas encore celle du thé, ils étaient presque seuls au milieu des courants d'air, assis sous un néon fatigué. Duncan continua avec une grimace, en attaquant son sandwich au jambon rassis.

— Ce serait meilleur qu'ici...

Décidément, le garçon n'aimait pas que les événements lui résistent. Cette invitation qu'il avait faite à Maud, plus d'un an auparavant, de venir passer une semaine dans la nouvelle maison de ses parents en Dordogne, à laquelle il tenait mordicus, tout se conjuguait pour la repousser.

— Ecoute, ce n'est pas très grave ; on verra cet été, après les examens...

Maud savait bien qu'il voyait dans ce projet une sorte de présentation officielle, voire un examen de passage, dans cette famille où on comptait beaucoup les uns sur les autres et vivait de même. Elle, du coup, la fille de divorcés, qui avait grandi et conquis son indépendance à coups de ruptures, le redoutait un peu. Et savait bien aussi combien ce serait difficile de dérober ces jours de vacances à son père.

— C'est embêtant pour mon mémoire, aussi...

Depuis des mois, Duncan parlait sans cesse de ce mémoire qui devait valider son programme d'histoire contemporaine. Le titre déjà avait suscité des débats passionnés avec son professeur : « Le Périgord pendant la Seconde Guerre mondiale, à travers le regard d'un parachutiste écossais. »

« L'angle est intéressant, avait dit le prof, à condition que vous en fassiez un vrai travail de recherche, en partant de vos sources personnelles pour brosser le contexte géographique et sociologique. »

Mais voilà... La maladie puis la mort de son épouse, auxquelles venaient s'ajouter ses propres ennuis de santé, qui se conjuguaient en une sorte de dépression, tout cela avait un peu fait oublier sa guerre à monsieur McCarthy. Il se montrait beaucoup moins disert aujourd'hui, alors que son petit-fils l'écoutait avec un enregistreur posé devant lui, qu'autrefois, quand le garçon de dix ans posait question sur question à l'ancien major de la Royal Air Force, et l'écoutait parler des heures durant, dans un mélange de français et d'anglais. Ces récits d'aventures aussi rocambolesques que dangereuses, il ne les avait jamais évoqués auparavant avec ses propres enfants, et cela aussi en faisait la valeur aux yeux du garçon.

Duncan espérait beaucoup retrouver le fil de leur complicité en allant sur place, en retrouvant les lieux mêmes de sa guerre, grâce à cette maison de Dordogne que ses parents avaient achetée un peu pour lui. Peut-être cela déclencherait-il le récit qui devait servir de point de départ au mémoire ?

En attendant, le jeune homme passait beaucoup de temps à la bibliothèque d'histoire européenne du King's College, une des meilleures d'Europe sur le sujet. Trop de temps : passionné par son sujet, il perdait des heures à approfondir des détails, ou à suivre des pistes peut-être inutiles. Le vieux major n'ayant jamais su où exactement s'étaient déroulées les opérations auxquelles il avait participé, il butait sur la délimitation même de la zone géographique à traiter.

« Tu comprends, tout est intéressant, mais chaque vallée, chaque maquis a une histoire différente. Et comme personne n'utilisait sa véritable identité, par mesure de sécurité, je ne peux m'appuyer non plus sur aucun nom… »

Maud compatissait, mais ne pouvait faire grand-chose d'autre que de lui faire préciser son sujet, encore et encore. Et elle aimait l'entendre parler, avec ce mélange qui n'appartenait qu'à lui d'enthousiasme et de réserve « *so british* ». C'était bon d'oublier avec lui les briques et la grisaille, en se laissant emporter soixante ans en arrière, très loin du cours de linguistique française qui commencerait sans elle.

— Tu as le contexte général, au moins ?

— Le Périgord était une région très enclavée, assez peu ouverte sur l'extérieur. Imagine ! Depuis la guerre de Cent Ans, on n'y avait jamais vu le passage d'un envahisseur étranger. Les batailles se déroulaient entre baronnies locales. Exemple, avant-guerre, *you know*, il n'y avait qu'un seul poste de radio pour vingt-quatre habitants, contre dix en moyenne en France à cette époque. Les Périgourdins suivaient les événements nationaux de très loin... Des petits villages, une poussière de hameaux, et presque autant de châteaux et de maisons de maître. Le téléphone seulement à la cabine du village, ou chez les notables ; beaucoup de communes pas encore complètement électrifiées. Peu ou pas d'industries, des cultures vivrières, et du tabac, qui rapportait un peu d'argent liquide. Quelques tracteurs seulement, d'ailleurs difficiles à utiliser sur ces lopins de terre en pente, de rares automobiles. La batellerie sur la Dordogne marchait encore. Là-dessus, j'ai trouvé un témoignage étonnant : le ravitaillement pour le maquis était transporté par des gabarres qui accostaient de nuit le long de la Dordogne. C'était le début de l'exode rural, après la grande saignée de la guerre de 14 : les enfants de paysans cherchaient à s'employer dans les postes, les chemins de fer, la gendarmerie...

— Là, tu tiens ton introduction ! Comme synthèse de géographie économique, c'est très bien...

Ils mastiquaient tous deux très lentement leurs sandwichs insipides, pour ralentir encore le peu de temps qu'ils avaient à passer ensemble. D'autant plus lentement que Duncan ne s'arrêtait plus de parler :

— Et puis voilà que c'est devenu une terre de passage : d'abord les réfugiés espagnols, à partir de 1936, ensuite les Alsaciens en 39, et les Luxembourgeois après l'offensive allemande de 40. Pendant l'exode, ce fut un déferlement des gens de toutes les régions envahies, parmi lesquels évidemment beaucoup de Juifs. Cela explique aussi que les maquis se soient installés dans ce pays couvert de bois...

— Et ton grand-père, là-dedans ?

— Grand-pa était jeune ingénieur, juste diplômé. Il s'est engagé dans la Royal Air Force comme opérateur radio. On l'a d'abord mis au secret et entraîné pendant des mois, dans une base du Devonshire. Les hommes devaient aussi apprendre un minimum de français. C'est là qu'il a appris le peu qu'il m'a transmis, assez de vocabulaire pour te séduire ! Ensuite, on les envoyait en France. Quand la Résistance intérieure a commencé à s'organiser, et à demander de l'aide, il y a eu des parachutages dans le Sud-Ouest, qui ont continué même après l'occupation de la zone libre, à partir de novembre 42. Pour grand-pa, dans sa spécialité, il s'agissait d'accompagner le largage de postes émetteurs, et de former les Français sur place à leur maniement...

— Peut-être faudrait-il que tu expliques qui étaient ces résistants français ?

— Oui, et c'est un peu là où je bute. Il est difficile de savoir quand et où se sont installés les premiers groupes de maquisards. Au début, c'étaient des étrangers en situation irrégulière, les Espagnols par exemple, ou des gens recherchés par la police ; ils se cachaient, tout simplement, bougeaient beaucoup pour assurer leur ravitaillement, sans moyens de subsistance ni tickets. Et puis, ensuite, il y a eu ceux qui voulaient échapper au STO, quand les classes 1920, 21 et 22 ont été successivement appelées à aller travailler en Allemagne. Ceux-là entretenaient plus de liens avec la population locale, parce qu'ils en étaient issus. Peu à peu ces groupes se sont organisés, avec des appartenances politiques très diverses. Il y avait l'AS, c'est-à-dire l'Armée secrète, les francs-tireurs partisans, les gaullistes, les communistes... La moitié de la population voyait en eux des voyous qui vivaient sur leur dos, et craignait aussi des représailles. L'autre moitié soutenait comme elle pouvait cette « armée de l'ombre », où elle trouvait un espoir de libération. Certains, mais pas seulement des maquisards, organisaient des filières d'évasion, ou faisaient du renseignement, pour Londres justement, et la France libre du général de Gaulle ; c'est à eux que grand-pa a eu affaire. Il dit qu'il a rencontré là des gens formidables, dont personne n'a jamais raconté l'histoire. Et c'est justement cela que je voudrais faire dans mon mémoire...

Duncan était lancé, rien ne pourrait l'arrêter. Sandwichs et cafés terminés, la grande horloge murale indiquait seize heures. Maud renonça à assister à son cours et, sans cesser d'écouter, extirpa du distributeur qui leur faisait face deux barres chocolatées. Tant pis pour sa ligne !

— Grand-pa a vu ainsi fonctionner une chaîne d'acheminement vers l'Espagne : pour les résistants « grillés », pour des Juifs après la rafle de Sarlat, pour des parachutés largués au mauvais endroit, ou blessés à l'atterrissage, comme mon grand-père. Les exfiltrés, quand ils arrivaient à bon port, le faisaient savoir grâce aux messages personnels de la BBC. Pour mon grand-père, c'était « mes chaussettes sont trouées ». Quand j'étais petit, cela me faisait beaucoup rire. Mais cela n'avait rien de drôle, à l'époque : les Allemands étaient partout dans la région, et semaient vraiment la terreur, d'autant qu'ils commençaient à éprouver de sérieuses difficultés sur le front de l'Est. Et que, sur place, les mouvements de résistance passaient de la défensive à l'offensive : il y avait des sabotages ; et en représailles, à chaque fois, des otages fusillés, des villages brûlés...

— Et ton grand-père, là-dedans ? répéta-t-elle pour le relancer.

— Il a été parachuté au pire moment, au printemps 1943, un des tournants de la guerre. Mais l'avion qui l'emmenait, en même temps que des containers de matériel, n'a pas reconnu les feux de la zone de largage. Grand-pa a atterri dans un bois, en se cassant la jambe sur un arbre. Heureusement, la gendarmerie patrouillait au mauvais endroit, et personne ne l'a repéré. Il a pu récupérer son parachute, et se faire une sorte de gouttière pour bloquer sa jambe...

— Il a dû avoir terriblement mal...

— Tu imagines ! Au bout de plusieurs heures – il dit que ce sont les plus longues de sa vie –, la jonction a été faite avec les gens qui l'attendaient. Et la nuit suivante, après avoir attendu toute une journée dans une meule de foin, on l'a emmené en voiture, pour le soigner dans une maison de la région. Juste après, les gendarmes ont ratissé le bois... C'est cette maison, où il a passé plusieurs semaines, que grand-pa cherchait à localiser, quand il est revenu avec mes parents dans la région. Je crois qu'il y a vécu beaucoup de choses ; il ne m'a sans doute pas tout raconté, quand j'étais enfant. La difficulté, c'est qu'il est arrivé et reparti de nuit, et n'a donc pas beaucoup de repères pour retrouver les lieux. D'autant qu'il parlait mal le français, et ne comprenait pas tout. De toute façon, à l'époque, moins on en disait, mieux cela valait...

— Comment tes parents sont arrivés là, alors ?

— Après la mort de granny, ils lui avaient proposé, pour lui changer un peu les idées, de faire un voyage en Dordogne avec lui. Tu vois le genre, à la recherche du temps perdu... Un jour, ils sont allés visiter le village de Bigaroque, parce que grand-pa se rappelait avoir entendu ce nom dans les conversations. Mais les lieux n'avaient rien à voir avec la maison du mystère, cela ne correspondait pas. N'empêche que les parents sont tombés amoureux du presbytère abandonné, qui était à vendre depuis un bon moment. Ils l'ont acheté, et puis voilà !

— Rappelle-toi, quand on a parlé de cette région avec papa, à Paris, il a dit qu'il y avait plusieurs villages du même nom...

— Oui, c'est vrai, mais ce Bigaroque-là était le seul à proximité de Domme. Et grand-pa se rappelle la silhouette des falaises sous la lune, avant de sauter. Et aussi qu'une fois guéri il a pris le train à la gare du Buisson, qui est à proximité. Ça aurait pu coller, mais non... Dis donc, tu n'es pas en retard pour ton cours ?

— Si, mais je suis juste à l'heure pour le suivant !

Maud déposa un long baiser sur la bouche de son amoureux et s'en fut.

VIII

Avril 1943

Cela s'était passé très exactement le quatorzième soir après l'installation des Allemands à Bigaroque. Les dernières miettes de mauvais pain jaune étaient finies, et Léonie marmonnait en conséquence. Marguerite avait donc pris la décision, avec cet esprit d'initiative qui lui était nouveau, d'aller chercher une tourte au village. Elle s'en était allée à pied, par la route déjà sèche et poudreuse comme au cœur de l'été. La bicyclette n'était pas réparée, Arsène ayant décidé d'ignorer la chambre à air allemande, certainement sur injonction de sa femme. En même temps que le pain, Margot espérait aussi, ou surtout, voir son père à la mairie. Pour prendre de ses nouvelles, et lui en donner aussi, car elle imaginait bien que l'occupation de la chartreuse devait être au centre de toutes les conversations et inquiétudes.

Pour la première fois depuis 1940, la jeune fille ressentait de nouveau le besoin d'exister, de bouger, de vibrer. Il régnait une chaleur confinant à l'orage, amplifiant sur le chemin les odeurs des lilas sur leur fin, et les mouvements de la gent animale ; des escouades de grives attaquaient les fruits encore verts des cerisiers alentour. Les chiens, animés de la même énergie qu'elle, avaient fait mine de l'accompagner au-delà de la grille, et elle avait dû les renvoyer trois fois à leur métier de gardiens des lieux, avant de pouvoir s'engager, enfin seule, sur le chemin.

A son passage, la métairie du Bost apparaissait déserte ; de l'autre côté de la combe, elle aperçut pourtant la mère d'Yvonne, qui ramassait l'herbe pour ses lapins. Marguerite fit un grand geste de bonjour, plus chaleureux que jamais. Mais la brave femme, soit qu'elle n'eût pas reconnu la fille du château, soit qu'elle eût été préoccupée d'autre chose, ne se releva pas pour saluer. Marguerite continua son chemin ; elle prendrait des nouvelles au retour.

Sur la place de l'église, le presbytère était fermé, et la mairie aussi. Elle eut beau secouer le chambranle, personne ne répondit. Son père n'était pas là, ni le secrétaire de mairie. Fermée aussi l'échoppe de Boissavie, le maréchal-ferrant ; c'était même la première fois qu'elle voyait la grande porte de bois repliée, comme aveugle.

Elle arriva devant la boulangerie. Sur le pas de la porte, prenant le soleil, il y avait deux vieilles femmes en conciliabule sous leurs mouchoirs noirs, dont Marguerite ne se rappelait même plus le nom, après tout ce temps. Il lui semblait sortir tout juste d'un rêve. Un mauvais rêve.

— Té, la Margote ! On se faisait du sang, pour le château…

Déjà, l'épicière, en face, avait ouvert sa porte, autant pour laisser le passage à la mère Fournial, une figure du hameau de Salibourne, que pour écouter :

— Damiseïlo ! vous avez l'air bien tout de même ! Et comment ça se passe, au château ?

On avait vu passer la colonne allemande, bien sûr, et on s'était fait bien du souci pour elle. Les femmes avaient l'air terrifiées, mi-chuchotantes, mi-plaintives.

— Ça va, ça va…

— D'autant qu'il y en a d'autres, des fridolins, qui se sont installés aussi au Mondiol, le même jour que chez vous. Quand ils sont repartis, au bout d'une semaine, tout avait été pillé, et le feu mis à la grange…

— Et quand ce n'est pas eux, c'est le maquis qui nous dévalise…

— Enfin, chez vous, là-haut, vous n'avez que des voitures sanitaires, au moins, pas des hommes en état de combattre !

Comme si elle comprenait sa question muette, la mère Fournial la renseigna :

— Monsieur le maire est à Sarlat, il est parti tantôt…

Des regards s'échangeaient au-dessus d'elle, dont elle ne comprenait pas le sens. Mais, au moins, il était clair qu'il n'y avait pas lieu de s'inquiéter pour son père.

Tout ce monde – il n'y avait dans le village que les plus âgés et les gamins – était rassemblé sur la place par la seule présence de la jeune fille.

— Les boches vous ont pris toute la maison, damiseïlo ?

— Non, non. Ils sont plutôt discrets ; ils n'ont demandé que le logement où étaient les Alsaciens, pour y installer leurs blessés.

Les commères secouaient la tête avec des airs entendus. Ce n'était pas la réponse qu'elles attendaient. Et Marguerite se rendit compte alors qu'elle avait omis de parler de la chambre de sa mère. Pourquoi ? D'autant que par Léonie, et le facteur, tout le monde devait savoir cela. Un peu confuse, un peu rouge, elle coupa court :

— On ne les voit pas beaucoup ; ça n'empêche pas de vivre, vous savez…

— Pourtant, té, il se dit qu'ils tuent même les chiens qui se poussent pas assez vite de leur chemin ?

— Et qu'ils envoient en prison seulement si on les regarde en face !

Tout cela ne ressemblait guère à la réalité de la vie à la chartreuse.

— Oh, ils ne sont pas si méchants que ça...

Un silence réprobateur accueillit sa remarque. Elle décourageait les questions, à force de détachement.

En échange de ses tickets, on lui donna un pain compact, à l'odeur prononcée de poussière. La boulangère en était si meurtrie qu'elle ne pouvait s'empêcher de s'excuser, à chaque fournée nouvelle.

— Ça fait longtemps qu'on n'a pas vu ici de la bonne farine de froment ! Vous pourriez leur en demander, à vos chleuhs !

— Merci, ça ira bien comme ça...

Margot, qui n'avait jamais faim, ne savait pas faire de longs commentaires sur la nourriture, comme il est d'usage en Périgord.

On la regarda sortir de la boutique, s'en repartir encombrée de sa grosse tourte en équilibre sur les bras. Si déshabituée qu'elle était de la vie quotidienne, elle n'avait même pas songé à prendre à la cuisine le panier ad hoc, garni du torchon métis dans lequel on enveloppait toujours le pain, pour éviter de perdre les miettes.

La vieille Elina, dont le nom lui revenait maintenant, et qui était la grand-mère de Roger Avezou, grinça quelque chose d'incompréhensible. Elle n'avait plus une dent dans la bouche. On renchérit autour d'elle, en regardant s'éloigner la jeune fille :

— Toujours aussi fière, la petite damiseïlo...

— Et pas si bonne Française, en plus, pour défendre les Allemands, alors que son père...

Le pays entier, en plus des privations et des tracasseries, vivait dans la terreur, depuis que les nazis, lors d'une rafle à Sarlat, avaient arrêté des braves gens, connus de tous, et qui n'avaient rien fait de mal. Comme le docteur Nessman, qui avait sauvé la vie de Georgette, et de tant d'autres par ici, qu'on avait emmené dans une traction noire.

Marguerite avait repris le chemin poudreux, mal à l'aise encore de ces regards, désolée aussi de n'avoir pu trouver son père. Dans les taches de soleil, entre les arbres du chemin, la chaleur tombait sur ses épaules, soudaine et violente, après l'ombre d'avril encore humide dans le sous-bois.

Après la bifurcation, et juste avant la métairie du Bost, Marguerite se débarrassa de son pain sur l'herbe du bas-côté, pour enlever son cardigan rouge. C'était le dernier ouvrage de sa mère, fait de bonne laine d'avant guerre, détricotée et retricotée à ses mesures.

Elle reprenait sa route quand l'automobile noire de l'officier, venant de la direction de Sarlat, la dépassa lentement, cahotant entre les ornières de l'hiver. Stoppa au bout de quelques mètres, recula pour revenir à sa hauteur, dans un hululement du moteur. L'homme était seul. Il sortit avec empressement pour ouvrir la portière du côté du chemin où elle s'était arrêtée. Et s'inclina :

— Lourd ! Voulez-vous montez ?

Il avait parfois de ces formules correctes, élégantes même, sans doute apprises par cœur, qui faisaient illusion.

Marguerite obtempéra, sans réfléchir. S'installa à la place avant, encombrée de sa tourte, son chandail sur les genoux.

Avant le démarrage, elle eut le temps de sentir sur elle le regard de la métayère du Bost, appuyée sur une bêche au seuil de sa cour.

Dans l'habitacle chauffé à blanc, le silence pesait. Comme s'il s'en rendait compte, l'homme baissa sa vitre pour faire entrer de l'air. Pénétra en même temps le bruit du moteur, ce qui rendait difficile toute conversation. La jeune fille sentait l'air vibrer sur ses bras nus. Pour se donner une contenance, elle fixait les mains du chauffeur sur le volant. Des mains carrées, puissantes, aux ongles d'un rose tendre un peu incongru, qui étreignaient le cercle de bakélite noir avec une force tranquille. Elle se sentit rassurée d'être entre ces mains-là, plutôt qu'inquiète.

On atteignit ainsi la grille d'entrée.

L'automobile la franchit avec le naturel de l'habitude, fit un demi-cercle parfait dans la cour, pour venir s'arrêter devant le perron. Avant même qu'elle ait pu dire un mot, ou s'enfuir, l'officier avait contourné la voiture pour venir, avec cette même extrême politesse, lui ouvrir sa portière et la débarrasser de ses courses.

Que dire, sinon remercier ?

— Che vous en prie...

Cette voix grave et rêche semblait toujours manier les mots français avec une sorte d'attention, de prudence délicate, comme des objets étranges, dont on ne pouvait être certain qu'ils atteindraient bien le but recherché. Ce faisant, leurs mains se frôlèrent, et il ne retira pas la sienne.

Troublée, rougissante et étonnée de l'être, la jeune fille tourna le dos, remonta à vive allure le perron, avec le sentiment d'un regard insistant sur sa nuque. Et s'arrêta net dans le vestibule.

Il lui aurait fallu faire demi-tour : jamais on ne rentrait ainsi par la porte principale avec du pain, qui répandrait ses miettes tout au long des pièces traversées et lui vaudrait le regard courroucé de la cuisinière à l'arrivée.

Elle passa outre, non par bravade mais parce qu'on ne pouvait décidément pas ainsi à la fois l'abandonner dans des circonstances trop grandes pour elle et vouloir qu'elle se soumette à la loi régulière de la maison. Mais Léonie, qui l'attendait dans la cuisine, les mains plantées dans son tablier, ne l'entendait pas ainsi, qui lui servit son admonestation :

— Le pain, tu pourrais y faire attention, quand même...

La vieille ne pipa mot de la voiture des Allemands, que de sa fenêtre elle avait bien évidemment vue s'arrêter dans la cour.

On dîna tôt, en silence, des restes de la veille, choux-raves et enchaud racorni, avec tout de même de gros chanteaux de pain frais, et les dernières noix.

9

Février 2002

— J'ai des choses importantes à te raconter...

Maud était à Paris pour une semaine. Ce n'étaient pas vraiment des vacances, puisque l'université ne faisait pas relâche et que les partiels s'annonçaient. Mais le juge du divorce de ses parents avait institué ce rythme de visites, et l'habitude en était restée, comme un « avantage acquis » que maître Cantagreilh ne voulait pas remettre en question.

Elle avait donc débarqué de l'Eurostar, avec ses fiches de révision et son ordinateur. Un ordinateur portable, bijou de technologie, que lui avait offert son père. Et qui lui permettait, grâce à une connexion Internet, de téléphoner presque gratuitement à son amoureux. Et elle ne s'en privait pas, des heures durant, vautrée sur son lit, entourée des peluches de son enfance, l'éléphant, le kangourou, le nounours géant habillé de son pyjama d'autrefois.

Casque sur les oreilles, elle chuchotait dans le micro. L'écouteur chuinta ; Duncan, de l'autre côté de la Manche, répondait :

— Alors, ton enquête avance ?

— Je suis rentrée dans la chambre de papa...

— Nooon ? Tu as fait ça ?

Le ton de Duncan, clairement persifleur, était perceptible même avec un bras de mer entre eux. C'est que le garçon avait du mal à considérer comme un exploit ce que lui-même faisait quotidiennement, dans une maison familiale ouverte à tous les vents.

— Siiiii ! Il m'a prévenu qu'il allait traiter une affaire à Lyon, et rentrerait tard ce soir. Comme Filomena ne vient que le matin, l'occasion était trop belle…

C'était Duncan qui avait suggéré cette indiscrétion : « Si par exemple tu trouves un carnet d'adresses, tu pourrais y jeter juste un coup d'œil ? » Et puis, un peu plus tard : « Souvent, les gens dorment entourés des photos des gens qu'ils aiment. Moi, par exemple, j'ai une photo de toi juste en face de mon lit ! »

Cette dernière remarque était tombée parfaitement à plat. Et Maud semblait terrifiée à l'idée de passer la porte du domaine de son père, en même temps que sceptique sur l'intérêt de ce qu'elle pourrait y trouver : « Depuis un moment, à chacun de mes séjours, je regarde son courrier à la loupe. Rien n'arrive pour lui, à part des relevés bancaires et des catalogues d'électronique ! »

Et pourtant, elle y était allée.

— Alors ?

— Alors, comme prévu, la chambre est nickel, le lit – à une place – fait au carré, les murs nus, la penderie remplie de costumes au garde-à-vous, avec en dessous une collection de chaussures noires bien cirées, alignées dans leurs embauchoirs. L'œuvre de Filomena…

C'était Maud maintenant qui pour dominer son émotion alignait les détails insignifiants.

— C'est tout ?

— Non, il y a un secrétaire, aussi, fermé à clé.

— Ah !

— J'ai trouvé la clé dans la table de nuit, cachette classique. Et je l'ai ouvert.

— Oh !

— Il y a une rangée de dossiers impeccablement tenus, tous étiquetés : banque, assurances, appartement, Sécurité sociale, salaires de Filomena…

— *Very exciting, isn't it ?*

— Attends ! Un de ces dossiers, beaucoup moins épais que les autres, est intitulé « Généalogie »…

— Ooooh !

— Je savais que celui-là t'intéresserait ! Alors, j'ai tout refermé, et je viens de l'emporter dans ma chambre. On va regarder ensemble… J'ouvre ?

Duncan n'aimait pas beaucoup cette idée de fouiller dans les affaires de quelqu'un ; surtout d'un monsieur presque inconnu, assez intimidant, et dont il avait tout intérêt à ne pas se faire mal voir.

— Euh…

— Je le remets à sa place ?

Maud apparaissait sincèrement hésitante, au moment de sauter le pas. C'était de ses origines qu'il était question, et elle sentait bien que sa vie pouvait en être bouleversée. Mais Duncan se refusait à lui donner lui-même l'autorisation.

— *As you think !* Ce sont les papiers de ton père.

D'un geste brusque, elle ouvrit, et le jeune homme entendit dans le combiné le claquement sec de l'élastique sur le carton. Il s'agissait donc d'une décision claire de la part de la jeune fille. Il la trouva courageuse.

— Il n'y a pas grand-chose, juste deux enveloppes…

La déception de Maud sonnait à la hauteur de son attente.

— Un certificat de décès, tout jauni, d'un certain Philippe Cazenac, né le 13 mars 1914 à Sarlat (24), et porté disparu par fait de guerre durant la semaine du 14 au 21 juin 1940, dans le département de l'Aube. Tiens, il a été établi en 1964... vingt-quatre ans après, c'est curieux ! Et pourquoi papa garde ça ?

— Tu as bien dit « Sarlat » ? Ton père a donc des attaches avec le Périgord !

— C'est vrai... attends !

Maud dépliait un autre papier, dont le craquement s'amplifiait dans le micro.

— Ensuite, il y a une lettre tapée sur une machine à écrire d'autrefois, à en-tête du ministère de la Défense nationale. Elle date de 1982... Tiens, juste quelques mois avant ma naissance ! Je te lis ?

— Comme tu veux.

— « Maître », c'est donc adressé à papa, « en réponse à votre lettre du 17 janvier courant, nous sommes au regret de ne pouvoir vous communiquer les informations demandées. Aucun document militaire (citation à l'ordre de l'armée, compte rendu de campagne...) concernant l'aspirant Philippe Cazenac n'est disponible dans nos archives. Si tel était le cas, nous devrions par avance demander à la famille l'autorisation de vous les communiquer »...

En bon historien, Duncan, depuis Londres, livra ses déductions :

— Cet homme a dû être tué pendant la première offensive allemande de 40. Il y a eu un mouvement tournant vers la Belgique qui a fait beaucoup de morts côté français ; ils étaient si mal préparés... Et dans la désorganisation qui a suivi, ce n'est pas vraiment étonnant que rien n'ait été versé aux archives ! Bon... Tu as déjà entendu ce nom-là ?

— Jamais ! Mais je n'ai jamais entendu papa parler de personne, non plus...

— Est-ce que ça ne pourrait pas être son père ? Le fameux père inconnu ? Voyons, il est mort en 40... ton père serait né en 1939, ou à la rigueur début 40 ?

— *I don't know !* Mais j'ai une idée : il y a un dossier intitulé « Sécurité sociale ». Or, je sais que sur les papiers d'assurance santé des Français, il y a un numéro qui comprend la date de naissance. Maintenant que je sais où est le dossier...

— Tu aurais le courage de retourner le chercher ?

Maud marqua un temps de silence, qui était celui de l'hésitation.

— Je te rappelle ! dit-elle enfin, d'une voix ferme.

Et elle refit en sens inverse la manœuvre : chambre interdite, tiroir de la table de nuit, clé du secrétaire, à tourner avec le même frisson de culpabilité, dossiers alignés. Dans le grand appartement silencieux, chaque geste résonnait.

— Allô ?

Au son de la voix de Maud, Duncan perçut l'échec.

— Papa est né en 1944, le 3 janvier. Ça ne peut pas coller...

— Ah...

— J'ai découvert aussi son prénom complet : Charles-Louis. Personne ne l'appelle comme cela. Enfin, de toute façon, personne ne l'appelle par son prénom...

La jeune fille ne savait plus si elle était déçue ou soulagée ; elle avait peur, tout d'un coup, de toucher à des secrets qui n'étaient pas les siens. Et botta en touche :

— Tes recherches à toi, ça avance mieux ?

— Euh, non !

Toujours pour son mémoire d'histoire contemporaine, Duncan était plongé dans les archives militaires allemandes, où étaient conservés les ordres de marche de toutes les unités de la Wehrmacht ayant opéré en Europe. A partir de cette extraordinaire base de données, remise par la France à l'Allemagne en vertu de la convention de Genève, et ouverte seulement au public en 1994, des pans entiers de l'histoire contemporaine s'éclairaient autrement.

Pour le jeune homme, il s'agissait de reconstituer les événements minuscules racontés par son grand-père, en retrouvant trace de leurs protagonistes et en les inscrivant dans un théâtre d'opérations plus large, dont Trevor McCarthy n'avait aucune idée à l'époque. Depuis quelques mois, ce travail de fourmi était devenu possible à distance, grâce à la numérisation des données, et à un code d'accès que Duncan avait pu obtenir pour ses recherches. Au-delà du travail scientifique qui le passionnait, c'était un cadeau que le garçon voulait offrir à son grand-père. La guerre avait été un moment important de sa jeunesse, chargé d'émotions, dont il n'avait jamais pu comprendre tout le sens, comme un puzzle auquel il aurait manqué des pièces pour terminer de le reconstituer.

— On verra bien qui viendra à bout le premier de son enquête…

Elle fit une moue dubitative.

IX

Avril 1943

Après le dîner, Marguerite monta lentement dans sa chambre, encore envahie par les événements conjugués des dernières heures. Emergeant tout juste de ces mois de torpeur douloureuse, elle y avait perdu l'art et la manière de communiquer avec ses semblables. Et ressentait en retard cette méfiance larvée des gens du village envers elle, cette impression d'être devenue étrangère aux siens, ajoutées à ce qu'elle prenait pour une désertion de son père.

Tout cela pesait lourdement sur ses épaules, à chaque marche d'escalier. Paradoxalement, c'était de l'officier allemand seul qu'elle avait reçu aide et attention, durant tous ces jours. Où étaient ses ennemis, entre ceux qui partageaient sa maison, et contribuaient à son bien-être de toutes les façons, et ses compatriotes dépourvus de toute bienveillance, tristes et terrorisés ?

Elle s'arrêta net sur le palier. Quelqu'un l'attendait, qui ne se cachait pas, dont la simple présence animait l'espace, conjuguée aux craquements du vieux plancher. Les journées rallongeaient assez, en approchant de Pâques, pour qu'une lueur de jour éclaire encore l'étroite cage du colimaçon qui menait chez elle.

Passé la première surprise, elle n'éprouva aucune peur. L'officier était déjà devenu un familier. Il n'y eut d'abord aucun mot échangé. L'immensité de la maison déserte les enveloppait, rassurante. Il prit ses mains dans les siennes, ces mains qu'elle connaissait déjà, chaudes, vivantes.

Il se pencha vers elle, baisa les doigts abandonnés dans ses paumes. Puis, de la même façon délicate et prudente dont il s'était adressé à elle durant la journée, l'attira vers lui.

C'est à ce moment seulement qu'elle remarqua qu'il avait pour la première fois quitté sa lourde veste et portait une chemise ouverte, aux manches repliées sur ses avant-bras. Elle n'avait toujours pas relevé les yeux assez pour croiser son regard. Ce qu'elle fit juste avant de se retrouver tout contre lui. Ces yeux très clairs, si proches, transparents, qui l'appelaient, elle s'y noya comme dans une vague de douceur inconnue. Ou plutôt reconnue.

Marguerite n'était plus innocente ; elle avait connu avec Philippe la complicité des peaux, la brûlure du désir, l'enchaînement des gestes, la magie des corps mêlés. Elle savait d'expérience aussi l'absence et la souffrance, et donc la valeur de ce qu'il lui offrait ainsi en silence : la certitude d'exister, des sensations retrouvées. Dans les cendres de son deuil rougeoyaient donc encore ces émotions de braise ? Elle s'en étonna, et s'en réjouit. Aucune autre considération ne comptait.

L'homme ne ressemblait pourtant en rien à Philippe ; il y avait dans son souffle quelque chose de plus pressé, ou de plus résigné ; mais allié à une sorte de générosité, et à la maturité d'une personnalité déjà faite.

L'urgence les prenait tous deux de se rendre heureux mutuellement, tels qu'ils étaient. Oui, il appartenait à l'armée ennemie ; non, elle n'avait rien de commun avec lui, pas même la langue. Et pourtant, elle reconnut au creux de son ventre l'affolement familier, se sentit sous son regard palpiter aussi violemment qu'autrefois, à Sarlat... Le reste n'avait plus aucune importance : elle qui depuis si longtemps n'était qu'une ombre dépourvue de volonté agissait dans ce moment avec la certitude que cela était bon. Elle avait besoin de cet homme, de son désir et de sa puissance offerte. Et cela n'entachait en rien, au contraire, sa mission de gardienne des lieux, protectrice des activités de son père.

Marguerite ne se déroba donc pas, et donna sa bouche, après ses mains et ses yeux. L'homme était doux et ferme dans ses gestes, autant que dans son regard ; il proposait, elle consentait d'un infime mouvement, et ils s'étonnaient tous deux de s'accorder ainsi sans mots.

Ce fut la jeune fille qui l'invita jusqu'à sa chambre, au bout des marches, et ce fut l'homme qui la déposa, les yeux clos, sur son lit. Elle ouvrait les lèvres, les bras, la gorge, comme on aspire l'air frais et neuf, et il l'enveloppa de son désir. Elle gémit comme un animal trop longtemps assoiffé, tandis qu'il murmurait une musique de mots qu'elle ne pouvait comprendre.

Beaucoup plus tard, tandis que leurs corps apaisés se détendaient côte à côte, il la regarda tout droit et, en posant sa main à plat sur sa chemise blanche, et son cœur, prononça, dans un français haché et grave :

— Je, Karl-Ludwig.

Elle reçut ce prénom sans même songer à offrir le sien en échange, répéta lentement, en caressant le torse de son amant :

— Karre-l-Loud-vig...

Il lui reprit les mains, les baisa, et tout recommença. Peau à peau, cœur à cœur, jouissance partagée au cœur de la nuit. Seuls au monde, sans passé et sans avenir.

La nuit coula ainsi entre sommeil et réveils, et l'aube les trouva enlacés, elle accrochée à lui comme à un radeau, lui ébloui et reconnaissant de ce jeune corps offert. L'homme se détacha le premier, alors que le brouillard isolait encore la maison, la recouvrit du gros édredon de plumes, respira une fois encore ses cheveux sombres étalés en drapeau sur l'oreiller et disparut. A peine éveillée, elle l'entendit marcher à l'étage en dessous, d'un pas lourd, qui portait de nouveau le poids de la réalité à affronter. Elle se laissa bercer par cette présence. Elle n'était plus seule.

Les journées qui suivirent ressemblèrent à toutes les autres, c'est-à-dire à une succession de moments attendus. Maître Cantagreilh donnait régulièrement signe de vie, par l'intermédiaire de Garrigue. Une fois il réclamait un carnet, que sa fille trouverait à la place qu'il indiquait ; une autre fois, c'était son veston d'hiver, ou encore quelques conserves. Marguerite rassemblait, transmettait, fidèlement. Mais, désormais, elle redoutait le retour de son père. Car tous les soirs, ces soirées de printemps embaumées, habitées du grouillement de la vie qui reprend, aussi bien dans les charpentes de la maison qu'au creux des arbres du jardin et dans la campagne tout entière, l'officier se tenait debout sur le palier. Et aussi lorsque la pluie tambourinait sur les tuiles des combles, formant un rideau protecteur autour d'eux. Alors, tous les soirs, avant même que le jour ne tombe, elle quittait la cuisine, prenant soin de faire claquer ses semelles de bois à travers le vestibule, de fermer bruyamment les volets des portes-fenêtres.

Tous les soirs, dans la même posture attentive, presque humble, tellement différente de la manière dont il donnait des ordres durant la journée, il attendait que d'un geste elle l'invite à l'accompagner jusqu'à sa chambre.

Tous les soirs, elle renouvelait l'invitation, chaque fois de façon plus naturelle, plus pressante. Elle lui avait d'abord pris la main, pour l'entraîner dans le colimaçon, puis avait caressé chaque centimètre de sa chemise blanche, au lourd coton brillant d'avant guerre ; elle avait piqué de baisers ses épaules, et sa nuque dure et carrée, jusqu'aux cheveux clairs, si fins malgré la coupe militaire.

Alors seulement, il sacrifiait à ce rite qui s'était établi entre eux dès le deuxième jour. Entourait sa taille de ses bras, de manière à la porter presque, jusqu'à la petite chambre des combles, dans le lit-bateau qui les accueillait tous deux, temps et circonstances abolis, jusqu'au petit matin.

L'homme ne connaissait sans doute de la langue française que les formules quotidiennes, et peut-être les mots opérationnels d'une armée en campagne. C'est donc en allemand qu'il lui parlait doucement, tendrement, au bord de l'oreille. Elle, qui n'avait jamais été confrontée auparavant aux ordres des occupants, ne percevait de toutes ces phrases enchaînées qu'une musique aux puissantes intonations. *Liebe, meine liebe...* ces mots étranges la rassuraient tant ; et quand le sommeil finissait par les envahir, il lui prenait la main encore, pour l'accompagner.

Marguerite ne posait jamais aucune question, certaine que d'en savoir plus ne lui amènerait que de l'angoisse et de la culpabilité. Et elle ne disait rien non plus, lèvres closes sur ses propres secrets : dans ses bras, malgré lui, l'officier devenait le meilleur protecteur de Bigaroque. Parce qu'elle savait d'expérience de quel gouffre elle venait, elle accueillait le moment présent pour ce qu'il était. Cet homme, qui la regardait, l'aimait, la protégeait, lui offrait sa première chance de survie depuis le drame.

Oui, elle se savait en état de péché, puisque son instinct lui dictait de ne parler à personne, jamais, de ses nuits. Doublement, même, puisqu'il s'agissait d'un homme qu'elle aurait dû haïr. Mais la réalité de ses sentiments lui disait tout le contraire : rien chez l'homme blond et délicat ne justifiait la haine ; rien à ses côtés ne la mettait en alerte contre un danger. Au contraire, elle trouvait dans ses bras les seuls instants de confiance, d'abandon, de paix depuis longtemps. Comme un antidote nécessaire à la chape de méfiance qui pesait sur la chartreuse et le village. Insensiblement, elle oubliait les gestes appris avec Philippe, l'odeur de sa poitrine, la texture de sa moustache ; c'était désormais bien le corps de Karl-Ludwig qu'elle cherchait, sa peau tavelée, son nom qu'elle redisait lentement, encore et encore, comme seule parole possible entre eux. Toutes les autres étant interdites.

Ils avaient bien conscience aussi tous deux d'être suspendus au-dessus du vide, et mettaient une égale énergie à le repousser loin d'eux, à préserver cette bulle d'émotions miraculeusement épanouie dans la petite chambre des combles. Il n'y avait pas d'histoire entre eux, pas d'avenir, seulement la conscience aiguë du moment présent. Et durant les journées, l'attente de la nuit à venir.

Des habitudes s'étaient instaurées ainsi en quelques jours, qui aidaient Marguerite à éviter les questions, et à passer le temps de la séparation quotidienne. Au petit matin, donc, peu après que l'homme était redescendu, des ordres retentissaient dans la cour, où elle reconnaissait les intonations de cette voix qui la nuit tour à tour murmurait des mots et grondait de plaisir. Puis des pas pressés dans la cour, le moteur de la traction qui s'emballait : l'officier, invariablement, quittait la chartreuse ; l'on entendait décroître le ronflement vers la vallée, jusqu'à la grand-route.

Plus tard, côté jardin, c'était l'eau tirée du puits, dans la lumière du matin, les éclats de voix joyeux près du bassin d'arrosage. Tous ceux qui étaient arrivés couchés paraissaient désormais plus ou moins debout, et manifestaient bruyamment leur plaisir d'être vivants. Marguerite écoutait, observait, s'emplissait de cette joie de vivre des vainqueurs, comme on se réchauffe de la chaleur humaine. Elle savait que devant la cuisine, au retour de la traction, elle trouverait sa part des provisions rapportées de Sarlat. Léonie cuisinait sans poser de questions, et l'ordinaire de la table s'en trouvait beaucoup mieux. L'humeur des vieux domestiques aussi.

Le mois d'avril tirait à sa fin. Les gelées trop tardives avaient flétri les fleurs en gloire, et la fête des Rameaux, puis celle de Pâques se passèrent sous une pluie diluvienne, sans qu'on les célébrât. Madame Cantagreilh n'était plus là pour ordonner les rites, les devoirs et les saisons. Et en l'absence du jeune curé prisonnier, l'église de Bigaroque restait fermée.

Assommés par la guerre, leurs récoltes gâtées par le gel, sans parler du reste, les paroissiens ne se rassemblaient plus ; personne ou presque ne fit ses Pâques, cette année-là. Il ne se passait pas de semaine sans que l'on apprenne une arrestation, une humiliation, une réquisition supplémentaire. On ne savait plus se parler en confiance, et les yeux s'évitaient ; d'autant que le maire redoublait lui-même de précautions, fuyant les questions et les conversations sur la place de l'église.

Quand sonnèrent les cloches du côté de Temniac, Léonie, délivrée du souci quotidien de la nourriture, sortit de ses réserves le dernier cou d'oie farci dans sa graisse ; avec les premières pommes de terre nouvelles, fondantes, délicieuses. On mangeait en silence, serrés à trois dans la cuisine. La vieille femme, qui dans les débuts marmonnait à chaque repas à propos de la disparition du maître de maison, n'en pipait plus mot, réservant sa hargne aux occupants de l'aile est.

Enfin la chaleur revint, et dans la terre du chemin ravinée par les pluies, défoncée par les passages successifs de la traction avant, les odeurs se faisaient plus puissantes. La jeune fille ne comptait plus les jours, dans cette étendue de temps depuis longtemps sans limites, elle attendait le soir, le corps en fusion. Mais l'esprit clair, occupé de son père et des caisses du grenier.

Arsène avait raccourci les iris, coupé les premières roses fanées, ramassé les fleurs de magnolia racornies sur la terrasse : l'on procédait ainsi, dans cet ordre, du temps de madame, et il ne pouvait faire autrement, même si personne ne le lui demandait plus.

Aux environs de la Fête-Dieu, il y eut un regain d'activité, les ambulances nettoyées à la brosse, les cantines ouvertes et des paquets entassés devant la porte d'angle. Marguerite avait remarqué, certes, ce qui pouvait ressembler aux prémices d'un départ mais, concentrée sur elle-même, n'en avait tiré aucune conclusion.

La nuit avait-elle été différente, plus chargée d'émotions, moins douce ? Aurait-elle dû discerner des signes dans la manière d'être de son amant ?

Ce matin-là, aux premiers pépiements des oiseaux, il s'était glissé hors du lit, créant sous le drap un infime courant d'air. Elle s'était pelotonnée un peu plus pour recevoir ce qui devait être son dernier baiser, les grandes mains brassant ses cheveux embrouillés. Peut-être quelques secondes plus longtemps qu'à l'ordinaire. Des ordres retentirent au milieu de son demi-sommeil, puis un bruit inhabituel, incongru dans le calme du matin. Tous les moteurs des véhicules, ensemble, démarraient. Quand elle s'était jetée, nue, au coin de la fenêtre, les ambulances venaient de se former en convoi dans la cour, avant de disparaître en cahotant sur le chemin. Quelques minutes plus tard, on aurait pu croire qu'elles n'avaient jamais existé. Les portes-fenêtres de l'aile est étaient closes.

Le départ des Allemands était aussi évident que définitif, car bientôt Margot vit apparaître Arsène, traînant des sabots, Turck et la vieille Diane trottinant joyeusement à côté de lui. Ils se plantèrent au milieu de la cour en hochant la tête de concert, comme pour reprendre possession des lieux. Or, durant toute l'occupation, le vieux jardinier était resté prudemment au fond du potager, où les travaux de printemps ne manquaient pas.

Marguerite restait abasourdie par ce que ses yeux étaient bien obligés de constater. Mais pas encore désespérée : il ne lui avait pas dit adieu, c'est donc qu'il reviendrait.

Une heure plus tard, maître Cantagreilh, averti on ne sait comment, était de retour ; revenant comme de promenade, par les bois, accueilli dès le mur du fond à grands transports de joie par les chiens. Marguerite ne le vit arriver que par hasard, au moment où elle refermait enfin sa lucarne.

Son père l'attendait dans le vestibule, la regarda descendre l'escalier ; elle fit mine d'être surprise de le voir, premier mensonge instinctif d'une longue suite à venir. Ne se jeta pas dans ses bras, cela faisait trop longtemps qu'elle en avait perdu l'habitude ; présenta son front, qu'il embrassa longuement. Entourant ses épaules d'abord, il lui prit le menton entre ses deux mains ensuite.

— Ma Guitte, tout va bien ?

Elle hochait la tête, largement, honnêtement, de bas en haut et de haut en bas. Mais baissait les yeux en même temps. Oui, tout allait bien. Comment ramasser autrement que dans ce geste tout ce qu'elle avait vécu de si contradictoire, de si violent, de si important ?

Maître Cantagreilh était depuis assez longtemps habitué au silence de sa fille pour que cela suffise à le rassurer. Lui-même semblait fatigué, un peu amaigri ; rien d'autre dans son aspect n'avait changé, depuis tout ce temps où on ne l'avait vu ; sa veste de tweed, déformée, était la même, son chapeau aussi, ses souliers à peine moins bien cirés que du temps d'Yvonne.

Père et fille, après ces minutes d'émotion silencieuse, s'en allèrent ensemble à la cuisine, comme tous les autres jours. Le maître de maison reprit sa place en haut de la table, se laissa servir par Léonie une assiette de la soupe qui attendait toujours au coin de la cuisinière à bois. Jamais auparavant il n'avait fourni d'explications sur ses absences, et ce jour-là pas davantage. Lui seul posait les questions :

— « Ils » ont été corrects ?

Ce fut Léonie qui répondit, se lamentant, racontant les traces de pneus dans la cour, le vacarme autour du puits. Elle avait oublié le beurre, le café et le chocolat, aussi vite qu'ils avaient été consommés. Arsène, comme pour mieux confirmer, ponctuait cette mélopée de prises de tabac qui le faisaient tousser.

De la profanation de la chambre de madame, il ne fut pas question, peut-être pour ménager monsieur. Marguerite se taisait, avec le sentiment du devoir accompli. Au-delà, elle ne voulait pas s'engager dans des phrases où elle-même aurait dû rendre des comptes.

A son heure habituelle, le facteur Garrigue, volubile, les rejoignit pour commenter l'événement.

— Vous avez eu de la chance ! Au moulin de La Rigaudie, il y avait aussi un poste d'infirmerie allemand, avec un médecin et trois ambulances, tout pareil. Et ils sont partis ce matin, presque en même temps : toutes les colonnes se sont rejointes dans la direction de Cahors. Peut-être qu'il y a eu un ordre de marche pour toute la zone ? Mais en moins de trois semaines, tous les meubles ont été brûlés, pour faire chauffer de l'eau. Ils ont vidé aussi la cave, et percé un tonneau pour se servir plus vite, au point que ça pue la vinasse partout...

— Té ! Pauvres...

Personne ne lui demanda comment il savait si bien, jusqu'aux odeurs, ce qui s'était passé à La Rigaudie quelques heures auparavant.

— Oui, nous avons eu de la chance...

Marguerite écoutait tout cela sans broncher, ni couper court aux jérémiades de Léonie. Vaguement déçue de ne recevoir aucun signe d'approbation de son père, pour la façon dont elle avait mené la maison durant tous ces jours. Et surtout, elle prenait conscience qu'une page était tournée.

Quand on en eut terminé, elle se leva précipitamment de table, étouffant de larmes retenues.

— Té !

Léonie haussait des épaules, en jetant des airs entendus à son époux.

La jeune fille se réfugia dans sa chambre. Les conversations, comme les bruits et l'odeur du printemps, l'insupportaient.

Elle se jeta sur son lit. L'avenir lui semblait de nouveau invivable. L'officier y avait pris la place dévolue à Philippe, souffrance pour souffrance. Fallait-il donc recommencer à en endurer autant ? Marguerite reconnaissait précisément ce nœud dans sa gorge, prolongé de brûlures fulgurantes quand elle laissait son esprit s'arrêter sur des détails, une main forte et carrée, un murmure de mots hachés, un cri de plaisir dans la nuit. Suivies immédiatement, avec la conscience de la réalité, du sentiment de couler dans un puits sans fond, de n'exister plus, de se diluer dans cette chute interminable.

En quelques jours, le monde avait repris une autre forme. Son père allait et venait, en voiture ou à pied, jusqu'à la mairie ou ailleurs ; Lascombe reprenait l'habitude de s'enfermer avec lui dans le bureau pour écouter la radio, et il y avait de nouveau des discussions serrées avec le secrétaire de mairie. Mais seuls des éclats de voix entre les deux hommes parvenaient jusqu'à la lucarne du fronton. Avezou n'était plus reçu à la cuisine.

Sans les extras offerts par l'Allemand, dont personne ne reparla plus jamais, les repas se déroulaient, plus mornes encore. Et Marguerite ne remit plus les pieds au village, ni même au Bost. Comme dans les pires moments qui avaient suivi la mort de Philippe, elle passait ses journées dans sa chambre, à lire et relire la petite liasse de messages jaunissant lentement. Dans son esprit et ses regrets, les mots et les corps se confondaient, nuque carrée et yeux clairs, moustache et mains bronzées, langue chantante et heurtée.

Jusqu'au jour où maître Cantagreilh revint d'une de ses mystérieuses excursions à travers bois avec un seul chien sur les talons, la queue basse.

— Diane s'est fait écraser sur la route, du côté de Siorac. Impossible de la ramener jusqu'ici ; je l'ai enterrée sur place, dans le fossé.

Jamais la vieille chienne précautionneuse ne se serait jetée seule sous les roues d'une automobile. Mais personne ne se permit de commentaires, à cause de ce ton glacé, faussement indifférent. C'était encore une disparition, un petit deuil de plus, qui les attristait tous, différemment.

Sans transition, et sans beaucoup de formes, le notaire demanda à sa fille de remettre en ordre l'aile est. Elle ne demandait pas mieux et tenta de s'y épuiser, sans succès : tout était déjà impeccable, jusqu'aux ustensiles de cuisine alignés au cordeau. Flottait même une odeur de propre, inconnue. Une armée disciplinée ne laisse pas de traces.

Les insupportables nuits sans sommeil recommencèrent aussi pour elle, dans la clarté des lunes précédant la Saint-Jean d'été. Elle rejetait draps, oreiller, courtepointe, s'obligeant à respirer, à contrôler ses mouvements, à chercher honnêtement le repos. Elle se levait alors, pour prendre au moins de l'air à la fenêtre.

L'ouvrant un soir sur la nuit de pleine lune, elle perçut nettement des bruissements, puis des pas qui se rapprochaient. Son cœur s'arrêta. Revenait-il ? Se pouvait-il qu'il réponde ainsi à son appel silencieux ? Une lampe à acétylène brillait dans le bureau de son père, à travers les interstices des volets soigneusement clos. Pourvu que...

Elle se rencogna comme elle savait le faire pour être parfaitement invisible, forme blanche accroupie sur le plancher, les yeux tout juste à la hauteur de la lucarne. Ecarquilla les yeux pour profiter de la moindre lueur, tendit l'oreille : ce n'était pas un homme seul, mais un groupe, mené par monsieur Lascombe, reconnaissable à sa silhouette trapue et un peu voûtée. Ils débouchèrent du bois, longèrent le jardin et se dirigèrent vers la petite porte d'angle de l'aile est.

Ce n'était pas l'officier, mais de nouveaux occupants clandestins. L'impression de couler sans retour la reprit, jusqu'au malaise, derrière sa fenêtre...

10

Juillet 2002

Les examens étaient terminés, et Maud ne se sentait pas trop mécontente de son travail. Par-dessus tout, elle était en vacances !

L'avion venait d'atterrir à Bergerac, France, dans une lumière dorée, moins de deux heures après avoir quitté l'aéroport de Stansted, Grande-Bretagne.

Elle rejoindrait Paris la semaine suivante, en faisant mine d'arriver directement de la gare du Nord. Car elle n'avait pas osé avouer à son père ce détour, minutieusement préparé, et première entorse de sa vie à la règle des vacances parisiennes. Mais, après tout, elle avait vingt ans, était majeure et amoureuse ! Sa mère, pour une fois, acceptait d'être complice de l'affaire : si maître Cantagreilh appelait sa fille au téléphone, ce qui ne lui arrivait quasiment jamais, madame Abbingdon invoquerait des oraux à repasser. Et tant pis pour la fierté de Maud.

Ces vacances avaient donc un petit goût d'escapade interdite, et celui de la nouveauté, dans une région inconnue. Avec le bonheur à venir d'être ensemble, Duncan et elle, tous les jours, du matin au soir et du soir au matin. Tout allait bien, hormis l'appréhension de vivre dans cette famille si différente de la sienne, qui ne manquerait pas de l'observer...

Duncan, parti une semaine avant elle, avec l'alibi de travailler son mémoire au calme de la campagne, l'attendait sur le tarmac brûlant. Au pied même de l'avion. Bronzé, parfaitement à l'aise dans ce pays étranger, il l'enleva de la file des voyageurs pour la prendre aussitôt dans ses bras, comme un conquérant. L'enveloppant d'effluves d'herbe verte, qui se mêlaient à sa propre odeur familière, plus poivrée. Elle se nicha au milieu de ses boucles, un peu ahurie. Autour d'eux, on parlait beaucoup anglais, mais aussi un français de soleil, rond et chantant à souhait. Pas de service de sécurité, pas de barrières, pas d'hôtesses mal aimables, pas de chariot à bagages non plus. Le lieu, qui pourtant se voulait aéroport international, se composait d'une minuscule tour de contrôle, presque un jouet, et d'un vague hangar de plastique coloré.

— La « buvette », présenta Duncan, assez fier de son vocabulaire, en face des trois « coucous » de l'aéroclub.

Ils progressaient, étonnés et ravis d'être de nouveau ensemble, les mains étroitement jointes, jusqu'à un grand herbage, qui se donnait avec ses quelques barrières des airs de parking à voitures. Le tout parfaitement incongru, posé là au milieu de nulle part, dans la campagne. La moitié des voitures garées là étaient britanniques, avec le volant à droite, et l'autre françaises, conduite à gauche.

— Les plaques d'immatriculation terminées par le numéro 24, c'est pour la Dordogne.

Maud ignorait même le numéro correspondant à cet heureux département. Duncan, chargé du grand sac qu'elle avait embarqué dans la cabine de l'avion, l'emmena à la lisière du pré, pour retrouver la petite Austin de sa mère.

— C'est mieux que les parkings en sous-sol, non ? Et tu vas voir, dans une heure, on sera à Bigaroque !

— La priorité est à gauche ou à droite ? On regarde où, avant de traverser ?

— Euh... les deux ? Il passe environ une voiture par heure.

— Alors, ça me va bien, comme pays...

Avant de démarrer, Duncan réclama son dû de chauffeur :

— Un baiser ?

Elle se jeta sur lui, heureuse, si heureuse d'être là, loin de l'université et de sa ville en noir et blanc. Même l'habitacle de la voiture était ensoleillé.

En cahotant, ils prirent une petite route bordée de champs de blé, à la sortie même de l'aéroport.

— Des nids-de-poule, en français dans le texte, signala encore Duncan.

— Quels progrès tu fais, *my God* !

Puis la voiture rejoignit la vallée de la Dordogne, qui arracha à Maud une collection de « Oh ! » d'émerveillement. La rivière était si belle, tantôt argentée, tantôt émeraude, selon les rayons du soleil, enchâssée dans des berges ciselées de buissons. Après le bourg de Siorac, ils traversèrent la rivière, devant une théorie de pêcheurs.

— Ils passent leur journée là, on dirait ! Mais jamais je n'en ai vu un seul relever sa ligne...

Maud pouffa :

— La vraie vie, quoi...

Par des petites routes sinuant à travers les coteaux, ils étaient arrivés à Meyrals.

— Ici commence le Sarladais, encore plus joli que le Bergeracois, je trouve...

Duncan montrait du doigt l'horizon, avec un luxe de gestes qui ne lui était pas coutumier. Elle avait ri de plaisir, n'en revenant pas de tant d'harmonie, de tant de couleurs. La moindre grange était un bijou, le moindre chemin une promesse.

— C'est ton pays, si l'on en croit les papiers de ton père !

Elle ne se rembrunit qu'un instant.

— N'empêche qu'il ne m'a jamais emmenée au-delà du bois de Boulogne. Je n'imaginais pas du tout la campagne française comme cela !

Duncan était assez content, mais pas étonné, de l'effet produit.

— Alors, si tu avais su, tu serais venue plus tôt ?

Elle lui chatouilla la nuque, glissa avec volupté ses doigts dans les boucles rousses.

— Et ton mémoire ?

— Hum, hum, et hum...

Dans les derniers kilomètres, il résuma la situation :

— J'ai lu toute la doc, j'en ai fait des résumés très complets, vraiment pas mal du tout : le contexte général, la chronologie, les mouvements de troupes avec des plans, les analyses des universitaires sur la période, les controverses politiques sur la Résistance... J'ai tout étalé dans le grenier, que mum' m'a donné comme bureau. Et puis j'ai ouvert des fichiers sur mon ordinateur, pour chaque chapitre. Vides, pour le moment...

Le garçon avait l'air si penaud, si désolé, les yeux à moitié cachés derrière ses cheveux, qu'elle renonça à se moquer.

— J'ai tout, mais il me manque pour rédiger le « fil rouge », comme dit l'expression française...

Elle comprit.

— Ton grand-père est là ?

— Oui, oui, il passe les vacances chez mes parents. Plus aucune inquiétude côté santé, tous les bilans médicaux sont bons. Mais il n'est pas très joyeux : granny lui manque, évidemment. Mon travail ne semble pas du tout l'intéresser, lui qui avant était passionné d'histoire. Il ne répond pas à mes questions, et même, quand je cherche à lui faire préciser des détails, esquive carrément...

— Ah...

— Pourtant, je vois bien qu'ici il vit dans ses souvenirs. Comme si se retrouver en Périgord ravivait les moments difficiles qu'il y a vécus, au lieu de l'apaiser. Finalement, pour lui, ce n'était peut-être pas une si bonne idée de remuer le passé. Et moi, je suis dans l'impasse...

— Attends un peu. Il va peut-être se détendre, on a l'air si bien ici...

Elle adorait rouler fenêtres ouvertes sur cette tiédeur, fraîche pourtant, inconnue à Londres autant qu'à Paris. Ainsi renversée sur le siège, le vent dans les cheveux, elle l'aurait écouté parler pendant des heures.

— Ouais... Voilà, on arrive. Tu vas voir, ça va te plaire.

Il bifurqua sur une petite route, et Maud acquiesça du menton, yeux fermés. Un bras sur les épaules de Duncan, l'autre passé par la vitre de la portière, elle respirait, de tournant en tournant, les odeurs de foin coupé ou de sous-bois. Elle aurait voulu que ce voyage ne finisse pas, que n'arrive jamais le moment de saluer toute cette famille.

Après la route des coteaux, ils avaient quitté la direction de Sarlat pour sinuer sur un chemin qui n'avait d'une route qu'un mince vernis de goudron. Le panneau indicateur de Bigaroque apparut, sous un bouquet d'arbres bruissant d'oiseaux. Et tout de suite après, des maisons de pierres blondes, le clocher d'une église romane, avec la simplicité de l'évidence dans ses proportions, une place plantée de tilleuls.

L'Austin vint s'y garer. Duncan coupa le contact.

— *Home !*

C'était effectivement la plus jolie maison, accolée au chevet de l'église, la plus massive, aussi. Une façade de belles pierres taillées, des fenêtres disséminées en désordre, toutes différentes, témoignant des reprises de la construction à diverses époques. Avec une porte en arc de voûte prise dans la masse, et des chiffres tracés dans le cartouche du fronton au-dessous d'une croix sculptée : *1623*.

Quelques instants, avant de décharger les bagages, tous deux se tinrent debout devant la porte, enlacés, communiant dans le charme de l'endroit, et le bonheur d'être ensemble. Mais cela ne pouvait durer. La porte s'ouvrit devant Dorothy Hathaway, tout sourire, avec un petit côté Queen Mum' pour vous accueillir, comme si elle vous attendait depuis toujours.

— *Maud, here you are ! Welcome home...*

Son mari suivait de près, en tenue de travail, bermuda, tee-shirt et espadrilles abondamment tachés de peinture.

— Voilà, tu vois dad' dans son élément !

Tout le monde rit, et Maud, après un instant de surprise, suivit de bon cœur. Tellement en effet monsieur Hathaway était différent de l'homme élégant de la City qu'elle avait croisé à Londres, très rarement.

— *Come on, come on...* Nous vous attendions pour commencer à déjeuner...

— Les parents sont devenus tout à fait français, ils passent des heures à table...

Un hall chaulé et pavé de tomettes rouges, avec deux battants de bois brut ouverts sur la verdure, une grande cuisine sur la gauche, un escalier de pierre vers l'étage... A la remorque de Duncan, Maud s'emplissait les yeux des lieux. Exactement comme dans les pages des magazines de décoration de sa mère, une table de teck les attendait sous une treille, avec des filaments de lumière vibrant sous les larges feuilles de vigne. Assiettes de faïence, plat de terre cuite, bouteille de vin à rafraîchir, des guêpes zonzonnant autour, tout y était.

— Pas de repas ici sans apéritif ! *Would you like* du vin de Rosette ? Un blanc très doux, parfait pour l'apéritif, et pour accueillir les visiteurs !

Malcolm Hathaway, en quittant le crachin du nord, avait gagné en convivialité.

Duncan la tira par la main.

— Viens, que je te présente à mon grand-père !

Un vieux monsieur parfaitement *british*, les mains en visière sur les yeux, déplia sa taille voûtée pour saluer la jeune fille.

Cela faisait déjà presque trop de monde à la fois pour Maud. Elle bredouilla :

— *Hello !*

— Bonjour, mademoiselle !

— Tu constateras que grand-pa met un point d'honneur à te parler en français. Il a été décoré par la France, et il faut que cela s'entende !

Impressionnée par un tel monument historique, Maud reprit, bien obligée, dans un français appliqué :

— Bonjour, monsieur ! Je suis très heureuse de faire votre connaissance, car j'ai souvent entendu parler de vous.

— Moi aussi, j'ai beaucoup entendu parler de vous, mademoiselle !

Autour d'elle, on rit de cet assaut de cérémonies. Maud était assez contente des mots qui lui venaient naturellement ici.

— *You know*, reprit Dorothy pour la mettre à l'aise, vous êtes tout à fait chez vous ! Madame Fournerie, notre femme de ménage, qui sort d'ici, vient de me raconter qu'il y a dans le canton une famille Cantagreilh, dont le nom s'écrit exactement avec la même orthographe que vous !

— *Well !* Toi qui prétends ne pas avoir de famille, t'en voici une ! s'esclaffa Duncan en forme de plaisanterie.

Maud, qui commençait justement à se détendre, un verre à la main, se raidit aussitôt. Sur ce sujet si sensible, elle ne se montrait pas prête à rire. Et surtout, elle était choquée que son histoire personnelle, si intime, si compliquée, soit ainsi mise sur la place publique, au milieu de quasi-étrangers.

Lui, imperturbable, continuait :

— C'est peut-être pour cela que ton père avait l'air de si bien connaître la région ? Jusqu'à la date de construction de l'église, que mes parents ont cherchée partout sans la trouver, ajouta-t-il en se tournant vers la jeune fille. C'est moi qui la leur ai donnée, selon les indications de ton père : XVIe siècle remaniée XIXe. C'est bien ce qu'il nous avait dit à Paris, rappelle-toi ?

Elle ne répondit pas. Il ne fallait pas mêler son père à ce moment-là, alors que justement elle traînait la vague culpabilité de ne pas être chez lui.

— Je crois bien que nous devrions nous mettre à table, maintenant...

Dorothy avait pris le bras de la jeune fille pour l'installer. Duncan lâcha enfin l'affaire.

Les jours qui suivirent furent un enchantement. Maud et Duncan se levaient tard, passant directement du petit déjeuner à l'apéritif, toujours sous la treille, avec vue sur l'église et la campagne alentour. Ils ne s'arrachaient au jardin que pour aller se baigner dans la rivière, ou visiter la région. Ils se rendirent à Sarlat bien sûr, rôdèrent dans les rues étroites à l'odeur d'humidité persistante, entrèrent dans les cours des vieux hôtels particuliers de la Renaissance, remplirent des paniers de provisions au marché du samedi. Ils grimpèrent au château fort de Beynac.

— Pendant la guerre de Cent Ans, on tirait d'ici des boulets de pierre sur les Anglais, installés sur la rive opposée de la rivière.

— Eh bien, nous sommes revenus !

Duncan jubilait, au grand dam du gardien des lieux.

Ils découvrirent aussi les ruines enfouies dans les bois de Commarque, descendirent la Dordogne en gabarre, poussèrent jusqu'aux grottes des Eyzies. Pour le plaisir d'être seuls ensemble, de se regarder, de se toucher.

Les Hathaway étaient parfaits : totalement absorbés dans leurs travaux de rénovation, sans horaires et sans exigences de tenue, ils ne faisaient guère attention aux allées et venues des jeunes gens. Ce qui convenait parfaitement à Maud, ravie de cette liberté nouvelle pour elle. La famille pouvait donc être autre chose qu'un étouffoir ? A table, quand se croisaient les uns et les autres, on glosait indéfiniment sur d'épais catalogues, que des ouvriers joviaux et peu pressés venaient apporter, sur la demande des maîtres des lieux.

Cela justifiait à chaque fois un petit coup de vin de Monbazillac bien sucré sous la treille ; et les devis suivaient de près, avec une nouvelle visite : « Un petit verre pour accompagner tout ça ? »

Malcolm Hathaway prenait un malin plaisir à les voir acquiescer toujours à la minute, quelle que soit l'heure. Jamais dans sa vie de banquier il n'avait vu une telle soif générale.

« Oh, un tout petit, alors, hein ? »

Et le Périgourdin de passage clignait de l'œil à l'intention de grand-pa, qui les regardait faire avec un peu d'indignation. Le vieux monsieur, seul dans la maison à n'avoir abdiqué aucun principe, continuait à porter une cravate pour faire la sieste et à boire un unique whisky écossais par jour. Il ne se serait pas permis de le faire remarquer, mais comprenait un peu mieux pourquoi les Français avaient commencé par perdre la guerre, un demi-siècle auparavant. Et Maud, pour justifier ses compatriotes, d'approuver ce silence plein de sous-entendus :

« On est au sud de la Loire. Je vous assure qu'au nord les gens travaillent beaucoup plus, et sont beaucoup moins gais ! »

Il renvoyait à la jeune fille, dans un clin d'œil presque joyeux :

« Je le sais bien, *my dear* ! »

Dorothy, après le départ d'un artisan, toujours suité de deux ou trois apprentis, s'extasiait :

« Mais ils sont tellement gentils ! Bavards, pas pressés, jamais à l'heure, mais vraiment gentils…

— Maman ! Ils savent surtout que les Anglais sont bon payeurs, avec le cours de la livre sterling au plus haut… »

Ensuite, le décryptage desdits devis, succincts et particulièrement incompréhensibles pour des anglophones non initiés, provoquait des discussions à l'infini, sur l'emplacement futur d'une cloison, ou la couleur des volets tout juste commandés.

« On va demander à madame Fournerie ! »

Laquelle s'essuyait les mains et venait participer à la conférence :

« Dans le pays, la tradition, c'est sang-de-bœuf, trois valeurs de rouge basque, pour une de marron, avec une pointe de noir. Et gris-bleu pour les maisons de maître… »

La question était donc de déterminer quel était le statut d'un presbytère, selon cette même tradition.

« Il faudrait demander au père Michel...

— Qui est-ce ? »

Le vieux monsieur avait posé sa question en français, pas mécontent de sortir du sujet des travaux.

Dorothy et Malcolm l'avaient déjà rencontré.

« C'est le curé catholique ; il est très aimable mais pas souvent là, parce qu'il dessert une multitude de paroisses, en plus de Bigaroque. Nous l'avons vu une seule fois, au moment de notre installation, parce qu'il venait de célébrer un enterrement. Il nous a fait visiter l'église, ouverte ce jour-là pour l'occasion. Le portail est de couleur grise, d'ailleurs, tiens, qu'est-ce que cela veut dire ?... »

Les deux jeunes gens riaient de tout cela, parce qu'ils étaient heureux, et tâchaient de s'éclipser avant qu'on leur demande leur avis pour la énième fois, sans plus en tenir compte ce coup-ci que les précédents. Rouge, gris, ou couleur arc-en-ciel, cela leur était bien égal, du moment qu'ils pouvaient s'aimer au soleil, dans ce pays de cocagne.

Monsieur McCarthy, toujours dans ses pensées, entrevit soudain une bonne raison de s'échapper. Il se leva.

— Une dame est entrée tout à l'heure dans l'église, avec des fleurs. Si elle n'est pas repartie, c'est l'occasion d'aller visiter l'endroit, *isn't it* ?

Maud le suivit. Elle qui n'avait jamais eu l'occasion de vivre ainsi, en compagnie d'un si vieux monsieur, s'était prise d'affection pour le grand-père de Duncan. Depuis qu'elle avait découvert le « père inconnu » de son propre père, elle se sentait très privée d'un éventuel grand-père. Et puis elle aimait faire plaisir : cet homme âgé, veuf, dont les circonstances faisaient un spectateur un peu nostalgique de leur bonheur exubérant, et qui de plus la traitait en princesse, l'émouvait. Les églises ne l'intéressaient pas particulièrement, mais celle-ci, tout de même, qu'ils observaient de l'extérieur à toutes les heures du jour, sous des lumières toujours changeantes, elle avait bien envie d'y entrer.

— Voulez-vous que nous y allions ensemble ?

Elle avait même soigné la concordance des temps en français pour cette invitation, sachant qu'il y serait sensible.

Il approuva, avec un petit air de plaisir que tout le monde remarqua, parce que cela faisait bien longtemps que cela ne lui était arrivé. Et coiffa son panama plus vivement qu'à l'habitude.

— *Well !* Tout de suite ?

Duncan, tel un bienheureux dans sa chaise longue, yeux mi-clos, un livre d'histoire de la Seconde Guerre mondiale ouvert posé sur son ventre en forme d'alibi, n'avait manifestement aucune envie de bouger. Maud déposa un baiser sur ledit ventre offert au soleil. Il sentait le miel.

L'une donnant le bras à l'autre, la jeune fille et le vieil homme sortirent sur la place, traversèrent les flaques de soleil brûlant et s'en furent jusqu'à l'ombre des tilleuls, devant le portail de l'église. Il était entrouvert, une grosse clé de fer forgé glissée dans la serrure. Le battant, qu'ils poussèrent, grinça bruyamment. La pénombre, trouée de taches colorées là où le soleil donnait sur les vitraux, leur parut délicieusement fraîche quand ils pénétrèrent dans la nef.

Aussi contents l'un que l'autre d'être là, ensemble, complices, admiratifs, sensibles à l'impression de sérénité dégagée par la petite église de campagne. Elle était d'une grande beauté, avec ses murs nus, un peu piqués d'humidité, son tracé en forme de croix, « d'un roman très pur », comme le signalait une petite notice explicative sur le mur, et l'abside peinte d'une fresque à demi effacée : un « Christ en gloire, vraisemblablement du XVIe siècle », regardait venir à lui les visiteurs depuis des centaines d'années.

Ils avancèrent jusqu'à l'autel. A genoux sur les marches, une femme aux cheveux blancs assemblait des fleurs. Elle avait déposé sur la dalle de pierre usée une énorme brassée de roses, dont le parfum entêtant les enveloppait. Avec des gestes secs et précis, elle les choisissait une par une, pour les piquer dans les vases de porcelaine blanche alignés devant elle.

Fascinés, tous deux s'arrêtèrent pour la regarder faire : au fil des minutes, sous ses doigts vifs, des harmonies naissaient à travers ces bouquets. Le vieux monsieur finit par se racler la gorge, et la femme, vivement, se retourna vers eux. Elle ne les avait pas entendus, se releva brusquement pour leur faire face et les fixa, l'œil inquiet.

— Pardonnez-nous de vous avoir fait peur ! Nous habitons l'ancien presbytère, à côté. Le portail était ouvert, et nous avons pensé que nous pourrions visiter l'église... expliqua Maud dans ce français châtié que lui avait enseigné son père, pour apaiser l'anxiété visible de la petite femme, droite et menue sous ses bandeaux neigeux.

— Ah, vous êtes les Anglais...

Cela sembla la rassurer, mais ne la rendit guère plus aimable. Maud nota une fois de plus qu'on ne la prenait jamais pour une Française.

— Visitez pendant que je termine, et ensuite je devrai fermer...

— Très bien, merci, madame !

Ils firent lentement le tour des lieux. Ni le vieil homme ni la jeune fille ne brillaient par leur culture religieuse, mais leurs yeux, d'un même mouvement, se posèrent sur les tableautins accrochés à intervalles réguliers sur le mur, représentant un chemin de croix. A petits pas, ils en suivirent les étapes, le long des murs de pierre crue, contournèrent l'abside et la femme à genoux devant ses fleurs. Cette dernière détourna le regard, ostensiblement. Le charme était rompu : ils n'étaient pas les bienvenus. Avec les minutes, la fraîcheur du lieu devenait humidité, le silence se faisait plus lourd que serein. Leurs pas résonnaient étrangement sur la pierre, et ils s'empressèrent de revenir vers la place ensoleillée, après un signe de remerciement.

Sans avoir prononcé un autre mot, sitôt les visiteurs sortis, la vieille dame referma bruyamment le portail, à grands tours de clé, et reprit sa voiture garée sur la place. Une Twingo noire toute neuve qu'elle fit démarrer presque en trombe, pour prendre la route de Sarlat.

— Drôle de caractère, cette dame-là !

A l'ombre du tilleul, tous deux mirent un moment à se remettre de l'incident, dont ils n'auraient su dire si c'était une fuite ou une fin de non-recevoir. Ils rentrèrent au presbytère, côte à côte, sans faire aucun commentaire. Madame Fournerie était dans la cuisine, à déballer des paniers.

— Je vous ai apporté des haricots verts, ramassés de ce matin ! Et puis des œufs, les poules pondent bien, en ce moment.

Les présents en nature de madame Fournerie, additionnés, représentaient presque autant que ce qu'elle gagnait chaque jour à venir tenir la maison des Hathaway. Aussi Dorothy se sentait-elle obligée de lui verser un salaire de ministre. Ce qui faisait redoubler d'attentions la dame, bien décidée à garder une si bonne place.

— Alors, ça y est, vous avez pu la voir, notre petite église, on dirait ; elle est jolie, hein ?

— Il y avait quelqu'un qui s'occupait des fleurs, on en a profité pour entrer…

— Eh bé c'est elle, justement, madame Margot, qui s'appelle comme vous !

— Son nom, c'est Margot ou Cantagreilh ?

Maud, dans la conversation, se prenait à chanter sur les consonnes, comme sa joviale interlocutrice.

— Les deux ! C'est Marguerite Cantagreilh, mais personne ne l'appelle comme ça, bien sûr. Chez nous, vous savez, on donne des surnoms à tout le monde, et on en arrive à oublier les noms de baptême !

— Eh bien, elle est déjà repartie !

Madame Fournerie rit doucement.

— Elle est pas vraiment causante, hein ?

Maud n'aurait su dire si elle était flattée ou déçue de porter le même nom que cette étrange vieille dame.

X

Novembre 1943

— Damiseïlo ! Damiseïlo !

La voix réveilla Margot dans son lourd sommeil. Il y avait un homme dans la cour, qui appelait. Tout de suite, elle remarqua l'absence des aboiements de Turck, signifiant que son père, qui désormais l'emmenait partout avec lui, n'était pas encore rentré.

— Damiseïlo !

Cette voix, avec un accent périgourdin prononcé, lui était familière. Elle ne prit donc aucune précaution, s'extirpa difficilement de sous son édredon de plumes, et entrouvrit la lucarne donnant sur la cour. Une brume d'automne entra d'un coup, en volutes visibles à l'œil nu, dans la chambre. Ce n'était plus le soir, c'était déjà le matin : une lueur pâle pointait derrière l'aile est de la maison.

Et c'était bien Garrigue, le facteur, qui appelait ainsi. Elle reconnut son visage derrière la lampe-tempête qu'il tenait bien haut pour s'éclairer. Alors que quelques minutes auparavant il criait si fort pour la réveiller, le voilà qui paraissait tout d'un coup gêné, et sans voix.

— Damiseïlo... reprit-il, plus bas.

Depuis l'occupation, elle était habituée à toutes ces précautions, et répondit aussitôt, doucement :

— Un instant, je descends !

Pour éviter de mêler les occupants de la cuisine à cette visite nocturne, elle alla déverrouiller la porte du vestibule. Connaissant la confiance que son père avait dans le facteur, Marguerite pensait simplement qu'une fois de plus on avait besoin d'elle. Mais terriblement tôt, cette fois-ci...

Pendant plusieurs mois, Bigaroque avait hébergé en effet un hôte à demeure, qui se cachait à peine. C'était monsieur le curé, l'abbé Vigouroux, rescapé d'une invraisemblable épopée.

L'été précédent, on les avait sortis de leur camp, lui et d'autres prisonniers, pour les placer dans des fermes allemandes, à travailler aux moissons. Ainsi échoué aux confins de la Souabe, Aristide Vigouroux avait retrouvé les mêmes travaux des champs que dans son enfance périgourdine, sur des terres autrement meilleures et plus étendues. La patronne s'était révélée une fervente catholique. Quand elle avait découvert que le prisonnier attribué à son exploitation était un ecclésiastique, elle l'avait traité en prince. « De quoi se refaire des muscles, des forces, et constituer des provisions de bouche », avait raconté l'abbé. Il possédait déjà une boussole, qu'il avait reçue dans un colis, enfouie dans la graisse d'un confit de canard.

Par honnêteté, il était resté le temps de la récolte d'orge, jusqu'à la fin juillet. Et puis s'était enfui, habillé de la culotte de peau du mari, parti sur le front russe. Même pour un homme jeune et en bonne santé, capable de s'orienter, instruit et nanti d'un vocabulaire allemand de base, c'était une gageure de traverser ainsi l'Europe en guerre, quadrillée par les nazis. D'autant que les bruits de débarquement imminent des Alliés, en cet été 43, les mettaient sur les dents.

A travers les forêts de Souabe et du Wurtemberg, puis la vallée du Rhin, de presbytères en couvents, d'églises en maisons de paroissiens courageux, il avait pourtant réussi à passer les frontières et les barrages successifs jusqu'à la Loire. De là, profitant d'une exceptionnelle arrière-saison, il avait marché, de nuit, jusqu'en Périgord. A la pique de l'aube d'un matin d'octobre, il avait frappé à la porte du bureau de maître Cantagreilh, la boussole dans sa poche.

« Mon pauvre ami ! Les Allemands traquent tous les hommes en âge de travailler, et les dénonciations se multiplient dans le pays. Il est tout à fait impossible de réintégrer votre presbytère, au vu et au su de tous... »

Tout naturellement, on l'avait donc installé dans l'aile est de la chartreuse. Vigouroux y attendrait la fin de la guerre. La fin de la guerre à laquelle il croyait dur comme fer, comme il l'avait affirmé à son hôte, sur la terrasse :

« Depuis la victoire soviétique à Stalingrad, au début de l'année, les choses sont en train de tourner.

— L'abbé, vous attendez donc votre salut des communistes ?

— Té, nous luttons ensemble contre le même ennemi ! »

Maître Cantagreilh avait chargé Marguerite, dont le silence n'était plus à prouver, de pourvoir au quotidien de leur hôte. Même si son père ne prononçait jamais aucun nom, elle avait bien sûr reconnu celui qui autrefois venait partager les déjeuners du jeudi, dans la haute salle à manger, et repartait ensuite pour le catéchisme des enfants du village.

Visage fermé, sans sourire, accablée d'une fatigue immense, elle accomplissait toutes les tâches : c'était sa façon à elle de lutter, contre la désespérance et contre la guerre qui divisait les hommes, de réconcilier en elle sa fidélité à son père et à l'officier allemand.

Sans s'arrêter aux grognements de Léonie, elle soustrayait des réserves de la maison de quoi soutenir un siège, en noix et saucissons de cochon, pruneaux séchés, bouteilles de ratafia et merveilles[1], qu'elle entreposait pour lui à l'étage de l'aile est, dans un vieux coffre à bois.

Mais l'abbé n'avait plus besoin d'elle, et ce n'était pas cela qui amenait Garrigue.

Car, quelques jours auparavant, Vigouroux, à la nuit tombée, avait quitté la maison d'un pas lent de marcheur, en direction du couvert des bois.

En cette nuit de novembre, Marguerite croyait donc à une nouvelle visite clandestine, avec encore des draps à changer, encore des brocs d'eau à faire chauffer, des bûches à transporter. Et elle était fatiguée, si fatiguée...

Lourdement, lentement, elle déverrouilla la porte. Et, là, dans la lueur jaune de l'ampoule électrique, la jeune fille comprit d'un coup qu'on basculait au-delà de l'ordinaire. Garrigue, d'habitude si jovial, avait le visage décomposé, bouche comme tordue pour parler, yeux vides et moustaches tremblantes.

— Un accident... monsieur le maire...

Marguerite mit un moment à reconstituer le hachis de ses mots. Garrigue tendait les mains vers elle, comme s'il voulait la soutenir, ou la protéger. Et elle

1. Beignets à la fleur d'oranger.

reculait en même temps, autant pour échapper aux mots qu'aux gestes.

Enfin, il n'y avait plus eu moyen de ne pas comprendre : maître Cantagreilh avait eu un accident de voiture, peu après Meyrals ; la Citroën, peut-être trompée par le brouillard, avait quitté la petite route sinueuse pour aller s'encastrer dans les arbres tout proches.

— Quand ?

— Hier au soir, alors qu'il rentrait à Bigaroque.

Au fur et à mesure qu'il se délivrait du poids de la nouvelle, les épaules de Garrigue s'affaissaient.

— Il était seul ?

— Té, oui, avec son chien.

Le bonhomme soupira, impuissant devant l'ampleur du drame.

Il y avait bien longtemps que Marguerite ne connaissait plus l'emploi du temps de son père, et elle ne s'était pas plus inquiétée la veille que d'habitude de le savoir dehors, bien après le couvre-feu. Habituée à ne pas poser de questions, elle n'avait donc pas osé non plus demander d'où il venait au moment de l'accident, ni comment le facteur en avait été si vite averti. D'ailleurs, celui-ci ne semblait pas décidé à donner de détails. Restait le plus dur à dire, qu'il repoussa encore un peu :

— On l'a emmené à l'hôpital de Sarlat…

— Il m'a demandée ?

Garrigue secoua la tête, lentement, tellement désolé.

— Quand on l'a retrouvé, tout était déjà fini.

Il avait dit la phrase d'une traite, sans s'assurer qu'elle soit bien comprise. Décidé à garder pour lui l'horreur des dernières heures de maître Cantagreilh, blessé sans gravité réelle mais perdant son sang continûment pendant une nuit entière, resté longtemps conscient sans doute, étant donné les efforts qu'il avait faits pour s'extraire de l'automobile, chercher du secours. S'affaiblissant dans le froid et le brouillard de plus en plus dense, jusqu'à comprendre probablement qu'il mourrait là, seul. Sans même l'aide de son chien, qui avait été éjecté de la banquette avant dès le premier choc, et gisait, loin de là.

Ces bois des coteaux étaient très peu fréquentés, et c'était le hasard si un agriculteur de La Meynardie, poussant sa charrette sur la route à l'aube, avait remarqué une large entaille dans la futaie. L'automobile, avec son affreux gazogène sur le flanc, avait terminé là sa course. A une dizaine de mètres à peine de la route, il avait trouvé le cadavre, puis, plus loin, le chien, tué sur le coup. L'homme, ne voulant pas avoir affaire à la gendarmerie, donc aux Allemands, s'était contenté de prévenir le maquis qui occupait les bois, de l'autre côté de Meyrals.

Et c'est ainsi qu'une heure plus tard monsieur Lascombe était sur les lieux. Terriblement affecté. Une nouvelle fois, de la même manière brusque, il se retrouvait à prendre en charge le deuil des Cantagreilh : l'époux après l'épouse, moins de deux ans auparavant. Tous deux laissant seule une enfant difficile, mal adaptée au monde, dont on se demandait si elle avait toute sa raison.

Avec le sang-froid qui était sa marque, il avait aussitôt fait en sorte de donner à ce drame l'apparence la plus banale possible. Le corps transporté à l'hôpital de Sarlat, pour faire oublier les circonstances de l'accident, c'est de là qu'il avait fait prévenir Garrigue, par le téléphone de la mairie, en lui demandant d'aller à la chartreuse avant le début de sa tournée.

Que surtout la petite Cantagreilh n'apprenne pas tout cela par la rumeur publique, et que les vieux domestiques aussi soient mis à l'écart de cette affaire.

Garrigue obéissait comme il pouvait, encore sous le choc. Et Marguerite, qui enfin avait compris, restait hébétée, une main sur son giron, les larmes ne venant pas encore. C'est ainsi que la trouva Arsène, sorti pour son tour du matin, face à Garrigue tout aussi silencieux.

Pour eux tous, le monde s'écroulait. Monsieur était mort. C'était bien pire encore que la guerre et toutes les privations.

Et déjà, l'enfant qu'elle attendait pesait dans le ventre de Marguerite.

11

Juillet 2002

La semaine s'étirait langoureusement, ni Maud ni Duncan ne comptaient les jours. Jusqu'au matin où Maud, s'enhardissant, était descendue seule, très tôt, prendre son petit déjeuner.

Jusqu'alors, parce qu'elle ne savait pas se réveiller tard, elle attendait en rêvant que Duncan veuille bien enfin émerger d'un sommeil ombrageux. Cela ne lui pesait pas de laisser ainsi le temps filer, dans cette atmosphère si particulière : l'odeur de propre des draps mêlée à celle, persistante, de la poussière d'une vieille maison, et de la peinture fraîche ; les alternances d'ombres et de lumière du soleil filtré par les volets sur le parquet de bois ciré. On parlait ici beaucoup du temps qu'il fait, mais sans incertitudes majeures : en ces débuts d'été, l'évidence voulait qu'il fasse beau, avec des températures plus ou moins douces, ou des nuages plus ou moins présents, chaque nuance appelant des commentaires. Cette certitude, attestée par les oiseaux célébrant le lever du jour au jardin, lui permettait de replonger paresseusement dans l'oreiller.

Mais ce matin-là, les craquements de la maison avaient eu raison de sa torpeur : le soleil ne brillerait pas toujours, le temps ne lui serait pas toujours ainsi offert. Alors Maud s'était levée un peu brusquement, dans l'espoir de réveiller Duncan sans en avoir l'air ; lui en voulant déjà un peu de ne pas ressentir la même urgence.

Avant même de descendre l'escalier, elle identifia madame Fournerie à l'œuvre dans la cuisine. Réglée sur le soleil, elle commençait ses journées de travail à l'aube, au désespoir de Dorothy. Mais madame Fournerie était une perle, il fallait passer là-dessus.

— Bonjour !

Les mains déjà dans l'eau de vaisselle, elle l'accueillait avec plaisir, cette invitée capable de faire la conversation dans un français délié.

— Eh bien, ma chère, vous êtes la première levée ce matin ! C'est parce que vous êtes un peu française ?

Maud sourit, mit en route la bouilloire pour le premier thé du matin, d'un geste tout britannique.

— Humm, ça sent bon ! Vous nous avez apporté du pain frais ? A Paris aussi, chez mon père, il y a de la baguette le matin.

Pour la première fois depuis longtemps, elle pensait à Paris, à Filomena, et donc à son père.

— Oh, rien à voir ! C'est une tourte du boulanger de Meyrals, la meilleure du pays ; ce pain-là ne se dessèche pas comme les baguettes.

— Pardon !

Chaque matin, en venant travailler, madame Fournerie passait prendre une tourte au dépôt de pain du village. Sur ce sujet précis, les Hathaway étaient divisés : Duncan et Maud la dévoraient, aidés par monsieur McCarthy, tandis que Dorothy et Malcolm restaient fidèles aux toasts.

— Il est tout chaud, en plus, apprécia la jeune fille en faisant crisser son couteau dans la croûte brune.

— Et puis, vous avez de la confiture de fraises, aussi, je vous ai apporté trois pots de celle que j'ai faite l'été dernier, tenez !

Devant tant d'attentions, Maud dut renoncer à sa première intention, qui était de transporter son plateau de petit déjeuner sous la treille, pour profiter des couleurs roses du matin. Elle s'installa donc sur la table de la cuisine, et madame Fournerie en fit aussitôt autant, avec son panier de haricots verts devant elle.

— Je vais vous tenir compagnie en épluchant mes haricots, voyez, je les ai ramassés de ce matin...

— Montrez, je n'ai jamais vu faire cela...

La jeune fille se sentait obligée de s'intéresser à la question, et peut-être même d'aider un peu.

— Jamais ? Eh bien, regardez donc : on équeute des deux cotés, comme ça, d'un coup sec de l'ongle, et on fait deux tas : un petit avec les queues pour les lapins, un gros avec les haricots pour votre assiette de midi. Alors, vraiment, vous n'avez jamais fait ça ? Qu'est-ce qu'on apprend donc aux jeunes filles, dans le Nord ?

Elles rirent toutes les deux.

Maud se mit au travail, alternant des gorgées de thé, assorties de tartines largement beurrées, avec un équeutage assez lent et maladroit.

— Alors, comme ça, vous avez rencontré madame Margot, l'autre jour ?

La question était manifestement préparée, pour cause de curiosité.

— La dame de l'église ? Celle qui s'appelle Cantagreilh comme moi ? Oui ! Mais elle n'avait pas l'air très contente de nous voir débarquer...

— Oh, c'est pas vous particulièrement ! Elle est sauvage. Que voulez-vous, à force de vivre seule...

— Elle n'a pas de mari, pas de famille ? Pourtant, elle a dû être vraiment très belle, cette femme !

Pour Maud, la vie ne pouvait se concevoir sans amoureux, ni l'amour sans la beauté de la jeunesse. Pour madame Fournerie, les choses étaient un peu plus compliquées que cela, et elle répondit autrement, lentement, alors que ses doigts continuaient à s'activer à toute vitesse :

— Oui, non, enfin... elle a un fils, mais ça fait bien longtemps qu'on ne le voit plus au pays. Moi, je ne connais pas bien l'histoire, parce que je suis née après la guerre. Mes parents se sont installés à ce moment-là, pour reprendre la forge du maréchal-ferrant, sur la place, à côté.

— Il y avait un maréchal-ferrant, là ?

— Oui, avant guerre. On voit encore le « travail[1] » pour ferrer, sur le côté de la maison. Mais avec la fin des chevaux, et le début des tracteurs, ça ne marchait plus très fort. Et puis il a eu des ennuis, je crois, pendant l'Occupation. Mes parents ont transformé la forge en atelier de mécanique, et puis ensuite en quincaillerie. Une belle quincaillerie : il y avait de tout, et on venait se fournir depuis loin ! Jusqu'à ce que le supermarché ouvre, sur la route de Sarlat, et coule tout le petit commerce du village. Enfin, c'est une autre histoire...

— Et madame Margot ? J'aimerais bien connaître son histoire...

— Elle n'a pas toujours été comme cela, à ce qu'il paraît. Ma mémé, qui est morte depuis longtemps déjà, racontait qu'elles allaient ensemble à l'école du village, et connaissaient les meilleurs coins à champignons. C'est mon amie Odette qui pourrait vous en

1. Armature de bois permettant d'immobiliser l'animal à ferrer.

dire plus, ses grands-parents habitaient au Bost autrefois, sur la route du château. Ils étaient métayers chez les Cantagreilh. Je crois même que sa mère y a servi un moment, quand elle était jeune fille...

— Alors, elle habite un château, cette dame ? demanda Maud, en se préparant une nouvelle tartine avec la confiture de fraises.

Elle avait abandonné toute velléité d'aider aux haricots, voyant que madame Fournerie, tout en parlant, allait trois fois plus vite qu'elle.

— On dit comme ça, ici ; c'est une très belle maison, en tout cas, très ancienne, que les gens viennent voir quelquefois de loin. Elle est dans les guides, parce que c'est une chartreuse périgourdine typique. Mais je n'y suis jamais entrée, moi qui ai passé toute ma vie au village. Madame Cantagreilh se méfie de tout le monde, et sa grille reste toujours fermée, avec le chien derrière, pour décourager d'approcher. C'est dommage, parce qu'on ne peut pas voir la plus jolie façade, celle qui donne sur le jardin. Alors, pour l'embêter, le vieil Avezou, qu'on a enterré depuis, expliquait à qui voulait l'entendre comment arriver au château par l'ancien chemin, à travers bois. Histoire de jeter un œil sur la terrasse et le jardin...

— Et vous, vous savez comment y aller ?

Madame Fournerie lui jeta un clin d'œil complice et de la tranche de la main rassembla sur la table les épluchures pour les lapins. Le panier était presque vide, l'écumoire quasiment pleine. Mais Maud n'avait plus envie de s'en aller.

— Pourquoi est-elle devenue si sauvage, cette dame ?

— Ah ça, té... Ça remonte à loin ! Comme disait toujours l'ancien curé, on ne peut comprendre ce pays sans avoir vécu la guerre... Il s'en est passé, des choses, à cette époque-là, par ici, et des terribles !

— C'est vrai ? Vous vous souvenez de beaucoup de choses ? Ça va intéresser Duncan, et aussi son grand-père...

— Mais je n'étais pas née, moi !

— Oh, pardon !

Madame Fournerie semblait un brin vexée. Elle était une respectable mère de famille, ce qui paraissait très vieux aux vingt ans de Maud. Mais elle ne résista pas longtemps au plaisir de continuer la conversation :

— Ce que je sais seulement, c'est que la chartreuse a été occupée un moment par les Allemands, et qu'ils y ont fait des choses pas jolies, jolies. Monsieur Cantagreilh était le maire du village à ce moment, et il cachait des gens dans ses bois, où il avait des cabanes de feuillardiers ; et même chez lui, comme l'ancien curé, justement. Ça s'est beaucoup battu, dans ce coin. Mais moi, je n'étais pas là !

— Oui, bien sûr, vous êtes beaucoup trop jeune...

Maud se le tenait pour dit, et relança :

— Il y a des gens dans le village qui savent ce qui s'est passé exactement, et que Duncan pourrait rencontrer ?

— A Bigaroque, les vieux aiment pas beaucoup parler de tout ça. Et de toute façon, depuis la mort du dernier Avezou, celui qui a été longtemps maire, je vois pas bien qui... Faudrait voir avec la mère de mon amie Odette ? Je sais qu'elle est née au Bost, elle y était peut-être encore pendant la guerre. Mais elle n'est plus toute jeune... Bon, maintenant, faut que je m'en aille faire un peu de ménage là-haut ; madame Dorothy me paye pas pour raconter la vie du village, quand même !

Maud avait vite avalé son thé pendant que madame Fournerie sortait l'aspirateur de la souillarde. Cette fois-ci, c'était certain, si quelqu'un dormait encore dans la maison, le bruit réveillerait tout le monde, même Duncan ! Avant que le moteur ne commence à rugir, la jeune fille lança une dernière question, avec l'air de ne pas y toucher :

— On y va comment, par les bois, à ce château ?

Un grand soupir lui répondit, et une voix qui faisait mine de dévoiler un secret :

— Avant, il fallait vraiment bien connaître. Mais maintenant, il n'y a qu'à suivre le chemin de petite randonnée, qui est fléché en jaune à partir de l'église. Ensuite, vous allez tout du long jusqu'à la métairie du Bost, qui est abandonnée maintenant. Et puis on s'enfonce dans les bois, à travers la combe. A un moment, le chemin bifurque plein nord pour contourner la propriété, parce que madame Margot n'a pas voulu qu'on passe par chez elle. Vous, si vous voulez y aller, vous continuez tout droit, et vous arrivez au regard de l'aile ouest. Il ne vous reste plus qu'à longer le mur pour avoir un point de vue. Vous verrez, le jardin est magnifique. C'est elle qui s'en occupe toute seule, depuis toujours, et on peut dire qu'elle a la main verte. Les bouquets qu'elle fait pour l'église sont toujours magnifiques. Mais ne vous approchez pas plus, et n'entrez surtout pas dans la propriété, le chien est mauvais !

— Merci, madame Fournerie !

Maud était remontée dans la chambre réveiller d'autorité Duncan.

— J'ai des choses à te raconter, et on va faire une super balade !

Le garçon n'était jamais contre la marche à pied, mais s'étonna de cet enthousiasme, moins fréquent chez Maud. Il accepta donc de se passer de petit déjeuner. Depuis longtemps déjà il avait repéré le premier jalon du chemin de petite randonnée, deux bandes jaunes peintes sur une pierre blonde à l'angle du clocher.

Les deux amoureux s'enfuirent aussitôt de la maison, tandis que les Hathaway se réveillaient au son de l'aspirateur. Le temps que Maud raconte sa conversation avec madame Fournerie, ils étaient sortis du village, en direction de l'ancienne métairie du Bost.

— J'aimerais bien savoir qui est cette madame Cantagreilh, et ce qui lui est arrivé pour qu'elle soit devenue ainsi… Elle est très belle, et très triste.

— Ah, ah, solidarité familiale, peut-être ?

Duncan tenait mordicus à sa version de la généalogie Cantagreilh.

— Comment savoir ? En tout cas, il paraît qu'il s'est passé plein de choses dans ces bois, pendant la dernière guerre. Regarde, voilà les restes d'une cabane de feuillardier…

— Oui, ceux qu'on appelait les maquisards vivaient parfois là-dedans.

Ils firent le tour de la cahute effondrée, découvrirent les restes d'un foyer de pierre construit au centre.

— Pas très confortable, surtout en hiver !

— Dis-moi, puisque ton grand-père ne veut plus parler de sa guerre, peut-être que l'histoire de Bigaroque pourrait te servir de « fil rouge » pour ton mémoire ? Ici, il y a encore des témoins vivants pour raconter…

Duncan hochait la tête, guère convaincu. C'étaient ses souvenirs d'enfance, son histoire familiale à lui qu'il voulait retracer.

— Et voilà la ferme abandonnée, c'est bien là.

Un chemin à peine tracé suivait la pente de la combe. A cette heure, la chaleur n'était pas encore montée, et il faisait presque humide, à l'ombre des taillis. Tous deux, marchant au même pas, main dans la main, s'étaient tus, avec la même pensée que ces moments de complicité parfaite allaient bientôt se terminer, à la fin de la semaine. Ils avaient remonté la combe, avant de déboucher sur une sorte d'oppidum plus clairsemé et couronné d'une maison. Un quadrilatère de pierres blondes, enveloppé de larges toits roux, tout d'harmonie et d'équilibre. La fameuse chartreuse de Bigaroque !

Déjà passablement essoufflés, ils en eurent la respiration coupée.

— C'est beau !

— Oui, mais c'était vraiment le bout du monde, cette maison, quand il fallait y aller à pied !

Comme prévu, ils tombèrent sur le mur d'ouest, aux portes-fenêtres closes. Remontèrent le long d'un mur de pierres sèches, jusqu'à apercevoir, en prenant appui dessus, un jardin somptueux, fait de buissons odorants et de plates-bandes, de roseraies et d'allées tirées au cordeau ; avec, derrière un puits et un bassin, le potager, soigneusement entretenu. Tout paraissait désert : ni chien, ni humain à l'horizon, seulement cette magnificence fleurie, en ce début d'été foisonnant.

Contournant encore les murs, ils arrivèrent jusqu'à la grille d'entrée, fermée elle aussi, devant une Twingo noire garée sur le chemin.

Maud souffla :

— Si je n'avais pas si peur des chiens, j'aimerais bien entrer. Ce serait formidable de vivre dans un endroit comme ça, tu ne trouves pas ?

— Euh... c'est un peu isolé quand même, non ?

Au bout d'un long moment de contemplation silencieuse, rien ne bougeant alentour, ils redescendirent dans la combe, puis remontèrent vers le village.

Le soleil était arrivé à son zénith quand ils se jetèrent, suant et soufflant, sur les fauteuils de la treille.

— Un petit verre de Rosette ?

— Plutôt trois grands verres d'eau !

Madame Hathaway se chargea de les désaltérer, tandis que monsieur McCarthy semblait consciencieusement absorbé dans le *Times,* que sa fille lui rapportait de Sarlat. Tout pleins encore de leur découverte matinale, ils décrivirent amplement la promenade et ses charmes ; et continuèrent encore, quand on passa à table, autour des haricots verts fondants de madame Fournerie, servis avec un enchaud de porc tout aussi délicieux.

— Alors, on est arrivés au bout du monde, après avoir traversé une combe...

— Une chartreuse, m'a expliqué madame Fournerie, ce matin : ce n'est pas un château mais presque, un bâtiment en fer à cheval autour d'une cour, et la façade centrale donne sur une terrasse, avec un jardin magnifique.

— Il y avait un puits, dans ce jardin ?

C'était monsieur McCarthy qui posait la question à Maud, avec sa politesse un peu compassée, et un extrême sérieux.

— Oui, tout à fait.

— Heureusement, intervint Duncan, parce que s'il fallait aller chercher de l'eau jusqu'au village ! Dans ce pays où l'eau a toujours été un problème, on construisait toujours à côté d'un bon point d'eau.

Le jeune homme se faisait professoral, mais son grand-père ne l'écoutait qu'à moitié, suivant son idée :

— Avec un bassin d'arrosage à côté ?

— Exactement !

— Comment sont les lucarnes du toit ?

— Toutes rondes, sous des pierres sculptées en forme de coquille. En français, on appelle cela des œils-de-bœuf, je crois. Encore un de ces pièges grammaticaux...

— Et la terrasse, elle est bordée par des vases de pierre ?

— Ouuiii...

— *Well !* Le chemin prend juste devant l'église ?

— Chemin de petite randonnée, une bande jaune, deux quand il y a changement de direction, avec une flèche...

Le vieil homme et la jeune fille continuaient leur conversation à mi-voix, en français, tandis que les autres, sans écouter plus longtemps ce qu'ils prenaient pour une leçon de grammaire française, amorçaient un peu d'exercice en ramassant les assiettes.

— Après un repas pareil, c'est la sieste assurée, à la française !

En s'étirant ainsi avec béatitude, Duncan anticipait le moment où ses parents solliciteraient de l'aide pour un de leurs multiples chantiers, chaque jour réinventés : transporter un meuble d'un endroit à l'autre pour voir où il trouvait sa place, dégonder des volets à repeindre, casser ou décaper un pan de mur...

Mais la chaleur, vraiment, montait trop en ce début d'après-midi pour envisager un quelconque mouvement. Même les guêpes vrombissaient au ralenti, et tout le village se ramassait sous ses toits. C'est alors que monsieur McCarthy, enfonçant son panama, annonça :

— *I'll go and see...*

— *Dad' !*

Dorothy Hathaway s'insurgea avec respect, mais fermement : son père n'allait quand même pas sortir en plein soleil ! Avec son teint de roux, son cœur fragile, par une chaleur à ne pas mettre un Périgourdin dehors... La pauvre, affolée, multipliait les arguments. Maud était désolée de voir ainsi rabrouer le vieux monsieur, alors que pour la première fois ou presque depuis qu'elle était là il manifestait un désir. Elle risqua, de sa propre initiative :

— Cet endroit est tellement beau... J'y retournerai volontiers avec vous, si vous voulez bien ? Nous pouvons y aller en voiture, par la route, ce sera moins fatigant. Peut-être un peu plus tard, « à la fraîche », comme on dit en français ?

Dorothy, soulagée, jeta un coup d'œil reconnaissant à la jeune fille.

— *Good idea !* D'autant que j'aurais besoin de vous deux avant pour transporter le buffet que l'antiquaire de Sarlat a apporté...

Duncan soupira longuement, les yeux déjà mi-clos ; tout se liguait contre lui. Son grand-père se rassit avec dignité.

— Maud, c'est quand vous voudrez. *If you please...*

La jeune fille n'avait pas obtenu beaucoup de délai. Avant même que le soleil ne commence à décliner derrière le clocher de l'église, en peignant la maison de miel, monsieur McCarthy avait replié son journal avec ostentation, renoué plus serré sa cravate et coiffé son panama blanc. Il était temps d'y aller. Ne restait à son petit-fils qu'à soupirer très fort, avant de s'extirper de sa chaise longue pour aller chercher les clés de la voiture.

Il fallut commencer par ouvrir grand les vitres, pour dissiper la chaleur de serre à l'intérieur.

A la sortie du village, une fois passé le carrefour de Sarlat, ils prirent la route de la métairie du Bost. La petite ferme ressemblait à toutes ses semblables périgourdines : une minuscule maison basse, avec sa vigne sulfatée de bleu courant sur la façade, la grange accotée, une charrue brabant rouillant lentement, une étable vide, un hangar à tabac désormais ouvert à tous vents ; autant de pauvreté que de charme. Elle n'était cependant pas totalement abandonnée, au vu des travaux récents pour sauver la toiture, et des portes fermées à clé.

A partir de cet endroit, le vague revêtement de goudron s'arrêtait ; on allait à travers bois sur un chemin empierré, bien entretenu, jusqu'à déboucher face à une grille cadenassée. Duncan se gara derrière la petite Twingo noire aperçue le matin. Monsieur McCarthy, assis à l'avant de la voiture, droit, concentré sous son chapeau, regardait fixement devant lui, silencieux.

— *Here it is*, c'est là... murmura-t-il enfin.

Ni Maud ni même Duncan ne posèrent de question. Ils avaient compris.

Toute l'émotion contenue dans cette simple constatation était sensible, presque à toucher, dans la petite voiture. Le vieux monsieur retrouvait là un pan de sa vie. Un très long moment plus tard, se rappelant la présence des jeunes gens respectueux de son trouble, il leva l'index vers un œil-de-bœuf de l'aile est.

— C'est là que j'étais caché, sous les combles, avec la vue d'un côté sur cette cour, et de l'autre vers le jardin, et le puits, avec ce bassin où les Allemands venaient se laver...

Une digue était rompue ; d'une voix assourdie, avec une infinie pudeur, il raconta ce qu'il n'avait sans doute jamais dit à personne d'autre qu'à sa femme, et ce bien longtemps auparavant. Même la version servie à Duncan lorsqu'il était petit garçon avait été largement édulcorée.

— Des jours et des jours sans bouger, sans faire un bruit, la peur au ventre, avec toujours le même angle de vue, à côté d'un pot de chambre ébréché, à attendre que les Allemands partent enfin, et qu'on vienne me délivrer. Le propriétaire de la maison m'avait installé là, où mon agent de liaison devait revenir très vite me chercher. Mais entre-temps, une colonne sanitaire allemande avait réquisitionné la propriété...

Maud et Duncan étaient suspendus à ses lèvres, dans l'habitacle surchauffé.

— Je n'ai eu que le temps, lorsque par la lucarne j'ai vu arriver les Allemands, de rassembler mes affaires – j'avais avec moi un poste émetteur-récepteur – pour monter me réfugier dans les combles. Il y avait déjà là plusieurs caisses entreposées, dont j'imaginais assez bien le contenu. Si on me trouvait ainsi, mon compte était bon ! La possession d'un appareil de transmission, considéré comme une arme de guerre, était passible de la peine de mort, je le savais parfaitement. Tout de suite après, ils étaient là, dans la cour. Un convoi d'ambulances, des hommes installés juste en dessous de moi, blessés, et qui donc ne bougeaient jamais de là.

« J'avais tellement faim, tellement soif, toute la journée à essayer de somnoler, avec des crampes partout ; jamais je n'aurais pu imaginer rester aussi longtemps ainsi... La nuit, j'osais me dégourdir un peu, un tout petit peu, pour aller chercher avec mille précautions de la nourriture qui restait entreposée dans un vieux coffre à bois, et l'eau des gouttières. Une dame blanche me regardait, de ses grands yeux ronds, terrifiants. Dans ces greniers sonores, le moindre bruit résonnait. Et j'en ai entendu, des choses...

Les deux jeunes gens attendaient la suite, mais monsieur McCarthy se tut brusquement, parut hésiter un instant, ne reprit pas. Il sembla à Maud que sous le rebord du panama une larme se formait au coin de l'œil du vieux monsieur. Dans la voiture, tous trois demeuraient immobiles, tétanisés, comme l'ancien reclus d'autrefois.

Puis Duncan commença à s'agiter, les questions se pressaient manifestement dans sa tête, et même au bord des lèvres. Mais la jeune fille posa fermement sa main sur son genou, comme pour les retenir. De longues minutes passèrent, entre le grand-père immobile et le petit-fils impatient, où il lui semblait devoir maintenir un silence fragile.

Enfin, pour rompre cela, elle proposa, doucement :

— Nous pourrions peut-être descendre, aller voir d'un peu plus près ?

Mais le vieux monsieur ferma les yeux en guise de réponse. Au moment de toucher au but de ses recherches, il semblait reculer devant le passé. Le choc était-il trop violent ?

Duncan fit amorcer une volte à la voiture, pour se rapprocher encore du portail fermé. Un grand chien déboula derrière la grille, aboyant avec fureur. Il allait et venait sans discontinuer le long des barreaux, interdisant à quiconque d'approcher. Personne d'autre n'apparut. Et il n'y avait pour appeler ni sonnette ni cloche.

Maud, guère rassurée, referma sa portière et d'un geste du menton interrogea Duncan.

C'était peut-être assez d'émotions pour aujourd'hui, semblait-elle dire.

Lui, si excité d'être enfin près du but, hésitait à lâcher prise. Mais le silence de son grand-père le décida. Ils firent demi-tour vers le village, toujours accompagnés des aboiements du molosse.

XI

Novembre 1943

Monsieur Lascombe, à Sarlat, s'était occupé de tout. Pour se faire enfin remettre le corps, que les autorités retenaient à la morgue de Sarlat, il fallait accréditer la version d'un banal accident d'automobile : maître Cantagreilh, notaire à Sarlat, un homme au-dessus de tout soupçon de terrorisme, effectuait régulièrement ce voyage entre son étude et son habitation. Il avait dû plaider le faux pour cacher le vrai :

« Bien sûr, peut-être faisait-il un peu de marché noir ; mais qui n'en fait pas aujourd'hui, n'est-ce pas ? Et voilà, la nuit tombait, le pauvre homme aura voulu forcer sa vitesse pour arriver chez lui avant le couvre-feu. Ou bien peut-être s'est-il endormi au volant ? »

Lascombe, malgré la douleur qui battait ses tempes, bonimentait comme il pouvait auprès des gendarmes, eux-mêmes encadrés par des Allemands.

La tension était palpable, et n'avait jamais été aussi grande entre les troupes d'occupation et la population. Car, en cette fin d'année 1943, le cours de la guerre s'accélérait : il ne se passait plus de jour sans que l'on apprenne une reculade du Reich, ou un accrochage avec la Résistance, avec chaque fois son lot de blessés, parfois de morts, un sabotage, ou une arrestation.

Le chaud et le froid soufflaient, l'angoisse et l'espoir. Au marché de Sarlat, il se disait à mots couverts qu'un groupe de Géorgiens enrôlés dans la Wehrmacht venait de déserter, avec armes et bagages. Tout cela, avec les rumeurs récurrentes d'un débarquement des Alliés, sans qu'on sache où il aurait lieu, entretenait un climat de nervosité où tout pouvait arriver. Il suffisait parfois d'un geste, d'un regard...

Pendant ce temps, la nouvelle se répandait dans le pays. Le maire de Bigaroque était mort ! Personne ne pouvait croire à un accident, sur une route que cet excellent chauffeur connaissait comme sa poche. Chacun, passé la stupeur, avait son explication. On accusait bien sûr les nazis, responsables de tant d'exécutions sommaires en ce sinistre automne. Mais d'autres y voyaient une action de la Résistance, de plus en plus présente, pour supprimer les collaborateurs avec l'ennemi. Le maire n'avait-il pas été confirmé dans son poste par Vichy ?

Au village même, la disparition de maître Cantagreilh provoquait un séisme silencieux, dans l'ombre des cuisines et des granges. Apprenant la nouvelle, Joao l'Espagnol avait aussitôt abandonné son soufflet, et la place du village. « Il a trop peur maintenant, il a pris le maquis », murmurait Boissavie. Le secrétaire de mairie, Avezou, avant même l'enterrement, briguait « le plaçou » désormais vacant ; et laissait entendre que le maire avait bien cherché ce qui lui était arrivé.

« Il n'obéissait pas toujours aux ordres de la préfecture... »

En l'absence de conciliateur, dans l'atmosphère délétère que causaient ces disparitions et ces violences, de vieilles querelles réapparaissaient, d'anciennes divisions, pour des affaires de bornage ou de poules volées. Augmentées des dissensions d'aujourd'hui, entre ceux qui tenaient pour les communistes, actifs dans la région, et les derniers fidèles du Maréchal, entre ceux qui avaient de la famille dans la milice de Sarlat et ceux qui soutenaient le maquis.

Personne, hormis la jeune Yvonne, en pleurs, n'osa aller jusqu'à la chartreuse porter ses condoléances à la famille. Comme il n'y avait plus aucune voiture disponible, et encore moins de bons d'essence, Lascombe décida, avec l'appui de madame Castang, que les obsèques auraient lieu à Sarlat même, dans la plus grande intimité. Il téléphona longuement à Marguerite. Elle ne retenait plus ses larmes, et se recroquevillait de chagrin en l'écoutant dans le combiné. La jeune fille et les deux domestiques étaient attendus dès le lendemain pour l'enterrement, tard dans l'après-midi.

— Vous rejoindrez par les bois l'ancienne route des coteaux menant vers Tamniès. Le boulanger de Meyrals vous y attendra en début d'après-midi : c'est pour ainsi dire sur le chemin après sa tournée, et il pourra vous pousser avec sa camionnette jusqu'à la croix de Laganlerie. J'y serai, et vous conduirai en ville. Pour vous qui êtes jeune et forte, ce n'est pas une trop grosse route, mais Léonie et Arsène risquent d'être à la peine. Couvrez-vous bien, on annonce de la pluie. Et prenez de quoi passer la nuit, madame Castang vous a préparé un lit dans la chambre de l'étude.

Marguerite se laissait porter par les événements, sans même prendre la peine d'acquiescer. Mais Lascombe, pressé par le temps, savait d'expérience qu'elle obéirait exactement, à son habitude. Il savait aussi qu'ils seraient nombreux de Bigaroque, malgré les consignes de prudence, à prendre l'ancien chemin par les bois, pour gagner à pied la ville. Heureusement, le gel sévère de ces derniers jours cédait, remplacé cependant par un froid humide et des chemins boueux.

La jeune fille, à bout de larmes, de chagrin et de fatigue, obéit en effet. Avec les deux vieux, ils se mirent en route dès le lever du jour, en laissant la chartreuse abandonnée, sans chiens de garde. Très vite, la marche les réchauffa, et leurs pèlerines pesèrent aux épaules, comme la boue collée sous leurs brodequins à semelles de bois. On montait et descendait à travers les combes et à flanc de pechs[1], sur un chemin bien tracé, pour être souvent emprunté.

Arsène connaissait encore assez bien les lacis des bois pour les guider sans encombre, en marchant vers l'est et un soleil d'hiver, très pâle et très bas. Ils ne croisèrent pas âme qui vive, mais aperçurent plusieurs cabanes de feuillardiers, avec des fumées de feux. La pluie les cueillit en milieu de matinée, une pluie gelée et pénétrante. Dans les dernières heures, Léonie autant que Margot peinèrent. Confinées depuis si longtemps à la chartreuse, elles n'étaient pas entraînées aux longues marches. Ils prirent ainsi du retard, et la nuit tombait presque quand ils atteignirent la route de Tamniès. Le boulanger les attendait, inquiet d'être surpris ainsi à faire le guet dans un carrefour de bois. Arsène monta à ses côtés et les deux femmes se hissèrent comme elles purent à l'arrière, tremblantes d'humidité au milieu des restes de farine et des sacs de jute.

Puis commença le brinquebalement jusqu'aux hauteurs de Sarlat, sur une route qui n'avait pas été réparée pendant trois hivers. La pluie redoubla au moment où ils retrouvèrent monsieur Lascombe, qui

1. Collines.

sous un grand parapluie noir désespérait de les voir arriver. Il n'était que temps : quand il ouvrit le hayon arrière de la camionnette, pour libérer les deux femmes, Margot, blanche comme un linge, sauta lourdement pour se précipiter dans le fossé et y vomir son déjeuner du matin. Pliée en deux, à genoux, sous la pluie, elle se tenait le ventre à deux mains ; Lascombe l'observa un moment ; il n'eut besoin que d'un regard échangé avec Léonie pour comprendre. Mais il n'y avait pas moyen de reculer, et le noir, en plus de la pluie glacée, tombait vite dans les bois. D'autorité, il prit le bras de la jeune fille.

— Allons, venez, Margot ! Les pères du collège nous ouvrent leur chapelle, c'est là que nous allons, un peu en dehors de la ville, pour plus de discrétion. Dépêchons, car il faut que la cérémonie soit terminée avant le couvre-feu, et il y a là beaucoup de monde qui nous attend.

L'un soutenant l'autre, ils firent ainsi péniblement les derniers kilomètres et atteignirent le collège par la petite porte de Temniac. Il faisait nuit déjà, avec des bourrasques de vent furieux transportant des paquets de pluie, en même temps que les feuilles mortes accumulées.

La petite chapelle latérale où on les attendait pour la cérémonie n'était pas pleine, loin de là ; mais la jeune fille, fugitivement, reconnut beaucoup des visages de son enfance : il y avait Yvonne avec sa mère, madame Castang, Georgette, la mère Boissavie, Joao, le docteur Marty. Même monsieur et madame Cazenac, se tenant serrés ensemble, comme rétrécis par les années, ou les épreuves. L'abbé Vigouroux, du coin ombreux où il se tenait, lui fit un signe de tête.

Rien ne l'étonnait plus. Elle se sentait lourde, épuisée, nauséeuse, transie de froid, et dut, au bras de Lascombe, avancer ainsi jusqu'au premier rang, au milieu de tout ce monde. De ce qui se passa ensuite, de la boîte de bois blanc qui barrait l'allée centrale, de l'unique cierge de saindoux fumeux, de l'odeur d'encens dans laquelle baignait la chapelle, elle ne garderait aucun souvenir. Tassée sur son banc, les yeux fermés, tout était au-dessus de ses forces. Peut-être même s'endormit-elle, malgré le froid et la douleur. Avec seulement peut-être conscience des regards de biais que coulaient certains sur sa silhouette déjà ronde, et des condoléances pressées qu'on lui présenta après la cérémonie, que le célébrant fit extrêmement courte et sobre, à cause du couvre-feu.

— Madame Castang va s'occuper de vous, lui chuchota Lascombe, quand les hommes vinrent, d'un coup d'épaule, enlever le cercueil.

Il fallait marcher, encore ! On s'empara de son bras, on lui fit descendre la rampe, vers la vieille ville et la Traverse. Cette Traverse qu'elle connaissait si bien et ne reconnaissait en rien dans cette ombre humide.

— Ma petite Margot, comme vous voilà... dit madame Castang, baignée dans ses larmes.

Margot dormit comme une souche, d'une traite, et se réveilla le lendemain, dans la chambrette familière, encore courbatue de la marche forcée. Le jour était déjà haut, mais tout aussi pluvieux que la veille. Les yeux au plafond, elle en reconnaissait toutes les auréoles, avec toujours la cour aux vieilles pierres moussues par-delà la petite fenêtre, les potiches ventrues. Chaque détail était chargé d'émotions anciennes. Elle pleura encore longuement, sur son père et sur elle-même, sur Philippe et sur l'officier allemand. Mais elle allait mieux ; et l'enfant bougeait par emballements dans son ventre.

Longtemps, elle resta ainsi, allongée sur le côté, à tenter de rassembler les événements, et d'y tracer son propre chemin. En dessous, à l'étude, il y avait des allées et venues, des conciliabules qui certainement la concernaient, et qu'elle ne voulait pas affronter. A intervalles très réguliers, madame Castang montait entrouvrir la porte pour glisser un regard sur sa protégée. Elle gardait les yeux clos, obstinément.

Il fallut pourtant se lever, affronter les regards, opposer le mutisme habituel aux questions. Par égard pour son deuil, on n'insista pas. Et à cause de son état, on finit par lui trouver une voiture pour la ramener avec Léonie jusqu'à Bigaroque. L'horreur d'une nouvelle journée de marche lui serait épargnée.

Il fallait quitter au plus vite la ville glacée, autant par le froid que par la présence de plus en plus nerveuse des Allemands. L'avant-veille, des tracts subversifs avaient été déversés dans les rues, portant des injures envers le Führer : « Mort aux boches », « A bas Hitler »... On cherchait les responsables, et les Allemands arrêtaient tous les jeunes hommes circulant en ville.

A peine revenue chez elle, dans la maison vide comme jamais, hormis le vieux couple dont elle ne pouvait attendre aucune aide, et où résonnait étrangement l'absence des aboiements du chien, Marguerite avait reçu la visite du secrétaire de mairie. Le père de Roger Avezou s'était placé au milieu de la cour, comme en terrain conquis, et l'attendait de pied ferme.

« Je dois reprendre des documents officiels, qui n'auraient jamais dû sortir de la mairie. Monsieur Cantagreilh en prenait parfois à son aise avec cela, n'est-ce pas... »

La jeune femme avait accompagné l'homme dans le bureau de son père, droite, les reins cambrés portant haut son enfant, et sans le quitter des yeux un instant.

« Que cherchez-vous ? »

L'homme avait posé les yeux tour à tour sur les feuillets insérés dans l'écritoire, sur des coupons de textile alignés là. Puis sur les tiroirs du bureau, sans oser les ouvrir. Et encore plus longuement sur le poste de radio, qui était le trésor de la maison. Marguerite ne le lâchait pas des yeux.

Il était reparti blême de colère rentrée, avec pour tout butin quelques tickets d'alimentation.

« Comme il y a un adulte de moins chez vous, maintenant... »

Après son départ, elle avait barricadé la grille d'une grosse chaîne cadenassée, qui servait autrefois à attacher les chiens la nuit.

Quelques jours plus tard, le docteur Marty, de sa propre initiative, se présenta à la chartreuse, à pied, bougonnant devant la grille désormais fermée à clé.

— Il faut tout de même que je t'examine, petite. Si ta mère était encore là, elle m'aurait déjà appelé...

Sans poser plus de questions, il confirma ce qu'elle savait déjà : l'enfant se développait normalement, et naîtrait au début de l'année à venir.

Monsieur Lascombe enfin reparut par surprise, au début de décembre, sans secouer la grille ni attirer l'attention. Il connaissait le chemin par les bois et possédait un trousseau de clés, avec celle du bureau et de la petite porte de l'aile est.

— Ma chère petite, vous êtes majeure, et seule héritière de vos parents, c'est à vous de prendre les décisions. Mais vous savez que vous pourrez toujours compter sur moi : comme convenu, je me suis employé à mettre en ordre les affaires de l'étude.

En l'absence de réponse, il continua :

— Le mieux, me semble-t-il, serait de vendre la charge de votre père, à Sarlat, pour conserver la chartreuse, et vous assurer de suite un petit revenu. Bien placé, il vous permettra plus tard de payer l'éducation du petit. Son grand-père serait content de cet arrangement, il me semble.

C'était la première allusion qu'il se permettait à la situation.

— Ce sera très bien ainsi...

Marguerite avait tout de suite acquiescé, à tout, timidement. Jamais elle n'avait envisagé devoir affronter aussi des difficultés d'argent ni que la maison de son enfance puisse ne pas être éternelle : à Bigaroque, depuis toujours, on vivait sans porte-monnaie, et maître Cantagreilh tenait les comptes sans en parler jamais.

En repartant comme il était venu vers Péchalifour, Lascombe lui serra longuement le bras, de sa manière bourrue. Et ajouta encore qu'il serait bien que l'Yvonne vienne prêter main-forte pour tenir la maison, et l'assister dans les soins à l'enfant. Si elle en était d'accord, il passerait la voir pour arrêter ses gages.

Marguerite hocha du menton, en soutenant son ventre, et monsieur Lascombe fit demi-tour en direction de la métairie.

Charles-Louis naquit le 3 janvier 1944, avant la tombée de la nuit, dans les derniers rayons pâles d'un soleil d'hiver. Il vint au monde facilement, dans la chambre de madame Cantagreilh, où était née sa mère vingt-deux ans auparavant et qu'Yvonne avait préparée pour l'événement. Elle s'était occupée aussi, dès les premières douleurs, de faire appeler le docteur

Marty et d'obliger Léonie à pousser le feu de la cuisinière, en utilisant les dernières réserves de bois coupé, pour avoir assez d'eau chaude.

C'était un bel enfant de cinq livres, au crâne nu, aux yeux clairs, aux sourcils blonds bien dessinés. Il ne ressemblait à personne de connu. Ce fut en tout cas ce que dit le facteur Garrigue, seul habitant du village à l'avoir aperçu dans son moïse, au coin du cantou. Le secrétaire de mairie, qui était venu à domicile recueillir la déclaration de naissance, avec le registre entoilé de l'état civil, resta derrière la grille fermée. L'humiliation assourdissait sa voix, quand il inscrivit sous la dictée de la jeune accouchée, déjà levée :

— Charles, comme de Gaulle ?

— Non, Charles-Louis.

— Bon, alors Charles-Louis Cantagreilh ?

Elle hocha la tête, blême et silencieuse, accrochée à la transcription de ce double prénom inconnu de tous.

— De Marguerite, Marie Cantagreilh, née le 13 août 1921, demeurant à Bigaroque, Dordogne...

Il leva la tête, fouilla les yeux de Margot, qui les détournait.

— Et de père inconnu ?

Elle acquiesça encore.

Avezou repartit, racontant à qui voulait l'entendre au village que la petite Cantagreilh, en plus d'être fille mère, était devenue folle. Sa femme, les mains sur les hanches, grinça :

— Enfin, de père inconnu... Faut pas être très malin pour se douter, quand même !

12

Juillet 2002

Il régnait au dîner une gaieté un peu forcée, d'autant qu'un orage de fin de journée – le premier de la saison, bien trop précoce, selon le voisin de la place qui roulait des yeux comme pour annoncer l'Apocalypse – avait obligé à renoncer à la treille pour la salle à manger, encore dans les plâtres des travaux.

De retour au presbytère, monsieur McCarthy conservait le même silence tendu, qu'on respectait sans bien le comprendre. Dorothy, étonnée de les voir revenir aussi vite, avait adressé des mimiques interrogatives à son fils.

— Que se passe-t-il ? demanda-t-elle enfin.

Duncan chuchota :

— Grand-pa a reconnu la maison où il a été caché, juste après son parachutage. C'est cette chartreuse que nous sommes allés voir. Elle est à l'écart du village de Bigaroque, mais porte le même nom : voilà l'explication. Je crois qu'il est encore sous le coup de l'émotion…

— *Oh, my God !*

Madame Hathaway posa longuement les yeux sur son père, qui détourna les siens. Et reprit la direction des opérations :

— *Well*, que cela ne nous empêche pas de goûter à la mique que nous a préparée madame Fournerie…

Duncan pourtant avait peine à contenir sa passion, et à ne pas revenir sans cesse sur le sujet de leur équipée. Avec cette extraordinaire coïncidence, ce qui était jusque-là surtout l'affaire de Maud, sur la piste de ses homonymes, devenait aussi la sienne, et il lui plaisait que les deux s'entrecroisent ainsi.

Surtout, il tenait enfin ce « fil rouge » nécessaire pour ordonner son mémoire ; et c'était un fil de choix, tout à fait romantique : une ravissante chartreuse au milieu des bois épais du Périgord, où avaient survécu des maquisards venus de partout. Restait à tisser sa toile autour…

Pendant le dîner, les parents étant seuls à faire la conversation, celle-ci tourna comme de juste aux aménagements à faire dans la maison :

— Quand tous les petits seront là, il faut un endroit où ils puissent jouer sans trop déranger votre grand-père…

— Tu ne connais pas encore mes neveux, quatre petits monstres, avec des boucles d'ange…

— Comme toi, alors ?

— C'est vrai qu'ils ressemblent beaucoup à Duncan petit, chacun à leur manière…

Duncan n'eut même pas le cœur de s'insurger contre cette affirmation, tant son esprit était occupé d'autre chose.

Sitôt le dîner terminé, dans les grondements étranges de l'orage, monsieur McCarthy se retira, laissant les Hathaway en tête à tête avec leurs catalogues. Les amoureux en firent autant très vite, pour un long conciliabule dans leur chambre. Ils étaient tous les deux aussi étonnés de la tournure qu'avaient prise les choses, autour d'une découverte si ardemment attendue qu'elle aurait dû enchanter tout le monde, en tout cas alimenter la conversation, plutôt que créer ce malaise. L'un comme l'autre, pour des raisons différentes, étaient hantés par cette chartreuse de Bigaroque qu'ils ne connaissaient pas le matin même.

— Cette vieille femme dont m'a parlé madame Fournerie, qui habitait au Bost pendant la guerre, on pourrait aller la voir ?

— Et sans traîner, puisque tu repars après-demain…

Elle fit la moue à la perspective de quitter à la fois Duncan, le mystère de la vieille dame en sa jolie chartreuse et… Bigaroque.

Mais son père l'attendait.

XII

Juin 1944

Ce débarquement des Alliés qu'on avait attendu si longtemps, dont la rumeur courait depuis l'été 43, il avait commencé ! En Périgord comme ailleurs on n'en pouvait plus de l'espérer, on n'en pouvait plus des rutabagas et des têtes de choux, des semelles de bois et des ersatz, on n'en pouvait plus de la peur, des humiliations, des violences. Et l'on se remettait à espérer, tout courbés qu'on était.

Partout dans le département, la Résistance passait à l'offensive. A la veille du jour de l'an 1944, comme le signal d'un retournement des choses, plusieurs locomotives avaient sauté à la gare du Buisson, en même temps qu'à Bergerac. Puis, du côté des Versannes, c'est un convoi qui avait été attaqué. Ensuite, tout au long de l'hiver, les accrochages s'étaient multipliés entre les Allemands et ceux du maquis, qui se montraient de plus en plus ouvertement sur les routes, avec leur extrême jeunesse et leurs uniformes dépareillés, réquisitionnant tout ce qu'il restait, dans les fermes et les mairies, de sacs de pommes de terre, de rations de tabac et d'essence. Et les représailles étaient terribles : de braves fermiers de Nexon, accusés à tort du sabotage de lignes téléphoniques, avaient été torturés à mort, devant leurs enfants.

Mais, insensiblement, on commençait quand même à croire que l'Allemagne ne serait pas toujours victorieuse.

C'est grâce au facteur Garrigue que parvint jusqu'à la chartreuse la nouvelle qu'en Normandie, par centaines de milliers d'hommes, les Alliés avaient pris pied sur le sol français. Et commençaient à libérer le pays. On disait aussi que des bombardements terribles faisaient tout autant de victimes civiles que les Allemands. Qui croire, que croire, et que penser ?

Marguerite ne parvenait pas à se réjouir. Avec qui donc ? Le monde autour d'elle était dévasté, tous ceux qu'elle avait aimés étaient morts ou disparus.

Charles-Louis, tout en accroche-cœurs blonds et en chairs potelées, avec un appétit de petit ogre, s'accrochait à elle et à son sein, hurlait la nuit dans la maison sonore, et le jour dans les bras de sa mère épuisée. Mais il prospérait selon les dires du docteur Marty, qui passait régulièrement le mettre sur la balance de cuisine.

« On ne dirait pas qu'il est né dans un pays en guerre, ce bonhomme-là ; et il sait ce qu'il veut, dirait-on... »

Léonie, depuis la naissance d'un héritier à la chartreuse, ne se montrait pas plus aimable mais retrouvait un rôle à sa convenance : elle consacrait toutes ses forces à nourrir la mère, pour que le petit, la quatrième génération des Cantagreilh qu'elle servait, ne manque de rien. Harcelait Arsène dans son potager, pour qu'il fasse avancer le printemps, accomplissait des prodiges avec ses réserves personnelles entreposées dans l'arrière-cuisine, datant parfois du passage des Allemands...

« Il faut bien le reconnaître, Léonie a beaucoup de défauts, mais elle est fine cuisinière ! »

En se rappelant cette phrase de sa mère, les larmes montaient encore une fois aux yeux de Margot. Peu après la naissance, Yvonne avait rendu son tablier : elle quittait le Bost pour suivre son promis à Sarlat. La mère Vialle restait seule à la métairie, car la grand-mère n'avait pas survécu au dernier hiver de privations, et le Paulin, prisonnier, ne donnait plus de nouvelles.

Ne pouvant s'en sortir toute seule, la métayère employait pour les labours les jeunes maquisards qu'elle nourrissait depuis longtemps ; ils s'étaient installés à demeure, dans la grange, avec le seul consentement de la bonne femme.

Le Moussu, le maître, l'aurait voulu ainsi !

Fin juin, dans la splendeur du début de l'été, alors qu'on voyait encore s'élever des volutes d'épaisse fumée dans la direction de Bergerac, Garrigue raconta les combats qui s'étaient déroulés autour du village de Mouleydier, entre des groupes de résistants et les Allemands. En regardant la jeune mère qui nourrissait son petit au coin du cantou, il détaillait l'incendie, les pillages, la chasse à l'homme dans les rues et les jardins, et finalement les exécutions.

— Il ne reste plus un homme vivant, ni une maison debout. On ne pourra jamais oublier cela...

Au même moment, l'abbé Vigouroux avait pris le risque de revenir à Bigaroque, et de rouvrir l'église pour y célébrer la Fête-Dieu. Pour l'occasion, Arsène y avait fait porter par un drôle les gerbes de roses coupées le matin à la chartreuse, comme le lui ordonnait autrefois madame.

Mais Margot n'assista pas à la cérémonie : elle aurait dû y emmener son enfant, toujours au sein, et sentir sur elle toute la réprobation du village.

Par méfiance, on ne sonna évidemment pas les cloches, ni ne fit procession dehors.

Et on avait raison : à l'aube du lendemain, 24 juin, Marguerite, qui faisait les cent pas sur la terrasse pour bercer le petit Charles, distingua sur la grand-route en contrebas une colonne allemande. Elle défilait, interminable, faite à la fois de chars, d'automobiles, de chariots tirés par des chevaux de trait, d'ambulances et de soldats à pied.

Le cœur battant à tout rompre, ses yeux fouillaient l'horizon. Etait-il là ? Verrait-elle comme un an auparavant une traction noire se détacher pour grimper la côte jusqu'à la chartreuse ? Elle serrait son petit plus fort contre elle, jusqu'à le faire gémir. Et luttait contre le désir de forcer le sort, de descendre avec lui sur le bord de cette route, dans l'espoir fou de retrouver une voiture, une seule, semblable à toutes les autres.

Mais il aurait fallu pour cela passer devant le Bost, traverser le village, défier les yeux braqués sur elle ; elle renonça. Et la colonne s'étira toute la journée, remontant vers le nord. Plusieurs coups de feu déchirèrent l'air saturé de soleil et de senteurs, faisant sursauter toute la maisonnée. Ni Arsène, qui plissait les yeux pour regarder aussi, de son jardin, ni elle ne prononcèrent un mot là-dessus.

Ce fut Yvonne, qui, les yeux rougis d'avoir pleuré, déboula à l'improviste dans l'après-midi, alors qu'on la croyait à Sarlat.

Elle raconta ce qui se jouait juste en dessous d'eux, dans ce paysage familier et si doux :

— Ils se dirigent vers l'Atlantique, pour appuyer leurs forces sur la côte, contre le débarquement. Les maquis ont ordre de les affaiblir, et de les retenir le plus longtemps possible. Alors, les Allemands tirent sur tout ce qui bouge : dans la montée de Coux, au lieu-dit Saint-Georges, ils ont abattu sans sommation un benêt qui était là à les regarder au bord de la route ; et puis, encore un peu plus loin, ils ont tiré sur deux femmes qui passaient. Du côté du Bugue, ils ont incendié des granges remplies de foin tout juste rentré...

Son fiancé, dont personne ne demanda ce qu'il faisait par là, avait tout vu, avant de revenir, épouvanté, se cacher au Bost.

— Surtout, s'ils viennent par là, ne vous montrez pas !

Le dernier espoir de Marguerite s'envolait.

Garrigue, le lendemain, confirma tout cela, avec d'autres détails plus atroces encore : une voiture arborant la croix de Lorraine était tombée nez à nez avec la colonne, et tous ses occupants avaient été massacrés ; puis deux garçons de dix-sept ans, originaires de Siorac, qui follement avaient voulu arrêter le convoi, avaient tous deux péri dans l'embuscade.

Margot écoutait sans rien manifester, déchirée, coupable et malheureuse ; celui qu'elle attendait était du côté de toute cette cruauté gratuite. Mais elle comprit ensuite que Garrigue ne se préoccupait pas de cela : il ne faisait qu'envelopper et reculer le pire : la disparition de monsieur Lascombe.

— Des voisins ont prévenu : ils sont venus depuis la Kommandantur de Sarlat, tôt le matin pour être sûrs de le trouver chez lui. C'est un Français qui les a conduits, pour aller comme ça tout droit jusqu'à Péchalifour, et trouver sa maison dans les bois.

Garrigue marqua un temps et ajouta, plus bas :

— Je ne viendrai plus, je rejoins l'AS. Les gaullistes ont reçu des ordres de Londres : tout faire pour ralentir les unités allemandes.

Il ne se cachait plus, attendait de Marguerite un geste d'adieu. Mais la jeune femme prit l'enfant dans son berceau et quitta la cuisine pour aller s'enfermer dans sa chambre, laissant là le facteur.

A la fin d'août arriva de Périgueux la nouvelle que le département de la Dordogne était entièrement libéré.

« Notre département respire enfin, après quatre ans d'oppression et plus de vingt mois d'occupation, l'air noble et exaltant de la liberté ! » proclamait le nouveau préfet, Maxime Roux.

A Bigaroque même, les hommes du maquis, en grappes dans des automobiles sorties d'on ne savait où, traversèrent en chantant et klaxonnant la place de l'église, avec leurs brassards tricolores et les cheveux au vent. On applaudissait sur leur passage. Avezou, à la mairie, les reçut avec honneur et se fit confirmer dans sa fonction, en attendant le retour de la légalité. Dans la Traverse de Sarlat, au jour du marché, on s'embrassait sans même se connaître. Et on pleurait en même temps, à la pensée de tous ceux qui n'étaient plus là pour voir ce jour heureux.

Madame Castang raconta tout cela à Marguerite, quand elle fit visite à la chartreuse, dans les premiers jours de septembre, avec une charrette à âne. C'était tout ce qu'elle avait trouvé pour transporter les objets personnels de maître Cantagreilh. L'étude, mise en vente par Lascombe, avec la maison en retrait de la Traverse, avait trouvé preneur.

— Un marchand de bestiaux enrichi par le marché noir, chuchota la bonne dame, désolée. Il achète la charge pour son fils, en espérant que celui-ci terminera un jour ses études de droit à Bordeaux. Maintenant que la guerre est finie…

Cette vente, engagée par Lascombe avant sa disparition, était une bonne nouvelle, même si elle lui tordait le cœur. Car depuis plus de six mois que maître Cantagreilh était enterré, c'était lui qui versait leurs gages aux domestiques, achetait les semences pour la métairie, remplissait les papiers, prenait toutes les décisions. Jamais Marguerite, entièrement tournée vers son fils, ne l'en avait remercié.

Alors qu'approchaient les premières vendanges de paix, cinq ans tout juste après la déclaration de guerre, l'enfant posait sur le monde son regard clair, excessivement sérieux, volontaire. Sa mère lui vouait un amour silencieux et sauvage, sans sourires ni jeux. Pourtant, à cause de lui, elle trouva les ressources pour prendre enfin les rênes de la propriété.

« Vous étiez si bonne secrétaire, ma petite Maggie, vous saurez très bien vous occuper de tout cela ! » avait dit madame Castang avant de remonter dans la carriole à âne.

Un jour de septembre où l'enfant dormait dans la voiture haute sur roues qui avait jadis été la sienne, et qu'elle avait recouverte d'un voile de mousseline, à cause de tous les insectes vrombissant dans cette après-midi de fin d'été, elle prit donc possession du bureau de son père.

Avec des gestes un peu timides, précautionneux, elle souffla la poussière sur la grande table, caressa de la main les livres dans les rayonnages, ramassa la cendre abandonnée dans la cheminée. Puis tourna doucement le bouton de la radio, comme elle avait vu son père le faire, pour capter une station.

En ces jours de liesse qui suivaient la Libération, de la musique légère envahit la pièce.

Alors elle s'assit dans le fauteuil de son père, déchira les enveloppes des dernières lettres et les bandes des journaux adressés à maître Cantagreilh.

13

Juillet 2002

Le lendemain matin aux aurores, la jeune fille était établie à la cuisine, son thé devant elle en guise d'alibi, pour ne pas rater le moment où la femme de ménage arriverait, et où elle serait seule en tête à tête avec elle.

De fait, personne ne les dérangea avant une heure avancée de la matinée. Dès que Duncan eut ouvert l'œil, elle lui fourra sous le nez un petit papier.

— *Look !* C'est le numéro de téléphone d'Odette Coste, l'amie de madame Fournerie. Sa mère s'appelle madame Fossemagne, née Vialle, et elle habite du côté de Sarlat. On pourrait l'appeler, pour faire une petite visite ?

Le garçon s'étira, narquois.

— Quelle énergie, si tôt le matin ! On dirait vraiment que c'est toi qui as un mémoire à écrire ! Euh... Il faut prévenir grand-pa, ou non ?

— Mais non ! On va simplement demander à cette dame de nous parler de la famille Cantagreilh ; en expliquant que cela m'intéresse à cause de l'homonymie.

— Et un peu de la guerre, si tu permets, quand même ?

Odette répondit aussitôt à leur coup de téléphone. Elle habitait à côté de sa mère, et ne voyait aucun inconvénient à leur venue :

— Oh, quand vous voulez ! La mémé passe ses journées au coin de son cantou, et n'a pas tant de visites que cela. Mais je ne sais pas bien ce qu'elle pourra vous dire : elle perd un peu la tête, vous savez. Il y a des choses anciennes dont elle se souvient très bien, et puis à côté de ça elle oublie d'éteindre son gaz...

— Aujourd'hui ?

— Mais oui ! Alors, il faut que je vous explique comment venir : après Sarlat, vous prenez la direction de Sainte-Nathalène, vous passez un premier pech, et puis vous descendez dans la combe. La ferme est là, au bord de l'eau... Vous reconnaîtrez, il y a un moulin qui servait autrefois à fabriquer de l'huile de noix, du temps où on n'en trouvait point d'autre dans la région.

Les deux jeunes gens empruntèrent aussitôt l'Austin, en ayant sans même le vouloir des mines aussi mystérieuses que concentrées. Madame Hathaway était assez contente de les voir ainsi affairés, si étonnée que son garçon, en général incapable de tenir en place, accepte de passer avec eux toute une semaine au même endroit. Les miracles de l'amour, et les désirs de cette petite Maud ?

Les deux conspirateurs se perdirent abondamment, entre les pechs et les combes successifs. Il leur fallut deux heures, des tournants innombrables et autant d'admirables points de vue, pour qu'apparaisse le moulin du Merilhou. Il aurait pu figurer sur une de ces cartes postales que les étrangers achètent à Sarlat, sous la dénomination « habitat traditionnel ». Et la vieille madame Fossemagne, avec son foulard noir noué serré sur un visage aux mille rides, son tablier de satinette à petites fleurs mauves, ses gros bas gris tricotés plantés dans des pantoufles de feutre, aurait pu y figurer aussi comme « paysanne périgourdine typique ».

Ainsi que l'avait annoncé sa fille, elle passait ses journées assise dans un fauteuil de châtaignier aux larges lames de bois tressé, au coin du cantou. Seul le téléviseur allumé donnait une note incongrue de modernité dans cette petite pièce basse, éclairée seulement d'un fenestrou. Maud jeta un œil au vieil évier de pierre encastré dessous, qui s'évacuait directement dehors par un trou pratiqué dans le mur. Les poutres étaient noires de suie, avec, faute de réfrigérateur, un garde-manger de grillage pendu à la solive. La vieille femme vivait là comme au début du siècle précédent.

La jeune fille se présenta, avec son nom de famille, en bon français, et même avec une pointe d'accent du pays, prise à force de conversations avec madame Fournerie. Mais madame Fossemagne, passablement intimidée aussi, ne réagit pas. Tassée dans son fauteuil, les mains croisées, avec un sourire poli, elle ne paraissait pas bien comprendre ce qu'on attendait d'elle.

— Eh bé oui, je m'appelais Yvonne Vialle, quand j'étais jeune fille !

On parla du beau temps revenu après l'orage, de sa santé, qui aurait pu être meilleure. On admira le potager – c'était un de ses petits-fils, postier à Sarlat, « un bon petit », qui maintenant venait le cultiver pour elle. Et enfin on parla de ce qui les amenait. Duncan, impatient, prit en main l'interrogatoire ; Maud apportait les mots français qui lui manquaient, rectifiait sa prononciation quand l'écart était trop grand entre la langue chantante de la Périgourdine et les tournures britanniques du jeune homme.

— Alors, quand vous étiez jeune fille, pendant la guerre, vous habitiez le village de Bigaroque ?

— Ah, la guerre, la guerre...

— Il y a eu des parachutages, dans la région, avec des avions anglais. Vous saviez, à l'époque, ce qui se passait ?

Duncan en revenait toujours à la recherche de son fameux fil rouge.

Madame Fossemagne secouait la tête.

— Té, mieux valait pas, parce que, entre ceux qui étaient pour les Anglais et ceux qui étaient contre, ça se battait aussi. A Bigaroque, il y a même eu des morts à cause des dénonciations, vous savez...

La vieille femme jetait des regards inquiets autour d'elle, comme si elle revivait un peu la peur des oreilles ennemies de l'époque.

— Ce pauvre monsieur Lascombe, par exemple...

La question des luttes intestines entre Français n'enthousiasmait pas particulièrement le jeune homme. Il fallait recentrer la conversation :

— Les Allemands étaient partout ?

— Oh non ! Les vert-de-gris, ils étaient loin. Avec ma mère et ma grand-mère – mon père était déjà mort, à cette époque, et mon frère prisonnier –, on pensait surtout à faire marcher la ferme. Une petite métairie loin de tout ; on n'avait pas la télévision, dans le temps, ni même la radio...

— Ils étaient à Sarlat, les Allemands ?

— A la Kommandantur, c'étaient les plus dangereux. Et puis il y avait ceux qu'on voyait passer, sur la grand-route. C'est là qu'en 44, après le débarquement, ils ont massacré tant de gens. Mon mari, qui avait été au maquis pour échapper au STO, a tout vu. Jamais il n'en a trop reparlé...

— Et à Bigaroque ?

— Tant qu'il y avait lou Moussu, monsieur le maire, qui était aussi notre propriétaire, et qui faisait à peu près tenir tout le monde ensemble, ça allait, mais ensuite... Lui aurait pu vous raconter tout ça, mais il est mort depuis bien longtemps. Le pauvre homme, il a eu tant de malheurs, quand on y repense...

— Monsieur Cantagreilh ?

— C'est ça même. Mais en patois, on l'appelait plutôt « lou Moussu », le maître du domaine. On l'a bien regretté, té !

Duncan avança plus précautionneusement dans ses questions ; il avait bien compris que de la guerre, ici, on n'aimait pas parler. Mais les Cantagreilh, c'était l'affaire de Maud.

— Vous l'avez connu, alors ?

— Si je l'ai connu ? Pensez donc... J'ai travaillé plusieurs années au château, quand j'étais jeune fille. Madame Edmée, sa femme, c'était une sainte. Voyez !

La vieille femme désignait un bahut de noyer, dans un coin.

— Je pourrais vous montrer encore un chandail que madame m'avait tricoté, avec la dernière bonne laine d'avant guerre ; il m'a tenu chaud pendant bien longtemps, et jamais j'ai voulu le jeter. Quand elle est morte, d'un coup, pendant son sommeil, j'étais là, et j'en ai eu bien de la peine, allez. Ah... après elle, ça n'a plus été pareil !

— Vous êtes restée longtemps au château ?

La vieille dame hochait la tête, plus présente et vive à l'évocation de sa jeunesse.

— Pensez, on m'a chassée ! Il y avait là-bas la vieille Léonie : celle-là, je l'aimais point, et elle me le rendait bien. Ma mère ne s'était jamais entendue avec elle, et on devait apporter à sa cuisine la moitié de tout. C'était comme ça, jadis : la moitié du cochon qu'on tuait, la moitié de nos œufs, et des noix, et des légumes. Et encore, elle faisait toujours des histoires. Pendant la guerre, il nous en restait vraiment pas beaucoup. Une fois servi le maquis, en plus ; c'est comme ça que j'ai rencontré mon mari, dans la paille de la grange. La Léonie, elle voulait tout commander, surtout après la mort du Moussu. On ne savait pas bien à qui faire confiance, avec tout ce passage, les Espagnols, les Juifs, les Allemands. Les bois en étaient pleins...

Nous y voilà, se dit Duncan en prenant son élan :

— Du passage dans les bois, pourquoi ?

Mais Maud lui grilla la politesse :

— Vous n'êtes plus jamais revenue au château, alors ?

La vieille dame ignora superbement la première question pour embrayer sur la seconde :

— Ah si ! J'y suis retournée quand même. Je lui devais bien ça, à madame Edmée. « Yvonne, qu'il m'a dit, monsieur Lascombe, on a besoin de vous là-bas ! » Je pouvais pas refuser : les parents Cantagreilh morts tous deux, laissant la damiseïlo sur le point d'accoucher de son Charles-Louis, toute seulette...

La jeune fille frémit dans l'ombre. Duncan lui lança un long regard.

— Mais Margot était pas facile, ah non, et le bébé non plus. Et puis je me suis mariée. Vous voyez, ce champ, là-bas, il a été acheté avec ce que j'ai gagné au château, étant jeune fille...

Pendant que Maud reprenait son souffle, sous le coup de l'émotion, le jeune homme s'occupa d'admirer longuement par le fenestrou la belle pièce de terre qui avait constitué la dot d'Yvonne.

— Longtemps, on y a fait du tabac...

La conversation, de nouveau, s'égarait ; mais il fallait cela à Maud pour accuser le coup. Charles-Louis Cantagreilh ! Le nom de son père. Se pouvait-il qu'il y ait deux hommes de la même génération portant le même nom et le même prénom composé ?

— C'était à quelle époque exactement, la naissance du bébé ?

La jeune fille avait parlé dans un souffle ; mais quand il s'agissait d'autre chose que la guerre, madame Fossemagne était intarissable, et de bonne mémoire.

— Eh bien, monsieur Lascombe est venu me rechercher au Bost en décembre 1943, juste après la mort du Moussu. Je le connaissais bien, lui, d'avant guerre, parce qu'il venait souvent alors déjeuner au château, et qu'il me faisait toujours compliment du service. C'était une bonne maison ! L'enfant est né au début du mois de janvier 1944. J'étais là, et c'est moi qui ai préparé la chambre de madame Edmée, qui aurait été bien heureuse d'avoir un petit-fils. C'est moi qui l'ai habillé, aussi, avec la layette de sa mère, que j'avais retrouvée. Et je suis partie juste après la Libération. Notre mémé était morte, et mon frère, une fois revenu d'Allemagne, n'avait pas voulu reprendre la métairie. La ville attirait, à ce moment-là, et il est devenu ouvrier vitrier à Bordeaux. Alors... Ma mère a laissé le Bost pour venir plus près de moi, quand Odette est née. Voyez, c'est ici qu'elle habitait ; j'ai pris sa suite, maintenant que je suis vieille...

Les souvenirs s'enchaînaient les uns aux autres, madame Fossemagne parlait et parlait encore, une flamme dans les yeux, ses mains parcheminées dansant devant elle.

« Début janvier 44 », avait-elle dit ; « 3 janvier 1944 », la date aussi dansait devant les yeux de Maud, telle qu'elle l'avait vue dans le dossier de son père, rue de Villiers. Le doute n'était plus permis, l'intuition de Duncan avait été juste.

— Qui habite maintenant là-bas, dans cette maison où vous avez travaillé ?

— Té, la Margot toujours, à ce que je sache ! Moi, je n'y suis plus retournée depuis longtemps. Bigaroque, c'est un autre pays…

Un autre pays, à trente kilomètres de là ! Les jeunes gens esquissèrent un sourire.

— Elle aussi est vieille, maintenant, et on la dit malade du cœur… On ne s'est pas revues depuis ce temps-là. Moi je n'ai pas cherché, et elle a toujours été sauvage…

Contente d'avoir un public pour ses souvenirs, elle se révélait intarissable et déterminée à diriger la conversation.

— Pas comme sa mère, qui était si bien avec tout le monde ! Mais tout ça, c'est des choses anciennes. Et les gens ont peut-être été trop durs avec la damiseïlo. On lui reprochait beaucoup de choses, parce qu'elle était fière, et pas causante. Moi je dis, avec ce qu'elle a vécu, c'était pas étonnant…

— Elle a eu des malheurs ?

On approchait du nœud du mystère. C'était encore Maud qui avait posé la question, très précautionneusement, pour ne pas laisser s'échapper ce fil. Mais la vieille dame ne montrait plus de réticences. Il fallait seulement faire effort pour comprendre son français mêlé de mots patois.

— Je vous l'ai dit, elle était fille mère. Elle a eu un enfant d'un boche. Le château a été occupé un moment pendant la guerre, et ce qui s'est passé, moi, je ne sais pas, je n'y allais plus travailler à ce moment-là, et j'étais plus souvent à Sarlat qu'à la métairie… Il se disait au village qu'elle était au mieux avec eux, la Margot, et, moins d'un an après, le petit est né, alors… On le lui a pas pardonné, et surtout pas ceux qui avaient aussi des choses à se reprocher. Du marché noir, par exemple. Et puis à la même époque, les Allemands ont fusillé un réfugié espagnol, sans doute aussi monsieur Lascombe, et peut-être bien même son père. Encore aujourd'hui, personne sait ce qui est vraiment arrivé. Mais le passé est le passé, et elle a payé, ça, on peut le dire, la pauvre dame, après la Libération…

Maud avait un nœud dans la gorge, un énorme nœud qui l'empêchait de respirer. Duncan non plus ne trouvait plus aucune question à poser.

— Elle a été…

Maud commença une phrase, sans pourtant oser aller jusqu'au bout. Madame Fossemagne ne la comprit pas, ou ne voulut pas y répondre :

— C'est sûr que ça a été difficile pour elle d'élever seule son garçon. C'était quand même la fille de l'ancien maire, qui avait le respect de tout le pays ; mais on a la mémoire longue, chez nous… On m'a dit qu'elle ne voyait personne au village, sinon le curé Vigouroux, et encore…

Les regards de Maud et de Duncan se croisèrent par-dessus celui de la vieille paysanne, qui continuait d'égrener sa vie, les mains un peu tremblantes.

— Maintenant, des filles mères, il y en a, et personne ne trouve rien à y redire. Même ma petite-fille, voyez, elle a deux petits qui ne sont pas du même père, et jamais elle n'est passée ni à la mairie, ni à l'église… Mais à l'époque, té ! Ça se passait pas comme ça, surtout dans ces familles-là !

— Elle est toujours restée au pays, Margot ?

— Et où c'est qu'elle aurait été ? Personne n'en voulait plus, alors qu'elle était si belle. Je peux vous le dire, je faisais le service pour la fête de ses dix-huit ans, juste au moment de la déclaration de guerre. Sa robe, on aurait cru qu'elle venait de Paris, tellement elle portait bien la toilette...

— Il est toujours au pays, ce Charles-Louis ?

C'était Duncan qui avait parlé.

— Oh, que non ! Dès qu'il a pu, il est parti ! On lui faisait la vie dure, à lui aussi.

Maud, sans s'en rendre compte, pleurait doucement tout en écoutant. Il lui avait fallu venir ici, dans cette petite maison inconnue, pour connaître l'histoire de sa famille. Une histoire chargée d'opprobres et de drames. Mais elle préférait cela plutôt que de l'ignorer. Et il y avait aussi, au milieu de tout cela, l'image de cette arrière-grand-mère inconnue, la « sainte », qui devait avoir un chignon blanc, et toujours des aiguilles à tricoter dans les mains.

— Lui aussi, ce petit que j'ai vu naître, je l'ai plus jamais revu ! Que voulez-vous, les enfants d'aujourd'hui, c'est comme ça, continuait madame Fossemagne, ils sont bien gentils, mais ils ont plus le temps de rien...

Maud et Duncan, se tenant par la main, laissèrent doucement filer la conversation, se contentant de hocher la tête de temps en temps.

Dans la voiture, il se fit encore un long silence. Puis Duncan se tourna vers elle.

— Tu vas être obligée de parler avec ton père, je crois.

Quand ils rentrèrent au presbytère, l'heure du déjeuner était passée, même à la mode tardive des Français.

— Maud, ta maman a téléphoné !

— *What happened ?* Il est arrivé quelque chose ?

Maud se précipita, au point de s'embrouiller dans les indicatifs chiffrés, elle qui jonglait avec depuis si longtemps.

— Allô ?

— *My dear, your father*... ton père a cherché à te joindre, il voudrait savoir par quel Eurostar tu arrives demain. Bien sûr, je ne lui ai pas dit que tu étais déjà en France, à toi de faire pour le mieux. Il demande que tu lui laisses directement un message sur son répondeur, car il n'est pas joignable aujourd'hui.

— OK !

Duncan avait raison, le silence n'était plus possible. Après un moment de réflexion, elle composa le numéro de la rue de Villiers, sans l'indicatif de l'étranger, et laissa un message sur le répondeur :

— Bonsoir, papa, je n'arrive pas par la gare du Nord, mais par celle d'Austerlitz, car je suis en Périgord. Mon train part de Siorac vers midi, pour arriver à dix-sept heures trente-deux. Je suis contente de te voir, parce que j'ai beaucoup de choses à te raconter.

Elle raccrocha, assez fière d'elle-même. Au dîner, les Hathaway en chœur se désolèrent de la voir partir. Même monsieur McCarthy sortit de son mutisme pour lui dire des paroles aimables, dans son français impeccable. C'était donc cela aussi, une famille ?

XIII

Septembre 1944

Marguerite était au bureau, devant la grande table recouverte de cuir, assise dans la même attitude concentrée qu'elle avait vue si souvent à son père autrefois. Devant elle, des piles de documents : elle classait dans les rayonnages les archives personnelles ramenées de Sarlat par madame Castang, lettres, textes de jurisprudence tracés de sa fine écriture, cahiers de notes, diplômes, documents officiels, qui résumaient la vie de son père. Et pointait dans le livre de comptes les factures en souffrance ; maître Cantagreilh avait consenti des dizaines de petits prêts, de moins d'une dizaine de francs, dont elle trouva les billets de reconnaissance, soigneusement rangés. Des noms connus dans le village, qui s'étaient gardés de se manifester, et des parfaits inconnus. Qu'en faire ?

Elle releva les yeux. La voix de Piaf, en sourdine, avec ses accents à tirer des sanglots, reprenait en refrain : « Y avait du soleil sur son front, qui mettait dans ses cheveux blonds de la lumière… » Dans son moïse, Charles-Louis dormait comme un bienheureux. Il lui restait donc un peu de temps encore avant le réveil affamé du bébé pour comparer dépenses et recettes, constater qu'elles s'équilibraient mal.

Un ronflement de moteur, tout proche, la tira de sa concentration. Qui donc ?

Il n'y avait plus de chien pour donner l'alerte, mais les visites étaient devenues bien rares, surtout à cette heure où d'ordinaire l'on rentre des champs pour raviver le feu et mettre la soupe à chauffer.

Marguerite se figea, par réflexe prit dans ses bras l'enfant endormi et s'approcha de la porte-fenêtre. La guerre était finie, mais le pays n'était pas redevenu sûr pour autant. Dehors, des exclamations, le bruit de ferraille de la grille secouée à toute force. Puis, tout de suite, un coup de feu déchira l'air, faisant sauter le cadenas et envoyant voler des chaînons de fer jusqu'au milieu de la cour. Enfin, le grincement du battant, qui s'ouvrait sous la poussée.

Des hommes surgirent dans la cour, portant des brassards aux couleurs des Français libres. Ces dernières semaines, ils étaient pléthore à courir les routes en équipage, pour fêter la Libération.

— Bonjour, damiseïlo !

La voix résonnait à tue-tête, joyeusement. Elle ne répondit pas. Dérangé dans son sommeil et sensible à la tension de sa mère, l'enfant s'était mis à pleurer.

Un jeune homme s'encadra derrière le carreau. Roger Avezou, avec qui autrefois elle avait été à l'école. Puis deux autres, jeunes aussi, derrière son épaule, intrigués. Sans invitation, le pêne de la porte tourna, ils étaient là, dans la pièce. La Libération avait effacé pour eux les traditions de leurs pères, en matière de politesse, de respect de la propriété privée, de distance entre les classes sociales.

— Vous avez bien encore un ou deux tonneaux de vin dans votre beau château, pour régaler les jeunes gars qui ont libéré la France ?

Celui qui avait parlé semblait déjà passablement aviné ; et Margot, berçant l'enfant pour le faire taire, fit semblant de n'avoir pas entendu.

Sans doute mécontent d'être aussi mal reçu devant ses camarades, et n'osant pas pour autant entrer plus avant dans la maison, dont il ne connaissait que la cuisine, Avezou ajouta, en ricanant :

— Eh, mais c'est le fils du boche que voilà !

L'autre, qu'elle ne connaissait pas, reprit :

— Fils de boche, tu dis ?

De la porte, il dévisageait la jeune mère et son bébé.

— Mais alors, il faut lui régler son compte, à cette mauvaise ! Ce sont les ordres !

S'ensuivit un conciliabule entre les hommes, dans la cour. Celui qui avait parlé en dernier, et qui semblait être le chef, portait en bandoulière une vieille mitraillette Sten. Il rentra avec panache dans le bureau. Les autres s'étaient mis derrière lui en rang, comme au garde-à-vous.

Marguerite tremblait, le bébé hurlait. Elle jeta un regard en arrière. Si seulement Turck était encore là, elle l'aurait lancé contre ces garçons. Mais personne ne viendrait à son aide, elle le savait bien, pour en avoir déjà fait l'expérience en 1943, dans des circonstances autrement moins menaçantes. Et que faire face à trois hommes massifs et décidés ?

— Allez, viens, sorcière !

En plus du vin, il y avait de la haine dans la voix. Avezou lui prit le bras pour l'entraîner, sans trop de brusquerie.

— On va vous emmener à Périgueux, toi et ton bâtard ; là, la milice patriotique s'occupera de toi.

Margot, avec l'enfant dans les bras, tenta de s'enfuir. Mais ils étaient là, tous trois, sur ses talons, dès le vestibule.

— Marche !

On la maintenait par les épaules, elle serrait l'enfant, qui hoquetait de terreur au milieu de ces cris. Par peur de lui faire plus de mal, ou de le lâcher, elle se laissa faire. Les hommes ne parlaient plus de boire à la victoire, et semblaient pressés de partir. On la poussa au-delà de la grille, dans une automobile, sous la garde d'Avezou, muet et buté, pendant que les deux autres s'affairaient dans la maison.

Puis tout le monde prit place dans la voiture, et la chartreuse s'éloigna dans la lunette arrière. Dans son affolement, elle comprit qu'ils hésitaient sur la direction à prendre. Le soir était tombé, déjà les jours raccourcissaient. A grands coups d'accélérateur, et d'embardées de la voiture qu'ils maîtrisaient mal, elle vit défiler à toute allure la ferme du Bost, le village de Bigaroque, et puis Le Coux, Les Eyzies... Elle s'était tassée contre la portière, avec son petit qui avait fini par s'endormir, bercé par la vitesse.

— Putain des boches !

— Nazie !

— La collaboration horizontale, ça a rapporté, mais c'est fini !

A intervalles réguliers, l'un d'eux lui décochait une injure, comme à qui se montrerait capable de plus de grossièreté. Ils posaient alors sur elle des regards qui lui donnaient envie de disparaître.

Faute de mieux, Margot serrait très fort les paupières sur ses larmes. Deux idées lancinantes revenaient : ils n'avaient pas fouillé la chartreuse, et donc pas trouvé les armes ; mais en quoi cela importait-il encore ? Et elle n'avait rien pour changer son fils, ni le couvrir.

Au bout d'un temps infini, et de multiples tournants, un barrage fait de bottes de foin les arrêta. On était dans les faubourgs de Périgueux, elle reconnut la gare de Saint-Georges. La lune montait dans un ciel clair, l'humidité de la nuit tombait. Les discussions reprirent entre les hommes, et d'autres encore, interminables, à distance de la voiture.

Puis Avezou, haussant les épaules, disparut dans la nuit. On la fit descendre et remonter dans une autre automobile, avec tant de brusquerie qu'elle se cogna le coude à la portière ; une violente douleur ne la lâcha plus. Le voyage reprit ; l'enfant s'était réveillé, et pleurait, probablement de faim étant donné l'heure.

— Fais-le taire, ce lardon ! intima une voix dans l'obscurité de l'habitacle.

Ne pouvant faire autrement, elle déboutonna son chemisier devant les regards allumés de ces inconnus pour donner le sein à l'enfant. Jamais elle n'avait ressenti pareille humiliation. La même voix se retourna vers elle :

— Hé, la bourgeoise, tu vas passer en jugement demain matin. Et c'est de la chance, parce que celles de ton espèce, on les a tondues et exposées dans la rue, pas plus tard qu'hier !

Celui-là, immense et massif, parlait avec un fort accent étranger, et n'avait rien de périgourdin dans son apparence. Un autre ricana, en écho :

— Ouais, un jugement, c'est déjà pas mal ! Y a pas de greffier pour rédiger les condamnations, alors ça se fera sans…

On s'arrêta de nouveau quelques kilomètres plus loin, pour la pousser dans une maison. Au fond d'un couloir sale, elle se retrouva seule dans une petite pièce nue, qui avait dû être une sorte de débarras, derrière une porte fermée à clé. Charles suçait toujours son sein, tant et plus, jusqu'à lui faire mal, sans plus rien y trouver.

Le cauchemar que fut cette nuit, elle savait qu'elle ne pourrait jamais l'oublier. Le bébé, par alternance, hurlait de faim et s'endormait d'épuisement, sali et morveux. Elle-même ne sentait pas la faim mais la brûlure terrible de la soif, et la douleur à son coude. Couchée sur un sol de ciment poussiéreux, pour faire une sorte de cocon protecteur à son fils, elle tremblait de plus en plus de froid à mesure que passaient les heures.

Au matin d'une nuit sans sommeil, on lui apporta une soupe claire, qu'elle lapa faute de cuillère, et dont elle humecta la bouche de son fils. A l'extérieur, il y avait du remue-ménage, auquel elle ne faisait guère attention, épuisée et terrifiée. Elle ne voulait pas penser au-delà des tourments de la minute présente ; la simple idée de revoir ces hommes lui donnait le vertige, jusqu'au malaise. Un jugement, avait menacé l'un deux, et ce mot même, elle le repoussait de sa conscience.

Alors que la journée devait être déjà bien avancée, la porte de sa prison s'ouvrit. Elle se garda de lever les yeux, assise, prostrée, repliée sur son petit.

Une voix familière résonna :

— Margot ?

La première chose qu'elle vit fut le bas d'une soutane, puis, en relevant la tête, l'abbé Vigouroux, de Bigaroque. La première chose qu'elle ressentit fut de la honte, d'être ainsi échevelée et larmoyante, avec le bébé qui sentait si mauvais dans ses couches de la veille. Elle baissa de nouveau la tête.

— Margot, reprit-il, très fort, comme pour être entendu de ceux qui le suivaient dans l'embrasure de la porte, je suis venu dire ici que si j'ai survécu après mon évasion d'Allemagne, c'est parce que votre père m'a accueilli et caché dans sa maison. Et aussi que c'est vous, Marguerite, qui m'avez entretenu et nourri pendant des semaines, sans jamais rien révéler à personne. Je suis venu dire que vous êtes donc une bonne Française, et que vous ne méritez pas le traitement qu'on vous fait subir. J'ai donné ma parole de prêtre que c'est la vérité. Et s'il le faut, j'en appellerai au préfet lui-même pour témoigner...

Elle écoutait, sans bien comprendre. Cette vie-là lui semblait relever d'un autre monde.

L'homme à l'accent étranger demanda, soupçonneux :

— C'est bien toi qui as fait ça ?

Elle hocha la tête, sans le regarder. Vigouroux profita immédiatement de l'ouverture et reprit, en lui donnant la main pour l'aider à se relever :

— Je vous ramène chez vous, avec la permission de ces messieurs.

Elle se déplia lentement, péniblement, sans lâcher son fils, accroché à son sein. Longea le couloir sous les yeux de ces hommes qui la regardaient comme une proie en train de leur échapper.

Le retour, dans une petite Juva 4 conduite par un inconnu, se fit dans un silence que Vigouroux se garda de rompre. Après avoir répondu toutefois à la question qu'elle ne posait pas :

— C'est Arsène qui m'a prévenu, hier au soir. Le temps de savoir où on vous avait emmenée, et de trouver assez d'essence pour venir jusqu'à Périgueux, plus encore quelques barrages...

Le temps était superbe. On passa de nouveau le chapelet de villages, Les Eyzies, Le Bugue, Bigaroque ; on s'engagea sur le chemin de pierres, jusqu'à la grille fracturée. Là, avec des gestes saccadés, sans remercier ni saluer personne, elle s'enfuit. Se précipita vers le bassin d'arrosage près du puits, débarrassa Charles de ses langes souillés, le fit boire, le lava. L'enfant, dénutri et déshydraté, ne réagissait pas.

Puis, sans le lâcher un instant, elle s'aspergea elle-même d'eau froide, comme pour s'expurger de toute l'horreur de cette nuit.

L'abbé, qui l'avait suivie, remarqua une longue mèche blanche dans ses cheveux, qui n'y était pas auparavant, et la laissa courir se cacher dans la maison.

Que lui ont-ils donc fait, pour qu'elle ne supporte plus de voir personne ? se demanda-t-il.

Il soupira et au bout d'un moment fit un geste pour appeler le chauffeur. Tous deux s'appliquèrent, à grands seaux d'eau, à effacer les croix gammées qui avaient été tracées la veille, au charbon de bois, sur les volets de l'aile est. Puis, leur travail terminé, en nage sous le soleil, ils repartirent, sans avoir vu personne.

14

Octobre 2002

Le mémoire de Duncan avançait, au même rythme que tombaient les dernières feuilles mortes dans Hyde Park. A la fin de l'été, sitôt Maud partie pour Paris, il s'était enfin enfermé dans le grenier du presbytère.

« Du moins quand ce n'est ni l'heure de l'apéritif, ni celle de la sieste ! » se moquait son père.

Il avait en tout cas obéi scrupuleusement aux consignes de la jeune fille : ne pas forcer les confidences de son grand-père, puisque celui-ci semblait décidé à se taire. Le vieux monsieur, retranché une bonne partie de la journée derrière son journal, prétendait même ne plus être très sûr de ses souvenirs.

A sa fille, qui l'interrogeait avec précaution sur cette visite mémorable, il avait répondu, devant son petit-fils médusé :

« Ces chartreuses périgourdines se ressemblent toutes ! Elles ont été conçues plus ou moins sur le même plan, et construites par des maîtres d'œuvre qui se copiaient les uns les autres. Alors... Et puis après tout, *my God*, il n'est peut-être bon pour personne de remuer toujours les cendres du passé. »

A Dorothy, ce nouvel état d'esprit semblait tout à fait raisonnable. Elle se réjouissait de voir son père regarder devant plutôt que derrière.

Donc, on n'avait plus parlé que du beau temps, des mérites comparés du vin de Monbazillac et de Rosette, ainsi que de l'aménagement de la maison, évidemment. D'autant que les Hathaway attendaient pour le mois d'août leurs quatre petits-fils.

« Il ne doit plus traîner un pot de peinture, ni une bouteille d'alcool ! »

Et le malaise s'était dissipé autour de cette affaire. Mais Duncan était certain, absolument certain, que les choses étaient plus compliquées que cela : il avait vu, de ses yeux vu, son grand-père se figer net pour dire « *Here it is !* », sans hésitation aucune. Jamais il ne pourrait oublier cela. Il avait été témoin aussi de son émotion silencieuse. La raison pour laquelle le vieil homme ne voulait plus en parler était ailleurs ; et cela coûtait à Duncan de renoncer à ce témoignage de première main, autant par passion personnelle que pour l'intérêt de son travail.

Faute donc de pouvoir utiliser la trame des souvenirs de son grand-père, qui auraient donné une dimension humaine et littéraire à l'écriture, il avait pris le parti de développer autrement son projet. Et il avait trouvé comment : les derniers témoins des événements de la guerre atteignaient cet âge où l'on veut, avant de mourir, transmettre, expliquer, parfois dévoiler ou justifier ; très nombreux étaient donc les récits, mémoires, essais historiques de publication récente, autant sur le plan local que national. En s'appuyant sur ces documents, Duncan voulait démontrer que l'histoire, loin d'être finie, produisait encore des effets dans la vie de ses contemporains du XXIe siècle.

« Comme le battement des ailes d'un papillon ici produit un courant d'air à l'autre bout du monde, ce qui s'est passé hier a des répercussions dans la société d'aujourd'hui... »

De Bigaroque, il avait appelé son directeur de mémoire, pour faire valider sa nouvelle orientation.

« Très bien, jeune homme, alors au travail ! »

A son retour à l'université, qu'il avait pris soin de faire coïncider avec l'arrivée de ses neveux à Bigaroque, Duncan avait donc recommencé des fiches, des synthèses, des consultations... Une manière aussi de faire passer le temps en attendant le retour de Maud, en vacances commandées à Paris jusqu'à la rentrée universitaire. Maintenant, il le savait, il ne pouvait plus se passer d'elle.

Maud revint, enfin. Et il était à Victoria Station pour l'attendre, au pied de l'Eurostar, comme l'été précédent sur le tarmac de l'aéroport de Bergerac.

Ainsi que dans les mauvais feuilletons – mais elle les adorait depuis qu'elle était amoureuse ! – elle prit son élan pour se jeter dans ses bras, et respirer longuement l'odeur de son pull rêche. Galant, il s'accrocha d'une main à sa valise à roulettes, de l'autre à son épaule.

— Au moins, ici, je suis attendue !

Manifestement, la blessure était encore cuisante : après s'être arrachée aux vacances périgourdines, Maud était donc arrivée, six heures plus tard, en gare d'Austerlitz. Puisque son père avait exigé ses horaires de train, et qu'elle avait obtempéré aussitôt, Maud espérait vaguement qu'il viendrait la chercher, comme lorsqu'elle était toute petite. Elle s'imaginait aussi que son message sibyllin, « je suis en Périgord », serait une entrée en matière suffisamment provocante pour parler de ce qu'elle avait découvert dans la cuisine du moulin du Merilhou. Cet « enfant de la guerre » qu'avait été son père la touchait au cœur, remuait milles choses en elle et suscitait autant d'interrogations.

Que nenni ! Ces bonnes dispositions s'étaient fracassées sur la réalité. Elle avait traversé seule la capitale désertée pour l'été, et c'était Filomena qui l'avait accueillie rue de Villiers. Maître Cantagreilh était absent, rentrerait tard dans la nuit. Les jours suivants, entre déplacements et dossiers urgents, il semblait à peine prêter attention à la présence de sa fille. Maud, dans un Paris surchauffé, la tête tout occupée des événements récents, en était réduite aux questions, en attendant les réponses.

Si l'étrange madame Margot était bien sa grand-mère, elle-même était la petite-fille d'un Allemand, en plus d'être la belle-fille d'un Anglais. Mais pourquoi son père avait-il coupé les ponts avec sa famille ? Et caché celle-ci à sa propre fille ? Et comment ? La ronde des questions recommençait, le silence s'épaississait entre le père et la fille.

Il lui avait fallu un soir les forcer, ces questions, au pire moment, alors que maître Cantagreilh apparaissait chez lui plus tôt qu'à l'ordinaire, manifestement épuisé, un dossier sous chaque bras. Et la conversation avait d'abord pris un tour agressif, qu'elle n'avait certes pas voulu.

« Tu sais que je viens de Bigaroque ? »

Maître Cantagreilh n'avait même pas joué l'étonné, attendant la suite.

« J'ai croisé une madame Cantagreilh, à l'église du village. »

Un blanc.

« Et j'ai vu la chartreuse, très jolie maison... »

Cela sonnait comme un réquisitoire de sa part, elle s'en rendait bien compte. Mais elle jouait là son vatout, et sa voix tremblait un peu sur les aigus.

Son père s'était alors assis en soupirant, comme résigné à ce rendez-vous.

« Ma petite fille, tu veux vraiment savoir ? Eh bien, parlons-en... »

Il avait parlé à sa manière, calme et froide, économe de mots et de sentiments. Racontant, sans s'apitoyer un instant, son enfance de petit garçon unique, élevé entre une mère aussi malheureuse que silencieuse et des domestiques peu amènes.

« Arsène et Léonie sont morts depuis longtemps, maintenant, et je ne vois plus ta grand-mère. Peut-être aurais-je dû deviner les questions que tu te poses. Mais que veux-tu, on ne voit pas grandir ses enfants, et on veut les protéger...

— Et ce père inconnu ?

— Vois-tu, j'ai fait, à dix ans, la même chose que toi à vingt. Non, inutile de t'excuser, tu as fouillé ma chambre, comme j'ai fouillé celle de ma mère en mon temps. Je m'en suis aperçu le soir même, et j'ai ma foi été assez fier de toi : tu sauras te débrouiller dans la vie. Donc, à dix ans, à cause de toutes les malveillances et insinuations entendues sur mon père, depuis que j'ai l'âge de comprendre, j'ai cherché à savoir qui il était. Exactement comme toi. Une après-midi où ma mère était partie faire des courses à Sarlat – c'était une expédition à l'époque, avec l'autorail –, j'ai ouvert le secrétaire de sa chambre. La clé était bien évidemment dans le tiroir de sa table de nuit, tu vois, j'ai gardé les mêmes habitudes. Et j'ai trouvé des lettres. Ou plutôt des petits mots, sans détails ni dates, ce qui ne facilite pas les recherches. Mais c'étaient des mots d'amour, manifestement bien souvent lus et relus. Des messages de mon père, qui parlait à ma mère de leur prochain mariage, des enfants qu'ils auraient un jour, de la vie qu'ils mèneraient ensemble. Une vie qui n'a jamais existé, puisque je n'en ai aucun souvenir. Cet homme signait Philippe, un prénom très couramment donné à l'époque, à cause de Pétain ; comme je m'appelle Charles à cause du général de Gaulle. Mais, malgré beaucoup de recherches, crois-moi, je n'ai jamais réussi à trouver son identité complète. Et ma mère a toujours refusé de m'en dire quoi que ce soit. Se sont-ils brouillés avant ma naissance ? A-t-il été tué pendant la guerre ? Pourquoi ce mystère autour de lui ? Ma mère ne parle plus depuis longtemps. »

En face de son père, Maud restait sidérée. Et lui continuait son exposé sans laisser de place aux questions :

« Toutes les questions que tu te poses, je me les suis posées avant toi. D'autant que les imbéciles m'injuriaient copieusement là-dessus. Car tu n'imagines pas ce que les bons chrétiens de nos villages faisaient subir aux petits bâtards, comme on disait dans mon enfance. Heureusement, j'étais bon à l'école, en histoire en particulier. Grâce à la petite collection de messages, et à certaines allusions à l'école militaire de Saint-Cyr, j'ai pu déduire, autour de mes quinze ans, que mon père était un officier français. C'est tout, mais ce n'est pas rien, et cela m'a aidé souvent à renvoyer les insultes, avec mes poings en prime si nécessaire. Un père inconnu, ça fait désordre, et laisse la place à toutes les supputations. Je ne voulais pas que tu sois l'héritière de cet opprobre, voilà !

— Et depuis ? Tu ne sais rien de plus ? »

Cette histoire inattendue la désorientait ; de même que la violence inhabituelle affleurant chez son père.

« Un peu avant ta naissance, justement, je me suis mis à chercher de nouveau, justement pour t'offrir une famille, même disparue. Echec total. J'ai cru un moment tenir une piste, mais elle s'est effondrée. Les dates ne collaient pas. »

La jeune fille se rappelait parfaitement l'avis de non-recevoir contenu dans le dossier de généalogie, à propos d'un certain Philippe Cazenac. Tout s'expliquait. Mais rien ne s'expliquait, tant la version servie par madame Fossemagne sur la naissance du petit Charles-Louis était différente.

Maître Cantagreilh montra ses mains ouvertes, vides, devant lui.

« Tu vois, quand je t'ai dit que j'étais né de père inconnu, ce n'était pas un mensonge... »

Cette fois-ci, Maud ne le laisserait pas s'en tirer ainsi.

« Et madame Cantagreilh ?

— Maman ? Si je ne t'ai pas parlé d'elle, c'est que nos relations ont toujours été difficiles. Une telle grand-mère n'aurait fait que te décevoir. Même ta mère ne l'a jamais vue, du temps de notre mariage. C'est une femme profondément blessée, qui ne fait que survivre à son malheur. Jeune, je lui en ai beaucoup voulu de cette vie qu'elle menait, et donc me faisait mener, solitaire, triste, sans tendresse. Maintenant, crois-moi, je fais tout pour lui offrir une vieillesse sereine, sans soucis. Elle vit au milieu de ses fleurs, sans vouloir voir personne, pas plus moi qu'un autre. Tu dis que tu l'as rencontrée, avez-vous parlé ?

— Non.

— Tu vois bien ! »

La jeune fille se tut. Qui disait vrai, d'Yvonne ou de son père ? Celui-ci était-il né d'un officier français, ou d'un « boche » ? Pouvait-elle même émettre un doute, qui entacherait l'honneur de son père ? Lui aussi était un homme blessé, guère moins sauvage, à sa manière, que madame Margot.

A ce moment-là peut-être, elle pardonna à son tour l'enfance triste, solitaire, sans tendresse, qu'il lui avait donnée, à elle aussi. Et se contenta, sans paroles, d'aller l'embrasser. Maître Cantagreilh la serra dans ses bras, furtivement.

Et ce fut tout ; ils ne reparlèrent de rien jusqu'à son départ pour Londres. Maintenant, c'était à Duncan qu'elle racontait tout cela, passablement émue.

— Cela m'est bien égal d'être la petite-fille d'un Français ou d'un Allemand, mais je voudrais savoir.

Duncan, sans quitter les bras de sa douce, avait ouvert son ordinateur et pianoté dessus.

— Je te transfère un chapitre de mon mémoire. Cela t'intéressera, je crois. Lis-le tranquillement, quand tu auras le temps.

Maud avait fermé les yeux, son fardeau déposé, et se laissait aller aux baisers.

XIV

Février 1953

— Tête au carré !

— Fridolin !

— Bâtard !

— Parasite !

— Fils de Huns !

Les insultes volaient, dont la moitié des enfants ne connaissaient pas bien le sens, sinon qu'elles avaient le don de mettre Charles en rage. Le garçon se défendait comme un diable, rendait coup pour coup, et même plus, à force de poings et de galoches cloutées, aussi. Dans la cour de l'école communale de Bigaroque, les deux classes, les petits de madame Leymarie, et les grands, qui préparaient le certificat d'études avec monsieur Leymarie, étaient en récréation, les garçons d'un côté, les filles de l'autre.

Le mois de janvier avait été presque entièrement noir, pluvieux, boueux, et tout le monde était content de pouvoir enfin sortir, par ce beau froid sec et lumineux.

« Bleu comme le manteau de la Vierge ! » avait claironné la petite Marty en levant le nez en l'air.

L'instituteur, laissant ses garçons dans la cour, était parti chercher une provision de bûches pour le poêle de la classe. Quand ils coupaient du bois, les parents déposaient leur contribution à l'école sous un abri, à l'arrière du bâtiment. Sa femme, pendant ce temps, était montée dans leur logement, situé juste au-dessus, pour mettre sa soupe à chauffer, laissant les petits sans surveillance.

Par la fenêtre, elle entendit hurler.

— Voilà que ça dégénère encore, et c'est toujours le même qui tape !

Charles, qui à presque dix ans était grand et solide, fonçait dans le tas des petits, distribuant les torgnoles autour de lui. Un poing particulièrement bien ajusté atteignit de plein fouet le petit Michel Avezou, un gringalet de six ans. Le coup lui éclata l'arcade sourcilière.

Du sang giclait partout, et l'enfant entre les gouttes pleurnichait :

— Ma mère va me disputer, les taches sur mon tricot neuf...

On courut chercher l'instituteur, qui, posant sa brouette pleine au bord du chemin, emmena le petit chez lui et le confia à sa femme pour qu'elle nettoie du mieux possible la plaie, et le fameux tricot.

Pendant ce temps, dans la cour, les grands répétaient en chœur, pour qu'aucune voix ne se fasse remarquer : « C'est la faute à Cantagreilh, c'est la faute à Cantagreilh... »

La moutarde monta au nez du maître : depuis deux ans qu'il était en poste à Bigaroque, c'était toujours avec ce Charles qu'il y avait des histoires, des bagarres, des insolences. En plus, cela tombait sur le petit-fils du maire. Alors que justement il implorait la mairie d'installer un chauffage central à l'école. Ce n'était pas le moment d'avoir des problèmes avec la famille !

— Cantagreilh, par ici !

Le garçon approcha, l'air buté.

— Au piquet !

Comme il n'arrivait pas assez vite pour se mettre dans le coin de la classe des grands, nez tourné vers le fond du mur lézardé, monsieur Leymarie lui décocha une bonne gifle pour l'aider à avancer. Pour rien au monde le garçon n'aurait donné à ses camarades le plaisir de le voir pleurer. La joue marbrée de rouge, un peu sonné, il ne broncha pas, soutint le regard du maître. Le plus lentement possible, il entra dans la salle, ce qui offrit cinq minutes de récréation supplémentaires aux autres avant de se remettre au travail.

— M'sieur, c'est maintenant que vous nous rendez nos cahiers ?

Monique Marty avait parlé de sa voix flûtée. Dans cette toute petite école rurale, filles et garçons étaient ensemble en classe, parce que l'inspecteur n'avait pas pu faire autrement, mais ils prenaient leurs récréations séparément. Depuis la cour des filles, on n'avait rien vu de la bataille.

— Oui, quand vous vous serez tus !

Monique attendait une bonne note, et elle l'aurait. Mais Leymarie se rappelait aussi que celle de Cantagreilh était encore meilleure. Durant le mois précédent, il lui avait mis 10 sur 10 en dictée, 8 en histoire-géographie, 8 en composition française, et 7 en calcul, ce qui le classait bon premier de la classe. Le garçon était intelligent, mais mauvais esprit, orgueilleux, personnel, voulant toujours être meilleur que les autres. Et négligé avec ça, mal lavé, habillé comme un petit-bourgeois d'avant guerre, avec des pantalons longs et un gilet noir trop grand. Eh bien, tant pis pour lui ! Il en allait de son autorité ; il fallait que le garçon apprenne à se tenir, et que toute la classe retienne la leçon !

— Evidemment, Cantagreilh a zéro, en punition. En plus, mon garçon, tu me feras cent lignes pour demain : « je ne frappe pas mes camarades ». A tous les temps de conjugaison, plus-que-parfait et futur antérieur compris.

C'était la pénitence la plus longue, celle que tous les élèves redoutaient. Pas Charles, qui en avait déjà écopé plusieurs fois. Un murmure de satisfaction parcourut les rangs ; on ne l'aimait pas beaucoup, à cause de sa force sauvage. Alors, il se retourna, ses yeux clairs devenus d'encre, attrapa les livres rangés dans la bibliothèque et un par un les lança avec fureur sur ses camarades. La plupart esquivèrent, quelques-uns les récupérèrent au vol pour les renvoyer, comme au ballon prisonnier, et deux filles se mirent à glapir de frayeur.

Monsieur Leymarie, rouge de colère, n'eut pas le temps d'aller jusqu'au fond de la classe que déjà le garçon avait filé, en claquant la porte au nez du maître. Celui-ci se retourna, pour arrêter la bataille de bouquins qui recommençait.

— Ah, ça ne se passera pas comme ça ! Vous rangez les livres à leur place et on se remet au travail ! Sinon, c'est la punition collective...

Charles, les yeux brouillés de larmes, hoquetant de colère, avait couru reprendre sa bicyclette dans la cour. Une bicyclette de dame, lourde et rouillée, qui avait appartenu à sa mère avant lui. Comme personne ne la lui disputait à la chartreuse, il se l'était appropriée dès qu'il avait eu la taille suffisante pour atteindre les pédales et faisait avec de longues courses dans la campagne.

Ce jour-là, on ne l'avait plus revu à l'école, malgré le gel qui montait en même temps que tombait le soir.

— Qu'il aille au diable ! ronchonna monsieur Leymarie en se glissant sous son édredon de plumes. Vivement que le bâtiment soit mieux chauffé !

En revanche, dès le lendemain, le couple d'instituteurs vit arriver madame Avezou, la belle-fille du maire, pour se plaindre :

— Le petit gardera peut-être une cicatrice, et son paletot est presque à mettre aux chiffons, maintenant…

— Je vais convoquer la mère du garçon…

La mère siffla :

— Oh ça, sauvage comme elle est, vous ne risquez pas de la voir de sitôt. L'ancien instituteur, déjà, a essayé de parler avec elle. C'est de la mauvaise engeance, voilà tout, et le drôle n'est pas mieux que le reste de la famille !

Madame Avezou s'en était tenue là, mais d'autres s'étaient chargés de renseigner l'instituteur : Charles Cantagreilh était le rejeton d'une famille de notables qui avait mal tourné.

« Pensez, le grand-père a été maire, avant guerre ! Ils habitent le château, mais les toits sont crevés, maintenant… »

L'enfant n'avait pas de père et vivait seul avec sa mère, qui n'avait plus aucune relation avec le village. Même le boulanger déposait sa tourte devant la grille fermée du château. On ne savait trop de quoi ils subsistaient tous deux, hormis potager et verger. Leur métairie du Bost était abandonnée depuis un moment, personne ne voulant s'engager chez eux.

« Ce gosse, c'est une brute. Vous avez vu ces cheveux presque blancs, et ces yeux clairs comme on n'en voit pas chez nous ! »

Leymarie n'avait pas relevé, mais il comprenait mieux. A Périgueux, d'où il venait, il y en avait aussi un certain nombre, de ces indésirables enfants de la guerre. Des petits bâtards laissés par l'occupant. Mais l'obligation scolaire voulait qu'il trouve une solution.

L'élève ne revint pas le lendemain, et l'école buissonnière n'était pas dans les principes de l'inspecteur, qui risquait de demander des comptes. Il fallait faire quelque chose.

« Té, demandez donc à monsieur l'abbé, y a que lui qui peut leur parler, à ces gens... »

Malgré son peu de sympathie pour les gens d'Eglise, ce fut finalement ce que fit Leymarie, après en avoir conféré avec sa femme.

« C'est que de la mauvaise graine. Ne te fatigue pas, et débarrasse-t'en auprès des curés ! »

L'abbé Vigouroux, consulté, voulut bien se charger de l'affaire, avec cette phrase désolée :

— Ah... Margot ! On ne peut comprendre ce pays sans remonter à la guerre, n'est-ce pas ?

Il promit de rendre visite à la mère, pour savoir ce qu'était devenu le petit, et d'essayer de les raisonner. Comprenant fort bien qu'on n'était pas si pressé que cela de le revoir à l'école.

Le temps virait de nouveau à la neige quand il prit le chemin de la chartreuse avec sa bicyclette.

Il faudrait l'entretenir un peu, ce chemin, té...

La route était ravinée, avec des trous gros comme des nids-de-poule, jamais rebouchés. Les pierres de la Dordogne qu'on montait autrefois jusque-là pour maintenir la terre avaient roulé sur le bas-côté, sans que le cantonnier de la commune s'en soucie, puisque personne ou presque n'empruntait plus ce chemin. L'abbé peina un peu jusqu'à la grille ; il se ressentait de ses années d'oflag, avec des douleurs dans tout le corps quand le temps était ainsi changeant.

Toujours fermée...

Il ne venait pas sans émotion, se rappelant l'aube d'un jour de 1943 où il était arrivé là, après avoir traversé la moitié de l'Europe. Il avait frappé à la porte du bureau de maître Cantagreilh, où brillait une lampe, sans savoir s'il serait accueilli par son ancien paroissien ou donné aux Allemands par un maire respectueux des instructions de Vichy.

En souvenir de ce temps-là, c'était pour lui un devoir d'aider sa fille. A la Libération, il avait eu bien du mal à la tirer d'affaire, et se demandait encore s'il y avait vraiment réussi. Ah, ces résistants de la dernière heure, qui pour mieux se faire voir des nouvelles autorités jugeaient et condamnaient à tour de bras, en toute illégalité ! Dieu merci, il avait pu intervenir avant que la petite soit totalement perdue de réputation dans les rues de Périgueux. Même si les mauvaises langues ici s'en chargeaient bien !

Et puis il y avait cet enfant, le Charles, qui n'avait pas demandé à naître, et qui maintenant donnait du fil à retordre. L'abbé n'était pas loin de penser, comme tout le monde, qu'avec une si lourde hérédité on ne pouvait espérer mieux. Et encore, le petit ne se souvenait certainement pas de la Libération, heureusement !

Jamais la mère ne s'était confessée à lui, et le fils ne venait pas au catéchisme le jeudi. Alors, que pouvait-on en faire ?

Il en était là de ses réflexions, devant la grille, son vélo à la main, quand il vit justement l'enfant s'enfuir par-derrière, vers les bois, un chien sur ses talons.

Allons, se dit-il, au moins il est revenu chez lui, et pas perdu pour de bon...

— Hé, petit ! Viens donc par ici...

Sa voix forte, autoritaire, arrêta net le garçon. La tête basse, ce dernier fit demi-tour et revint vers l'entrée.

— Ouvre-moi donc la grille ! Je viens pour voir ta mère.

Le gamin obtempéra, le front fermé.

— Elle est au jardin, je sais pas si elle veut vous parler...

— Bon, on va d'abord causer, entre hommes.

L'abbé d'autorité traversa la cour, gravit le perron, entra dans le vestibule, jetant par habitude un coup d'œil circulaire. Tout avait bien changé depuis le temps de madame Cantagreilh ! L'architecture était toujours belle, la lumière par les portes-fenêtres aussi, même par ce ciel de neige, et les meubles cossus toujours là, mais cette odeur d'abandon ne trompait pas. C'était la misère. Depuis la mort de Léonie, qu'il avait enterrée deux ans auparavant, juste après son mari, personne ne devait beaucoup se préoccuper du ménage dans cette maison. Il savait aussi par le couvreur, comme tout le village d'ailleurs, combien de bassines au grenier recueillaient l'eau du toit.

« Madame Margot, quand je lui ai dit qu'il fallait changer les tuiles de l'aile ouest, et revoir la charpente un peu partout, elle a dit que ça pouvait bien attendre encore un peu, et puis voilà... Ça fait peine de voir ainsi s'abîmer cette belle propriété... »

Restaient la terrasse, qui dans la désolation de l'hiver apparaissait entretenue, et le jardin aux rosiers taillés net, aux allées et plates-bandes bien nettoyées. Margot semblait passer le plus clair de son temps aux soins du jardin. Et puis, bbrrr... On ne chauffait pas beaucoup, dans cette maison !

L'abbé cherchait où s'installer avec le garçon, qu'il tenait fermement par l'épaule, pour lui éviter toute tentation de s'enfuir encore.

— On va à la cuisine ?

Le garçon se laissa conduire, à travers l'enfilade des pièces désolées.

Le cantou en effet rassemblait toute la chaleur de cette maison, et la vie de ses habitants semblait se resserrer là, dans le désordre et la saleté. Ils s'installèrent face à face sur les bancs, et l'abbé se mit à tisonner le feu.

— Alors, il paraît que tu ne vas plus à l'école ?

— Non.

— Tu n'aimes pas travailler ?

— Si.

— Ah ? C'est une bonne chose, ça...

Il semblait impossible de lui tirer autre chose que des oui et des non.

— Je veux partir, dit enfin le garçon, d'une voix décidée.

— Oh ! Et pour aller où ?

— Dans une autre école, où on ne m'embêtera plus. Il y a bien des endroits pour les enfants comme moi, qui n'obéissent pas ?

— Oh, oh ! La pension, tu veux dire ?

— Je sais que mon grand-père, autrefois, a fait ses études dans une pension, à Sarlat.

Le petit paraissait avoir tout à fait réfléchi à son affaire.

— C'était chez les jésuites de Saint-Joseph, je suppose. Mais il te faudrait quitter ta mère, et surtout travailler très bien.

Le collège jésuite de Sarlat, réputé autant pour sa dureté que pour son excellence scolaire, accueillait les rejetons des meilleures familles de la région.

L'enfant bomba le torse, en réponse.

— C'est pas grave. Je suis très fort en classe, et je peux l'être encore plus.

— Eh bé, tu ne doutes de rien, toi !

L'abbé, qui ne s'attendait pas à la tournure que prenait la conversation, réfléchit rapidement. Pourquoi pas, après tout, pourquoi ne pas essayer de le faire admettre à Saint-Joseph ? La mère manifestement ne retrouvait pas son équilibre, et ne s'en sortirait pas seule avec ce garçon volontaire. Et s'il pouvait faire quelque chose…

Il faudrait jouer auprès des pères jésuites de l'ancienneté et de l'honorabilité des Cantagreilh. Restait la question des frais de pension, pour lesquels il ne voyait pas bien comment s'y prendre, étant donné la déchéance de la famille. Une bourse, peut-être, à demander auprès de l'inspecteur d'académie, ou de l'évêché ?

— Bon ! Si tu es sûr de ce que tu veux, et si monsieur Leymarie accepte de faire un bon certificat sur ta conduite et ton travail, je peux essayer de t'aider. Maintenant, je vais trouver ta mère.

L'affaire s'était conclue bien plus facilement que l'abbé n'avait espéré.

Margot, sécateur en main, avait d'abord tenté de fuir en le voyant, du même mouvement exactement que son fils. Comme il ne pouvait pas, elle, l'attraper par la peau du cou, il avait dû crier, et elle avait accepté de l'écouter. De loin.

Comme il s'y attendait, l'enfant ne lui avait rien dit de ses démêlés avec l'instituteur, et la mère ignorait que son fils, depuis près d'une semaine, passait ses journées dans les bois au lieu d'aller à l'école. Mais elle en avait vu d'autres et de toute façon le soutenait contre tous, avec ses mots maladroits, rares :

— Les autres enfants sont trop méchants avec lui…

— Je sais bien…

Même si elle semblait avoir du mal à se séparer de son fils, elle s'avoua soulagée à l'idée de le voir quitter Bigaroque. Et manifestement, depuis longtemps, c'était l'enfant qui, auprès de sa mère, décidait de tout, comme un petit homme. Alors, s'il le voulait ainsi… En revanche, la question financière ne l'intimida pas :

— Mais j'ai de l'argent, pour ça ! cria-t-elle, plantée dans la glèbe gelée.

— Margot, il faut beaucoup, beaucoup d'argent. Là-bas, on ne fait que de longues études classiques, avec du latin et du grec. Au bout du compte, jusqu'au bachot de Charles, il en faudrait presque autant que pour refaire votre toit !

— J'ai de l'argent ! A la fin de la guerre, monsieur Lascombe a vendu l'étude, et depuis on me verse une rente.

— Alors, pourquoi est-ce que tu ne répares pas ta maison ?

— Il avait dit que c'était pour l'éducation de Charles, et que mon père aurait été content de cela : j'ai préféré le garder.

Le regard vague de la jeune femme, sous ses bandeaux blanchis, qu'elle gardait coiffés à l'ancienne mode, était redevenu clair et décidé.

— Dis-moi, Margot, si ton fils va en pension, tu auras tout le temps de t'occuper des fleurs, pour l'église ? Il n'y a plus personne pour ça, et je me rappelle que ta mère t'a appris à faire des bouquets, autrefois...

Elle hocha le menton, les larmes aux yeux.

Le reste était allé tout seul : monsieur Leymarie fit tous les certificats qu'on voulait, pourvu qu'on veuille bien le débarrasser de son élève.

— De toute façon, c'est vrai qu'il est extrêmement intelligent, déclara-t-il au prêtre avec une pointe de dépit.

Le père supérieur de Saint-Joseph, qui avait été lié à monsieur Lascombe, se souvenait parfaitement de maître Cantagreilh, et des circonstances de son enterrement. Du moment qu'on payait la pension, il fermerait les yeux sur la naissance illégitime du jeune Charles-Louis, pour ne se souvenir que du reste.

— Jeune homme, vous avez eu pour grand-père un Français courageux et distingué. Je compte que vous en soyez digne ! dit-il en accueillant le garçon, au retour des vacances de carnaval. Maintenant, on va vous donner votre trousseau à la lingerie, et vous montrer votre lit, dans le dortoir des sixièmes.

Il n'en fallait pas plus au garçon, rouge d'orgueil, pour cravacher. Charles-Louis Cantagreilh, comme il l'avait affirmé, se mit au niveau à la force du poignet : avec des livres et du travail, des cours de rattrapage en latin et en grec, il remporta à la fin de l'année plusieurs accessits. Parlant peu, ne liant de relations avec aucun de ses condisciples, n'aidant personne, toujours sur la défensive, acharné à être le meilleur.

Il ne revint à la chartreuse que pour les grandes vacances, bien obligé puisque l'établissement fermait ses portes.

15

Octobre 2002

« Les enfants de boches », indiquait en titre le fichier, chapitre VII du mémoire de Duncan, transféré en pièce jointe dans la messagerie électronique de Maud. Laquelle avait donc attendu d'être seule pour l'ouvrir, et l'imprimer aussitôt. Quelque chose dans la détermination du garçon la poussait à le faire tout de suite, alors qu'elle était à la veille d'un travail à rendre en littérature française, avec tous les problèmes d'orthographe que cela lui posait.

— Nous y voilà... murmura-t-elle, sans savoir vraiment où elle allait ainsi.

Elle s'était enfermée dans sa chambre, avec un mug de thé très fort, pour commencer sa lecture.

Au-delà du style académique, avec de multiples renvois aux notes, il lui semblait que ce texte n'avait été écrit que pour elle, pour répondre à ses interrogations, expliciter ses sentiments, tracer et déployer l'histoire de son père, et donc la sienne.

Au hasard des phrases, lisant et relisant, elle picorait des informations, qui dessinaient un paysage que jamais elle n'aurait imaginé aussi riche... ni aussi sombre.

Selon des estimations sérieuses, environ deux cent mille enfants sont nés entre 1940 et 1945, de femmes françaises et d'hommes allemands. Leurs enfants, petits-enfants et arrière-petits-enfants doivent aujourd'hui atteindre le million.

Dans tous les villages ou presque des régions occupées, où des troupes installées durablement avaient le temps de nouer des relations avec la population, des histoires interdites ont existé, véritables amours ou rencontres de passage entre jeunes gens malmenés par la guerre. Les nazis, voulant purifier la race, prohibaient les relations avec des Françaises, parce que non aryennes, au contraire des Norvégiennes, Danoises, ou Hollandaises. Les officiers allemands reconnus coupables de telles relations étaient aussitôt dégradés, et les soldats emprisonnés, ou envoyés sur le front de l'Est ; d'où l'absolu silence et l'absence relative de traces ou de témoignages, qui rendent difficiles les recherches de leurs descendants.

Par souci d'équilibre et d'exhaustivité, Duncan ajoutait :

Il y a sans doute autant d'enfants nés des Français prisonniers en Allemagne, employés dans les fermes pour aider les femmes restées seules.

Un rapide calcul donna le vertige à la jeune fille : ils étaient donc deux millions à travers l'Europe, à se trouver pris encore, plus de cinquante ans après la fin des hostilités, dans les mailles de l'histoire ? Et puis, encore, une explication :

A la fin de la guerre, dans l'immense effort de reconstruction et de réconciliation nationale, personne n'a voulu entendre l'histoire de ces enfants maudits : ils ont donc grandi indésirables ; certains connaissaient le secret de leur naissance, et en ont subi la honte. Lorsqu'ils ont voulu, devenus adultes, retrouver leur famille allemande, ils n'ont pas souvent été les bienvenus ; les Allemands de la génération de la guerre avaient connu l'enfer, ils voulaient tourner la page, enfouir ce passé douloureux et culpabilisant ; ils avaient eu d'autres enfants, qu'il fallait protéger ; peut-être craignaient-ils aussi des revendications d'héritage dans ces demandes de contact ? Puis la génération des soldats a vieilli, disparu ; il était trop tard pour retisser des liens. Et ceux qui ne savaient rien de leurs origines ont manqué, pour se construire, de cette part perdue de leur filiation.

Comme son père, peut-être ? Maud lut donc attentivement le développement de psychologie qui suivait :

La vie de ces enfants condamnés au silence a été ainsi hypothéquée par des problèmes d'identité, de confiance en soi et envers les autres. Des problèmes lourds, souvent destructeurs. A l'adolescence, leur révolte les a parfois conduits à couper les ponts avec leurs proches. Pour gagner le droit d'exister, certains ont transformé cette faille en une volonté farouche de réussite. Ils ont alors mené de belles carrières professionnelles, sans pour autant échapper à leur souffrance, et avec beaucoup de difficultés dans leur vie affective.

On ne pouvait mieux tracer le portrait de maître Cantagreilh, brillant avocat, notable considéré, solitaire et toujours sur la défensive : était-ce là la clé de sa personnalité ?

Comme tous les enfants, ceux-là plus encore que les autres ont éprouvé le besoin de se reconstruire un roman familial, de parer leur père absent de toutes les qualités : ainsi certains ont-ils entretenu pendant longtemps des illusions sur leurs géniteurs. D'autres ont cherché toute leur vie à retrouver ce père inconnu, voyant dans chaque rencontre d'un Allemand de cette génération un géniteur putatif. D'autant qu'il leur fallait aller à l'encontre de l'opinion commune, pour qui les Allemands étaient tous des monstres sanguinaires, mangeurs de petits enfants et tortionnaires : leur descendance, avec une si lourde hérédité, ne pouvait qu'être tarée.

Etait-ce possible que cet honorable officier français, que son père recherchait toujours contre l'évidence même, ne soit qu'une construction de l'esprit ? Maud ne pouvait le croire tout à fait : ces messages d'amour trouvés dans un secrétaire fermé à clé, il ne pouvait pas les avoir inventés, tout de même...

Elle passa les paragraphes suivants, qui détaillaient des exemples de parcours biographiques, comme l'avait demandé le directeur d'études, pour remplacer l'histoire personnelle du grand-père de Duncan.

Ses yeux s'accrochèrent encore à la suite, à cause du mot « Dordogne ». Duncan signalait :

Après la libération de la France, peu de régions, peu de villes et de villages, peu de milieux sociaux ont échappé à l'épuration : actions extrajudiciaires, condamnations sommaires et exécutions. Le département de la Dordogne fait partie de ceux qui ont connu le plus grand nombre d'exécutions sommaires. De nombreuses femmes accusées de collaboration – « collaboration horizontale », disait-on alors – ont été ainsi jetées à la vindicte de la population par les vainqueurs du jour, publiquement dénoncées et tondues. Cette honte, elles l'ont bien souvent transmise à leurs enfants, ou bien elles leur ont fait payer le déshonneur de leur naissance. De nombreuses mères ont aussi abandonné leurs enfants, en les remettant à l'adoption dans des orphelinats, espérant sans doute ainsi effacer la tache de leur naissance.

Quittant les récits de la guerre, le jeune chercheur ouvrait des pistes de travail :

Aujourd'hui, ces enfants de la guerre sont arrivés au terme de leur vie active. Ils éprouvent le besoin de mettre leur vie en ordre, et de connaître leurs origines. Pour effectuer des recherches, reconstituer leur généalogie perdue, ils s'adressent aux historiens, à qui se présentent ainsi de nouveaux témoignages directs, très importants à recueillir tant qu'il est encore temps. Grâce à la réconciliation entre la France et l'Allemagne, et depuis l'ouverture des archives, ces démarches sont grandement facilitées.

Enfin, comme un encouragement à elle destiné, Duncan développait l'idée que les enfants de ces « enfants maudits », n'ayant pas souffert de la guerre, ayant grandi dans l'idée d'une Europe unie, pouvaient désormais assumer la vérité, et être fiers de leurs origines :

La troisième génération, débarrassée de la honte et du tabou, a le recul nécessaire pour aborder la question.

La jeune fille s'arrêta un moment de lire, l'émotion palpitait à ses tempes. C'était là, elle en avait conscience, le rendez-vous avec elle-même qu'elle attendait, celui que son père avait manqué.

Il y avait encore en annexe les coordonnées d'associations de ces « enfants de la guerre », qui revendiquaient leur histoire et travaillaient à la faire entrer dans l'histoire officielle du XXe siècle ; certains militaient même pour obtenir la double nationalité, réhabiliter ainsi leurs parents, et leur propre existence. Duncan avait bien travaillé, elle lui décernait volontiers une mention pour son mémoire !

Longtemps après avoir fini la dernière goutte de son thé froid, Maud resta allongée sur son lit, à laisser entrer en elle toutes ces phrases, et leurs conséquences. Dehors, par la fenêtre, le ciel était gris fer.

Et malgré la tristesse de tout ce qu'elle venait de lire, lui vint le désir de retrouver la France, l'atmosphère du presbytère de Bigaroque, le goût du vin de Monbazillac. Elle voulait se retrouver aussi de nouveau face à madame Margot, pour comprendre, enfin. Elle pensait aux Hathaway, qui retournaient en Périgord fêter Noël, tous ensemble. S'ils l'invitaient, elle les rejoindrait.

Avant de retrouver son père à Paris, évidemment.

XV

Octobre 1970

Charles Cantagreilh avait « vissé sa plaque », comme on dit dans le jargon des avocats. Un rectangle de laiton bien astiqué, brillant au soleil, qui semblait avoir toujours été là, sur le montant de ce portail haussmannien de la rue de Villiers, entre celles d'un gastro-entérologue et d'un commissaire aux comptes. « Avocat au barreau de Paris »... Qui l'eût cru ? Qu'y avait-il de commun entre le drôle révolté, habillé de frusques, qui avait fui Bigaroque un matin d'hiver, et ce maître Cantagreilh dans la peau duquel il habitait maintenant, avec sa veste en tweed bien coupée ?

Charles redressa plus encore ses larges épaules, avec la satisfaction du chemin accompli. Il avait toujours voulu arriver là, et su assez vite qu'il avait les moyens d'y parvenir. Depuis ces jours, où, enfant, si fier de savoir lire, il entrait en cachette dans le bureau de son grand-père mort avant sa naissance, dont Boissavie, l'ancien charron, lui avait un jour parlé avec admiration.

« Ah, s'il était encore là, ton pépé ! »

Il ouvrait tiroirs, coffre et dossiers alignés sur les rayonnages, pour en inspecter les contenus. Ses journées d'enfant solitaire en avaient été transformées, d'autant qu'il emportait toujours une part de son butin dans sa chambre, pour continuer à déchiffrer. Des commentaires d'arrêts, écrits d'une petite écriture fine et serrée par un étudiant en droit d'avant la Grande Guerre, le fascinaient. Et aussi le papier à lettres jauni orné d'un en-tête en belles lettres anglaises : *Maître Cantagreilh.* Cela le faisait rêver. Un jour, il serait, lui aussi, maître Cantagreilh ! Sans imaginer, à l'époque, combien d'efforts et de renoncements il lui faudrait consentir pour cela.

Mais aujourd'hui c'était arrivé, il vissait sa plaque. Après deux ans de collaboration chez un confrère plus âgé, et d'âpres négociations, il avait désormais assez de clients personnels, et satisfaits de ses services, pour voler de ses propres ailes.

Maître Cantagreilh ne lâchait jamais une affaire, ne laissait pas de place au hasard, ne faisait aucun cadeau, et cela commençait à se savoir sur la place de Paris. « Il vaut mieux l'avoir avec soi que contre soi », remarquaient prudemment ses confrères. « Il a faim », glosaient les envieux.

Pour bien signifier son ambition, il avait choisi d'emblée de vastes bureaux, dans ce quartier à la fois central et considéré. Avec un appartement privé à l'arrière, pour ne perdre aucun instant, travailler tard le soir et tôt le matin.

L'air d'automne était doux et léger, avec parfois un coup de vent plus énergique.

Il s'arracha à la contemplation de sa plaque, franchit la voûte d'entrée pour pénétrer chez lui, ses journaux sous le bras. En saluant d'un signe de tête distant la concierge qui se précipitait avec le courrier.

« Chez moi ! » Depuis qu'il était dans ses meubles, il ne se lassait pas de cette expression, ni de parcourir les trois vastes bureaux donnant sur la rue. Le reste l'intéressait moins. Plus tard, il faudrait redorer les moulures, faire capitonner les portes, installer des rayonnages d'archives pour les dossiers qui ne manqueraient pas de s'accumuler.

Déjà à pied d'œuvre derrière son téléphone, Ariane Monteil, la jeune femme qu'il avait débauchée pour le suivre, en lui faisant miroiter de diriger bientôt tout un staff de secrétaires, lui sourit au passage.

Il omit sciemment de répondre, pour ne pas encourager plus de familiarité. Il y avait une autre bonne raison : dans la liasse de courrier professionnel, il avait repéré une lettre de sa mère, avec sa grande écriture tremblée. Il s'enferma dans son bureau pour la lire.

C'était non. Sans cérémonie et sans raisons.

Depuis qu'il avait quitté la vieille chartreuse décatie pour le collège de Sarlat, puis plus tard, ses deux bachots obtenus, pour la faculté de droit de Paris, il y était retourné le moins souvent possible. Le passé revenait toujours lui coller à la peau ; tout lui était douloureux, là-bas. Dans les yeux de ceux qui maintenant le saluaient poliment, il lui semblait toujours voir le reflet du misérable petit drôle qu'il avait été, et de ce qui s'était passé entre eux. Le lent délitement de la maison, qu'il voyait désormais dans sa réalité. Et surtout le malheur de sa mère, absente au monde et à elle-même. Jamais elle ne s'était plainte de son départ, jamais elle n'avait revendiqué de lui quelque chose, ni affection ni présence.

Au fil des études de son fils, elle payait ce qu'on lui demandait, rubis sur l'ongle, toujours. D'ailleurs, il ne réclamait que l'indispensable, sachant bien que sa mère mangeait pour lui rente puis capital. Jamais elle ne s'inquiétait des résultats, ni du terme, encore moins du sens de tout cela.

D'année en année, de dizaine d'années en dizaine d'années, elle restait égale à elle-même, avec la coiffure et les vêtements de sa jeunesse, les cheveux blanchis depuis ses vingt ans, sa silhouette fine se voûtant imperceptiblement. Depuis qu'Arsène, presque octogénaire, avait lâché sa bêche, elle s'occupait elle-même des fleurs du jardin, avec un soin minutieux, presque maniaque. Et des résultats éblouissants, à toutes les saisons. Si elle hersait, rempotait, bouturait avec finesse, dans la chartreuse, au contraire, elle ne touchait à rien. C'est dire si les toiles d'araignées s'accumulaient, avec les gouttières, et les fissures dans les murs. Les tentures passaient, les fauteuils se défonçaient, les cheminées n'étaient plus ramonées et l'argenterie abandonnée virait au vert-de-gris. Hormis le fidèle abbé Vigouroux, qui acceptait de se faire rembarrer régulièrement, personne ne rendait jamais visite à madame Margot, comme on l'appelait au village.

Depuis le départ de Charles, elle se repliait toujours plus dans la grande maison déserte, naviguant le regard perdu entre sa petite chambre des combles, le cantou et surtout le jardin.

Le jeune homme avait honte. Et honte d'avoir honte de cette mère qu'il trouvait pourtant toujours belle et qui gardait au moins de son éducation bourgeoise le soin d'elle-même, de ses cheveux tirés en bandeaux, de ses mains mises à rude épreuve par le jardinage, de ses toilettes désuètes, entretenues pendant longtemps par la petite couturière de Meyrals. Puis par elle-même, quand mademoiselle Jeansou était devenue aveugle. Il se souvenait de l'avoir tellement méprisée pour cela :

« Maman ! Plus personne ne porte de robes comme les tiennes ! »

Elle était penchée sur son raccommodage, à croiser soigneusement des fils de coton sur l'accroc. Pas une minute alors il n'avait pensé que des habits neufs, il n'y en avait que pour lui dans cette maison. Car, au contact des pensionnaires huppés de Sarlat, Charles avait appris l'élégance. Et y attachait assez d'importance pour se procurer de quoi faire illusion dans les fripes parisiennes. Désormais, il se fournissait chez les meilleurs faiseurs, avec toujours une jubilation secrète.

Aujourd'hui qu'il était chez lui, il aurait voulu faire venir sa mère à Paris. L'installer dans son bel appartement, lui offrir un sac à main de cuir, un foulard de soie, voire un manteau de fourrure, de ces choses qui représentaient le luxe pour lui, et qu'elle n'aurait jamais au fond de sa campagne périgourdine. Il lui fallait prouver que ses efforts n'avaient pas été vains, qu'il était devenu un monsieur important. Il aurait aimé se faire un peu admirer, en somme. Et elle venait de refuser. Tout net.

Lui à qui sa mère n'avait jamais résisté, et qui s'était habitué à passer en force dans toutes les situations, en ressentait une blessure saignante. Pire même, une humiliation.

Assis à son bureau, il s'était voûté sous l'affront. Et se redressa au bout de quelques minutes : cette histoire prenait sur sa concentration, il ne restait qu'à l'oublier.

16

Décembre 2002

Non, il n'y avait pas de neige, ce qui avait été le rêve secret de Maud. Mais un ciel bleu franc, un soleil pâle et pourtant vigoureux, projetant des couleurs différentes sur les murs, les toits, les arbres dépouillés, les vaches rassemblées dans les champs clôturés. Et partout, les fumées des cheminées montant haut dans le ciel. Après Londres, boueuse comme à son habitude en cette période, elle était à l'unisson avec Duncan dans le plaisir de se retrouver en Dordogne. Pour trois petits jours seulement, avant de reprendre le train pour Paris.

Dorothy Hathaway était venue les chercher à Bergerac, débordée, chaleureuse, le coffre de l'Austin rempli de courses. Les retrouvailles sur le tarmac avaient déjà la couleur de l'habitude.

— Vous voilà ! Les monstres sont arrivés aussi. Vous verrez, il y a des jouets, des biberons et des vêtements absolument partout dans la maison...

Ceux qu'on appelait « les monstres », le quatuor des neveux de Duncan, étagés entre deux et sept ans, appartenaient par duo à ses deux sœurs aînées. Tout ce petit monde était venu passer les fêtes à la française, dans la maison enfin terminée des grands-parents. L'on n'attendait plus que les hommes, par le dernier avion avant Noël.

— Bigaroque ne ressemble plus aux pages d'un magazine de déco, mum' ?

Elle prit le parti de rire, tout en soupirant d'abord.

— Au moins, ça y est, toutes les pièces du rez-de-chaussée sont agréables, et bien chauffées. Pour que grand-pa soit un peu tranquille, j'ai installé une sorte de petit salon en haut, où on peut faire du feu dans la cheminée. C'est très confortable pour lire et parler tranquillement, et les enfants n'y montent pas. Vous y avez droit aussi ! Je ne voudrais pas que Maud soit totalement dégoûtée de la famille...

— Moi, de toute façon, ça m'est égal, je travaille dans le grenier. Cette fois-ci, il faut vraiment que je finisse mon mémoire... Enfin, pas tant que Maud est là, quand même !

On se permit dans la voiture de ricaner. Ce fameux mémoire qui avait déjà beaucoup servi d'alibi l'été précédent, pour se défausser de toutes les corvées familiales, on n'en voyait pas la fin !

Tout le monde accueillit la jeune fille comme si elle appartenait à la famille depuis toujours. Y compris les enfants, qui l'embrigadèrent dans leur mouvement perpétuel. Elle dessina avec eux, ramassa les crayons de couleur autant de fois qu'il le fallait, participa à l'élaboration de la crèche provençale, se piqua les mains avec le houx de la décoration. Après le déjeuner, bruyant et agité, ponctué de grands éclats de rire que Maud partageait avec un certain étonnement, il fut décidé une promenade dans les bois.

— Il faut bien fatiguer les enfants...

C'était la grand-mère qui avait parlé, et les mères approuvèrent en chœur.

— On pourrait aller voir cette chartreuse perdue dans les bois ? L'hiver, cela doit être étonnant...

— En voilà une bonne idée, Duncan. Tu veux bien emmener les petits, pendant qu'on fait les dernières courses ?

Il était pris au piège. A la veille de Noël, il y avait évidemment des achats à terminer en dehors de la présence des enfants.

— Alors, dépêchons, la nuit tombe vite en cette saison...

Là-dessus, monsieur McCarthy déclara qu'il resterait au chaud, sans montrer le moindre signe d'intérêt pour le sujet. Et la jeune fille, à son tour, déclina. Au grand dépit de Duncan, qui avait monté l'opération surtout pour elle, tandis que les enfants lui sautaient au cou d'enthousiasme. Sans Maud, cela perdait beaucoup de son charme...

Il ne pouvait plus reculer, alors que sa mère et ses sœurs, ravies de l'aubaine, se préparaient déjà à partir ensemble pour Sarlat. Et Maud tint bon dans son refus.

Elle s'était promis, dès son retour à Bigaroque, de guetter le moment où madame Margot, qu'elle appelait en secret « grand-mère », viendrait à l'église faire ses bouquets. Non pas qu'elle imaginait l'apprivoiser, leur première rencontre l'avait fixée là-dessus. Et son père n'avait pas dit autre chose. Non. Elle espérait simplement se laisser elle-même apprivoiser, pouvoir observer, réfléchir, saisir à travers elle des éléments de son histoire, comprendre peut-être.

Or le portail de l'église était entrouvert, probablement en prévision de la célébration de Noël. Il ne fallait pas rater l'occasion.

La jeune fille laissa partir la petite troupe, qui avait pris un temps infini à s'emmitoufler – un bonnet, deux gants et deux bottes par enfant, sans se tromper de pied –, puis elle traversa la place.

Comme lors de sa première visite, la porte grinça sur deux tons, longuement, et elle pénétra dans les lieux. Autour de l'autel, les bouquets étaient déjà disposés : quatre immenses gerbes de houx, avec au centre un tout petit bouquet rond de roses de Noël, toutes fraîches encore, où elle voulut voir la touche de madame Margot. Dans la petite chapelle latérale, une crèche un peu vieillotte, avec des personnages de plâtre décolorés par le temps, et une corbeille de paille tressée où manquait encore l'enfant Jésus, remisé à l'arrière de la scène. Cela faisait partie des traditions de la Nativité que madame Fournerie lui avait expliquées : à minuit, on le coucherait dans son berceau.

Mais l'église était vide, et glacée.

Après un long moment assise sur un banc, à écouter le silence, Maud, transie, déçue, finit par se décider à rentrer.

Le presbytère était désert, parfaitement calme, douillet. Avec seulement à l'étage, en écoutant bien, le craquement des pages de journal de monsieur McCarthy, qui s'était installé à demeure dans le petit salon improvisé. La jeune fille y passa la tête. Il y faisait délicieusement bon, par contraste avec l'extérieur, avec un feu joyeux dans la cheminée.

— *Would you like a cup of tea ?*

— *Yes, please !*

En habituée des lieux qu'elle était désormais, la jeune fille garnit un plateau qu'elle monta, et qui embaumait le lapsang-souchong.

— *Well, thank you !*

Le vieux monsieur repliait avec méthode son journal, ses lunettes, pour se préparer à la cérémonie du thé. Elle y sacrifia aussi, en le servant avec componction. Tous deux trempèrent leurs lèvres dans les tasses colorées de Dorothy, environnés d'un silence un peu pesant. Maud s'apprêtait à chercher une raison de quitter la pièce, quand grand-pa, par trois fois, émit des « Hum ! » sonores. Il n'en avait pas dit autant depuis longtemps.

— Par la fenêtre, j'ai vu que vous étiez entrée dans l'église... ?

— Oui, mais il n'y avait personne...

Tous deux pensaient à leur visite précédente, au cœur de l'été, et le savaient.

— Cette lady...

— *Yes.*

Sciemment, Maud n'avait plus jamais parlé aux Hathaway de ses recherches, de ses doutes, puis de sa découverte, à propos de la famille Cantagreilh. C'était un secret qu'elle avait exigé de Duncan. Ces émotions-là, elle ne pouvait si facilement les partager. Comme souvent les enfants de divorcés, elle était à fleur de peau pour tout ce qui concernait sa famille cabossée.

Voyant que monsieur McCarthy rejoignait ses pensées, la jeune fille mit le nez dans sa tasse, tâchant de ne rien manifester.

— *I think*, hum... Elle habitait déjà ici pendant la guerre ; c'était alors une très jeune femme.

En parlant ainsi, il évoquait deux choses, comme si elle et lui devaient les considérer comme évidentes : la chartreuse était bien la maison où il avait été caché, et la mal aimable fleuriste de l'église habitait justement cette maison. Toutes les recherches longuement, laborieusement menées par Maud l'avaient amenée exactement à cette conclusion. Cela l'étonnait que le vieux monsieur en soit au même point. Elle en prit acte en silence, puis relança leur conversation :

— Vous l'avez connue ?

Il ne sembla pas remarquer que sa voix tremblait. Peut-être parce que lui-même était infiniment concentré, ou bien tout aussi ému. Tous deux chuchotaient presque, à mots lents et appliqués, dans la maison assoupie.

— *Not really !* Jamais je ne lui ai parlé, et je ne connais même pas son nom. Mais, hum…

Il reprit son souffle et dit, d'une traite :

— J'ai vécu plusieurs semaines contre la cloison de sa chambre, pendant l'occupation des Allemands.

Maud se raidit. Tout d'un coup, elle ne voulait plus entendre. Le secret de ses origines était là, à sa portée, et cela lui donnait la désagréable impression de regarder par le trou de la serrure. Mais le vieil homme était lancé, et ne la regardait plus :

— C'est quand j'ai compris qu'elle vivait toujours ici que j'ai décidé de ne plus collaborer au travail de Duncan, comprenez-vous ?

Il s'excusait presque.

Maud hocha simplement la tête.

— Cette dame, qui était très jeune à l'époque, plus que moi encore, s'est trouvée dans une situation terrible. Elle a – comment dites-vous ? – « tenu le coup » seule face aux Allemands. Et elle nous a tous sauvés. Je suis resté caché dans le grenier de cette maison longtemps, plus longtemps que les autres, car il me fallait consolider ma fracture avant de repasser à l'action. Quand les Allemands sont arrivés par surprise, mon unique contact, le maître de maison, avait été convoqué à Périgueux, pour répondre de ses agissements, justement. De ce fait, il devenait vraiment trop dangereux pour lui de rentrer, il risquait de se jeter dans « la gueule du loup », comme on dit en français. La jeune fille savait ce danger, puisqu'elle connaissait les activités de son père, et y aidait. Je l'ai distinctement entendue barrer la porte de l'étage aux boches. N'importe qui aurait perdu son sang-froid dans de pareilles circonstances !

Il marqua un temps de silence, alla remettre une bûche au feu.

— Sans doute a-t-elle voulu nous protéger, du moins au début, en entretenant de bonnes relations avec l'officier commandant le détachement ; ce n'était pas un monstre, seulement un médecin aux ordres des nazis, mais qui pouvait devenir très dangereux pour nous...

— Ce... médecin, vous savez qui il est ?

Elle aussi se dévoilait, en posant des questions aussi précises.

— *Of course not.* Je n'ai fait qu'entendre sa voix, et l'apercevoir, quand il traversait la cour ou donnait ses ordres. Mais avant les parachutages, on nous apprenait un peu d'allemand, et j'étais capable de reconnaître les insignes d'un major de la Wehrmacht. A force d'écouter et d'observer, avec tous ces détails que je n'ai jamais oubliés, j'ai pu reconstituer ensuite le parcours de cet homme, et de l'unité ambulatoire qu'il commandait. Il était basé depuis 1942 dans l'ouest de la France, à La Rochelle, une importante base allemande. A l'hôpital militaire, il avait la charge des soins postopératoires. Pour une raison que j'ignore, peut-être un trop grand nombre de blessés à cette époque, qui obligeait à évacuer ailleurs ceux qui étaient le plus transportables, au printemps 1943 son service a été envoyé plus au sud de la France, par petites unités, dans des propriétés réquisitionnées pour cela. D'ailleurs, je pense sans en être certain que ce médecin faisait chaque matin une tournée dans toutes celles-ci...

Maud écoutait. Selon toute probabilité, c'était de son grand-père allemand et de sa grand-mère française qu'il était question. Des mots nouveaux pour elle, une émotion infinie. Mais pour le vieux monsieur, l'essentiel n'était manifestement pas dans l'organisation militaire allemande. Il continua, sur le même ton assourdi :

— J'aurais tant voulu pouvoir remercier cette femme ! D'autant que j'avais aussi à régler mes dettes, vingt francs de l'époque que son père m'avait prêtés pour prendre le train. Je ne l'ai jamais fait : dès la nuit suivant le départ de l'unité sanitaire, j'ai été exfiltré, avec tout mon matériel de radio, jusqu'à la gare du Buisson, et le Lot-et-Garonne. On m'y attendait depuis déjà trop longtemps.

— Il n'est peut-être pas trop tard ?

Maud sourit au vieil homme, reconnaissante de tout ce qu'il disait. Mais il restait concentré sur son récit :

— Caché contre la cloison du grenier, j'ai entendu aussi...

Le vieux monsieur hésitait. Puis, d'un coup :

— Elle avait des relations très intimes avec l'ennemi, cet officier, et elle était manifestement consentante. A l'époque, cela me révoltait. Vous imaginez, j'étais là, sans pouvoir bouger, obligé d'écouter. Maintenant, le temps a passé ; et avec l'expérience de la nature humaine...

La pudeur de sa génération sur ces choses-là l'empêchait d'en dire plus, surtout à une jeune fille. Tous deux entrèrent dans un long silence, dont la connivence n'était pas exclue.

Enfin, au rez-de-chaussée, on entendit le piétinement des enfants qui rentraient, la voix de Duncan tentant de faire la police, une irruption du présent insupportable dans ce dialogue tissé hors du temps. Elle le signifia en allant fermer la porte qui donnait sur l'escalier, d'un geste assez sec pour que personne ne se sente autorisé à monter ; l'ancien major de la Royal Air Force remercia d'un signe et continua :

— Bien entendu, jamais je n'ai parlé de cela à personne, c'eût été compromettre sa réputation. Et malgré tout, c'est à cette lady que je dois la vie. Si je suis là aujourd'hui, si j'ai une famille, c'est grâce à elle.

Maud murmura après lui :

— Si je suis là aujourd'hui, c'est grâce à elle...

Le major sourit, sans comprendre qu'il ne s'agissait pas seulement d'une répétition.

— Après cette épreuve, le voyage dans la campagne périgourdine, même occupée, avait un goût merveilleux de liberté. C'est pourquoi je suis heureux d'être revenu ici. Après la guerre, je n'ai jamais cessé de repenser à cette femme, et peu à peu j'ai cessé de lui en vouloir. C'est alors que j'ai cherché à la retrouver, elle autant que la maison. Pour la remercier, et régler mes dettes. Ç'aurait été ma manière de pardonner. Bien sûr, j'ai été bouleversé quand j'ai compris que c'était elle, la lady de l'église...

C'était du bout des lèvres que monsieur McCarthy parlait de ses sentiments.

— Il faut comprendre, elle a tellement souffert...

Sans y penser, Maud avait repris les mots mêmes de madame Fossemagne. Il leva les yeux vers elle, un peu étonné.

— *That's why*... Evidemment, Maud, je compte sur votre discrétion ?

Le bruit de l'invasion se rapprochait. Maud inclina la tête, alla ouvrir la porte donnant sur l'escalier. Aussitôt s'engouffrèrent Duncan et les petits.

— Je croyais qu'il était interdit aux enfants de monter ici ? gronda grand-pa, derrière le journal qu'il avait déplié de nouveau.

Mais les enfants avaient bien trop de choses à raconter pour se laisser démonter :

— On a trouvé une ferme abandonnée, avec une grange ! Dedans il y avait une maman chat avec ses petits, qui nous attendait…

— Et puis une charrette comme autrefois, et puis…

— Alors, on n'est pas allés plus loin ! confirma Duncan, la mine déconfite.

Maud souriait vaguement à chacun, sortant lentement de l'état de stupeur où l'avait laissée la conversation. Elle fit un petit signe à Duncan, qui n'attendait que cela. Ils s'échappèrent, les mains entrelacées, tandis que les petits, dépités, dégringolaient l'escalier, pour raconter leurs aventures à qui voudrait bien les écouter.

XVI

Février 1985

Puisque Margot ne voulait pas venir à Paris, et que Charles n'avait pas le temps d'aller en Périgord, la mère et le fils ne se virent plus, de longues années durant. Pour le jeune maître Cantagreilh, c'étaient les années fastes. Les années roses, aussi, celle de l'arrivée d'Anne dans sa vie, joyeuse et légère, celle de la naissance de Maud. Celles du bonheur, presque.

Des années où il avait cru pouvoir mener une vie normale, à condition de protéger soigneusement sa nouvelle famille des démons du passé. Il jonglait entre le cabinet en plein développement et les exigences de plus en plus grandes d'Anne. Celle-ci n'avait pas trente ans, aurait voulu partager avec lui l'éducation de la petite, et puis sortir, voir des amis, prendre des vacances. Lui ne savait rien faire de tout cela. Jamais il n'avait lui-même été ainsi soigné, entouré, instruit ; jamais il n'avait entretenu de relations amicales avec personne, prenant au contraire un soin jaloux à se défendre de toute manifestation de sympathie.

Et puis tout s'était effondré : Anne était partie, du jour au lendemain, après presque cinq ans de vie commune, avait demandé le divorce, et surtout emmené au loin cette petite Maud qui était devenue la prunelle de ses yeux. Il avait menacé, jamais supplié, monté un dossier aussi solide que volumineux, comme il savait si bien le faire, pour obtenir du juge un droit de garde le plus large possible, et verrouiller l'organisation qui lui convenait le mieux.

Ensuite, il avait reporté toute son énergie sur son travail, et réussi à doubler encore son chiffre d'affaires. A quelque chose malheur est bon.

Au moment où il raccompagnait un client, assez important pour respecter les formes d'une politesse appuyée, la jeune femme chargée de l'accueil l'avait interpellé :

— Maître ? Un appel téléphonique pour vous !

Et, un ton au-dessous :

— Un monsieur, qui ne souhaite pas être mis en relation avec votre assistante, et insiste pour vous parler personnellement. Il se dit prêt à attendre...

Cantagreilh marqua un signe discret d'agacement, pour montrer à son interlocuteur le prix qu'il attachait à leur tête-à-tête. Et termina tranquillement l'entretien, avec de chaleureux serrements de main. Ensuite seulement, après avoir encore signé à la volée un document que lui tendait un stagiaire, il rentra dans son bureau, prit la ligne en attente.

— Allô ?

— Abbé Vigouroux, curé de Bigaroque.

Depuis le temps que Charles n'allait plus en Dordogne, l'abbé avait vieilli, et sa voix légèrement chevrotante déconcerta l'avocat.

— Monsieur l'abbé !... Quel plaisir de vous entendre...

Calé dans son fauteuil de cuir, il tentait d'enfouir en lui le petit garçon, pour imposer dans sa réponse l'aisance de l'homme arrivé.

Mais l'abbé ne le suivit pas sur ce terrain de courtoisie convenue.

— Mon petit...

C'était bien le même homme, celui qui le terrorisait autrefois.

La peur n'avait jamais totalement disparu, puisqu'il n'avait pas réussi à la surmonter assez pour le remercier. Cela faisait presque trente-cinq ans, depuis ce jour de février 1953 où il s'était enfui de l'école de Bigaroque. Il tenait très exactement ce calendrier-là dans sa mémoire. Ce jour-là, s'il l'avait pu, il aurait tué l'instituteur, à cause de l'injustice dont il avait fait preuve à son égard, et avec lui tous ceux qui l'humiliaient ou le haïssaient. Des spasmes de haine lui venaient encore parfois à cette évocation. Ce jour-là, sa vie avait basculé. Et si elle avait basculé finalement du bon côté, c'était en partie grâce au curé. En partie seulement, car à lui-même il se reconnaissait le reste : une volonté de fer, le courage de forcer le destin, et l'intelligence du chemin à prendre. Un orphelin travailleur d'une école de village, dans les années 1950, pouvait espérer obtenir son certificat d'études, devenir postier ou agent des chemins de fer. Mais certainement pas aller jusqu'au bachot, ni poursuivre des études de droit durant quatre années encore, ni réussir dans le monde fermé des avocats d'affaires. Si son renvoi de l'école avait été providentiel, c'était le curé de Bigaroque qui avait été son bon ange : « Tu veux partir ? Je peux essayer de t'aider. »

Cet échange fondateur, au coin du cantou, remontait de nouveau en lui, à son étonnement, en entendant les intonations de Vigouroux. Mais l'abbé avait une autre préoccupation immédiate :

— C'est ta pauvre maman, té...

Il s'était penché en avant, raidi sur le siège de cuir, tapotant nerveusement le plateau de verre dépoli du bureau.

— Elle est à l'hôpital de Sarlat.

— Que s'est-il passé ?

— On ne sait pas bien ; comme elle n'était pas venue depuis un moment changer les fleurs de l'église, j'ai poussé jusqu'à la chartreuse, pour voir si ça allait. Tu sais, maintenant qu'il y a des boîtes aux lettres à l'entrée du chemin, le facteur s'arrête là ; et il n'y a pas grand monde qui passe, non plus, sur ce chemin défoncé...

L'inquiétude creusait l'estomac de Charles. Plus qu'il ne l'aurait cru.

— Elle ne se sentait pas bien, ces jours derniers, à ce qu'elle m'a dit. Enfin, toujours est-il qu'elle a eu plusieurs malaises, et un plus grave que les autres. Alors, elle ne se levait plus, ne mangeait plus et, évidemment, perdait des forces. Quand je suis arrivé, c'est le chien qui m'a amené jusque dans sa chambre. A mon âge, avec mon arthrose, j'ai dû passer d'abord par le bois, et le mur du jardin. Heureusement que je connaissais le chemin, parce que la grille est toujours cadenassée...

— Je sais...

— J'ai téléphoné au docteur. Elle l'a fait hospitaliser tout de suite. Tu sais, maintenant, c'est la petite Monique Marty qui a pris la succession de son père. Tu as dû la connaître, vous êtes à peu près du même âge ?

— Oui, oui.

La culpabilité lui mordait le ventre, maintenant. Et le curé ne faisait rien pour la réduire :

— Elle dit qu'il faudrait faire un bilan médical, au moins. Et puis le reste... C'est-à-dire qu'il faudrait que ta mère ait quelqu'un à appeler, au moins, quand on vit seule comme ça. Et puis peut-être de l'aide, pour faire ses courses, entretenir un peu la maison, si possible...

Le message était clair.

— Je vais venir de suite.

Charles avait parlé sans penser, ni consulter les pages de l'agenda chargé de rendez-vous que madame Monteil posait devant lui chaque matin. Et sentit que c'était exactement la phrase qu'attendait son interlocuteur, à l'autre bout du fil.

— Té, à la bonne heure ! Et je serai content de te voir, tu me raconteras ce que tu deviens ?

Il esquiva :

— Elle est à Sarlat, alors ?

— Centre hospitalier, deuxième étage, chambre 212. On t'attend, petit !

Il nota consciencieusement.

Mais c'était une chose d'annoncer sa venue, une autre d'organiser son absence. Cantagreilh travaillait très seul, personne n'avait de bonnes raisons de lui rendre service. Et il avait habitué les clients qui le payaient très cher pour défendre leurs intérêts à ne jamais rentrer dans des considérations personnelles. Anne l'avait quitté, emmenant la petite Maud avec elle. Cette brûlure de l'absence, il la transformait en liberté :

Au moins, je n'ai d'explication à donner à personne...

Il chargea son assistante de lui trouver un moyen de rallier Sarlat au plus vite.

— Impossible ! C'est le bout du monde, cette ville. Il n'y a aucun aéroport dans le coin, et en train il faut compter presque une journée entière, en changeant à Brive, ou bien à Bordeaux. Quel est le client qui vous oblige à vous déplacer jusque-là ?

Monteil était décidément trop curieuse.

Il avait fini par prendre le volant seulement le lendemain soir, déjà épuisé dans les embouteillages de la sortie de Paris.

A l'hôpital de Sarlat, le lendemain matin, hagard de fatigue et inquiet à l'idée d'arriver trop tard, il trouva sa mère requinquée par les soins qu'on lui prodiguait. Ses bandeaux blancs soigneusement arrangés, le regard toujours vague, les gestes précis. Ni particulièrement étonnée de le voir, ni heureuse. Elle s'inquiétait seulement de son chien, resté seul à la chartreuse.

— Il n'y a vraiment personne pour le nourrir ?

— Non.

— Bon, je vais y aller. Il s'appelle toujours Turck ?

Habitué à décider seul et à être obéi vite, il avait fait transporter sa mère dans une chambre individuelle, acheté des magazines qu'elle ne regardait pas, commandé une télévision et une ligne téléphonique qu'elle n'utilisait pas. Et appelé un cardiologue en consultation privée, refusant de répondre au docteur Marty, qui pourtant lui avait laissé un message et son numéro de téléphone.

Le spécialiste n'avait rien eu de plus à dire :

« Fibrillation auriculaire. Elle a déjà ressenti je crois plusieurs fois des vertiges, et puis récemment ces malaises. Fatigue, essoufflements, tous les signes sont là. Que voulez-vous, votre mère a son âge, c'est la vieillesse. Il faut l'entourer, la surveiller, qu'elle se nourrisse surtout, et ne fasse pas trop d'efforts... »

L'après-midi même, il partait pour la chartreuse. Cela faisait quinze ans qu'il n'y avait pas mis les pieds. Cette route, à travers les bois, si souvent parcourue durant ses années de pension, levait en lui mille sensations qu'il avait cru oublier, voulu oublier : la beauté du paysage épuré par l'hiver lui faisait mal.

Maître Cantagreilh arrêta sa limousine Peugeot sur le chemin. Sa mère lui avait confié la clé du cadenas de la grille : si peu utilisée qu'elle en était rouillée, elle tournait avec difficulté dans le pêne.

Un corniaud, digne descendant de tous les chiens qu'il avait connus, l'accueillit comme un sauveur, se précipitant avec reconnaissance sur la même gamelle bosselée qu'autrefois. Rien n'avait changé dans la maison, ce qui voulait dire que tout avait été déserté par la vie.

Un peu incongru dans un costume de flanelle froissé par la nuit de voyage, sans quitter son pardessus de cachemire, Charles parcourut la maison gelée : son ancienne chambre, d'abord, qui avait été avant celle de son grand-père notaire. Celle de sa mère sous les combles, avec le secrétaire où la liasse de messages se trouvait à sa place, encore plus jaunie et toujours autant manipulée, il s'en assura. Le bureau, où il avait passé tant d'heures, où étaient nés ses projets d'avenir, et enfin la cuisine et son cantou. L'ensemble recouvert d'une couche uniforme de crasse et de poussière, qui lui faisait honte. Malgré lui, presque douloureusement, il retrouvait aussi le charme de cette maison, harmonieuse, bien construite, bien située.

Sa décision fut vite prise, alors que sa vie privée était en train de chavirer : Anne ne reviendrait pas, il le savait. Maud serait évidemment à la garde de sa mère, même un bon avocat comme lui ne pouvait l'éviter. Il ne la verrait que peu, qu'au prix d'âpres négociations et d'une organisation sans faille. Il ne pouvait pas vivre avec sa fille, mais il pouvait lui assurer ce patrimoine, ces racines, qu'il lui offrirait le moment venu. Après sa mère, sa petite fille serait l'héritière de la chartreuse.

A partir de ce moment, il résolut donc d'y investir tout l'argent qu'il gagnait – c'était alors l'apogée de la bulle financière, et les avocats comme lui y trouvaient plus que leur compte. Il sauverait les toits, attaqués par de longues gouttières d'eau verdie, il réhabiliterait la terrasse, dont le dallage et les vasques s'effritaient, il changerait toutes ces menuiseries branlantes, en respectant l'incurvation des chambranles.

Il en ferait ainsi la maison la plus confortable du pays, avec chauffage central, cuisine intégrée et personnel de service. Sa mère y vivrait comme une princesse. Et il trouverait enfin le repos : plus jamais il ne serait coupable de rien, jamais plus il n'aurait honte d'elle, l'argent permettait cela.

Avant même que madame Margot ne soit ramenée chez elle, et sans avoir revu l'abbé Vigouroux, maître Cantagreilh rentra à Paris.

Deux ans à peine plus tard, avec la volonté et l'efficacité qui étaient sa marque reconnue, sous la direction d'un maître d'œuvre venu de Brive avec son équipe, c'était fait. La chartreuse de Bigaroque avait retrouvé la superbe de ses plus belles années, confort moderne en sus. Et suscité la colère alentour. En effet, Charles refusait absolument de faire travailler les gens du pays ; alors même que le nouveau maire, Avezou, fils de son père, avait monté à Bigaroque une petite entreprise regroupant tous les corps de métiers !

Pour assurer le service de sa mère, Charles avait recruté à Paris un couple de Polonais, parlant mal le français et qui acceptait de loger dans l'arrière-cuisine rénovée. Ils y restèrent moins d'un an, en butte à l'hostilité du village et au silence de la maîtresse de maison.

Jamais maître Cantagreilh ne vint inspecter les travaux, ni profiter de la propriété. Il n'écrivait ni ne téléphonait. Se contentant de faire livrer, régulièrement, tout ce que la technique et l'argent pouvaient offrir de mieux : télévision à écran plat, réfrigérateur américain, Twingo automatique, et même, un jour d'été, un jeune chiot berger allemand muni de son pedigree.

Jamais sa mère ne l'en remerciait non plus, ni ne manifestait le moindre sentiment. Le cabinet d'avocat se développait toujours plus, et Maud grandissait au loin.

17

Noël 2002

Depuis le matin, un temps doux et gris, pleuviotant, sans espoir aucun de neige, avait remplacé le beau ciel bleu de leur arrivée. L'excitation des enfants, enfermés par force dans la maison, atteignait un paroxysme. Car on était à la veille de Noël, dans cette atmosphère très particulière précédant un événement, où l'on s'oblige à vivre comme en sourdine, pour profiter mieux de la fête à venir.

Maud ne se sentait guère à l'unisson : demain, elle repartirait pour Paris. Depuis la veille, lentement, se distillaient dans son esprit les mots de la conversation qu'elle avait eue avec monsieur McCarthy. Elle ne savait que faire de tout cela, hormis le raconter à Duncan, à voix basse, dans l'intimité de la nuit qui tombait si tôt. Il avait écouté en silence.

Au matin de son départ, elle avait voulu retrouver encore le rite de l'été précédent, en descendant de bonne heure faire la conversation avec madame Fournerie. Un bonheur devenu réciproque : l'une était contente de communiquer sans l'entrave de la langue, tout en fourgonnant dans la cuisine, et l'autre y glanait de précieuses informations pour sa quête secrète, ainsi que des détails, des manières d'être et de parler qui la ravissaient.

Mais les petits, levés encore plus tôt qu'elle, avaient déjà transformé la cuisine en arène de jeux, et madame Fournerie jonglait avec les boîtes de céréales.

Maud, songeuse, emporta son mug de thé dans sa chambre, en attendant le réveil de Duncan. C'étaient ses derniers moments ici, et le constat lui collait à la peau : pas mécontente d'avoir quitté Londres, en même temps que sa mère et son beau-père s'envolaient pour les îles Grenadines, pas tout à fait chez elle ici, au presbytère, ni tout à fait heureuse de partir chez son père, à Paris. Quand donc éprouverait-elle simplement le bonheur de se sentir à sa place quelque part ? Et toujours lui revenait l'image de la chartreuse, solitaire au sommet de son pech.

Tout cela mêlé donnait une vague mélancolie, au diapason du ciel, si bas, et des tons presque noirs des pierres de l'église, par-delà la fenêtre. D'autant qu'il était déjà presque dix heures du matin, et que l'attente se prolongeait. Des heures précieuses s'écoulaient, alors qu'elle devait partir bientôt. La veille, après son récit, Duncan était remonté au grenier.

« Dors bien, ma douce ! Je vérifie juste un point de méthodologie... »

N'y tenant plus, sous le prétexte de préparer sa valise, elle entreprit de faire grincer le parquet, la porte et les tiroirs de la commode, suffisamment pour tirer n'importe qui du sommeil le plus profond. Le garçon commença par se défendre vaillamment contre l'attaque, se retourna une fois, deux fois, accumula couette et oreiller sur sa tête, avec ses deux bras pardessus pour faire bonne mesure.

— Tu es pire que les monstres réunis...

Puis, dans un effort méritoire, il finit par émerger de ses rêves. S'assit dans le lit, attira Maud contre lui, sans parler, caressa doucement ses cheveux, lui sourit.

Allons, la vie n'était pas si morose, tant que Duncan l'aimait. Elle se laissa aller mollement à sa douceur, à la chaleur du lit, à l'atmosphère calfeutrée de la petite chambre, avec son carré de campagne encadré dans la fenêtre.

— J'ai passé la nuit sur Internet...

— Ça ne m'étonne pas, à voir ta tête ! Alors, raconte ?

— Je voulais prendre des nouvelles de ton grand-père allemand, savoir dans quelles archives on pourrait trouver son dossier...

Elle accusa le coup, à ce mot, « grand-père ». Remarqua ses yeux battus, avec un bistre mauve sous ses boucles en bataille. Il faisait durer l'instant. Intimidée, elle ne demanda plus rien, attendit.

— Il s'appelait Karl-Ludwig Brommser, né le 11 juillet 1910 à Munich, en Bavière, titulaire d'un diplôme de physique et de médecine, si je comprends bien le terme allemand. Capitaine dans la Wehrmacht, et affecté à l'hôpital militaire de Cherbourg à partir de novembre 1942, en tant que directeur d'unité. Il y a eu plusieurs directeurs successifs, mais l'ordre de marche donné en avril 1943 et conservé dans le dossier est adressé à ce nom-là. Le convoi devait se replier par La Rochelle et Angoulême, pour une répartition des ambulances dans le secteur de Sarlat, en Dordogne. La liste des cantonnements est en annexe, mais je n'ai pas pu y accéder. Le fichier est trop lourd : Internet fait des merveilles, mais quand même ! Même chose pour la photo d'identité du dossier d'incorporation, établi en février 1940.

Maud essayait de comprendre :

— Oh ! Tu as pu accéder directement au dossier ?

— Oui, ils viennent de mettre toutes les archives en ligne, pour les familles qui voudraient procéder à des recherches, à partir d'éléments de reconnaissance personnels. J'avais déjà le code d'accès pour mon mémoire. Parmi les centaines de milliers de fiches individuelles, il y avait celle-là…

Il continua, moins triomphalement :

— Brommser a été tué lors d'un bombardement britannique, près de Vendeville, le 12 ou le 13 août 1945, mais sa famille n'a reçu l'avis de sa disparition qu'en janvier 1946, du fait de la désorganisation de l'administration militaire. Son adresse au début de la guerre est également indiquée : Starnbergerstrasse 46, Munich. Il était donc bavarois.

Duncan se tut, pour laisser le temps aux mots de devenir réalité.

— Le père de papa, mon grand-père ?

— Selon toute probabilité.

— Tout cela accessible depuis le grenier ?

— C'est bien parce que j'ai passé ces deux dernières années à fouiller dans tous les recoins de ce site que je suis arrivé pile à l'info, au bout de quelques heures seulement !

Ils se donnèrent la main. Tout cela était trop grand, trop neuf, trop étonnant pour elle. Duncan, lui, ne se décidait pas à livrer ses dernières informations : avant guerre, Karl-Ludwig avait été marié ; il était le père de deux garçons. L'un d'eux, un homme d'âge mûr maintenant, avait consulté le dossier aux archives de Berlin. Très récemment. Il avait laissé, comme le voulait la réglementation, toutes ses coordonnées, adresse postale et Internet. Et Duncan avait dû faire de même, au nom de Maud.

Avant qu'il ait statué sur ce qu'il devait dire ou ne pas dire, d'une histoire qui ne lui appartenait pas, Maud sortit de son silence :

— Pour ma dernière après-midi ici, je retournerais bien à la chartreuse avec toi. Tu serais partant, de nouveau ?

— Ah, enfin ! A ta disposition, et sans les petits...

— Ça ne risque pas, ils sont déjà levés, sur le pied de guerre, pour aller tous ensemble chercher leurs papas à l'aéroport de Bergerac.

Maud et Duncan se glissèrent dehors, assez discrètement pour que personne ne les remarque. Sauf monsieur McCarthy, qui de la fenêtre de son petit salon les suivit longuement des yeux, alors qu'ils contournaient l'église et s'engageaient sur le chemin de petite randonnée. Sans se concerter, ils marchaient d'un bon pas sur ce chemin déjà familier, balançant doucement entre eux leurs mains entrelacées.

Arrivés au carrefour du Bost, après la cabane de feuillardier, le garçon demanda :

— Par le chemin, pour arriver devant la grille, ou bien par les bois, côté jardin ?

Elle hésita. Puis :

— Par les bois.

Il avait un peu gelé, la nuit précédente, et l'étroit sentier tapissé de feuilles mortes crissait sous leurs pas, dans le silence de la campagne, déserte en cette veille de fête glacée où chacun s'activait à préparer les réjouissances. Autour d'eux, les arbres dénudés laissaient voir, bien plus loin que durant l'été, une succession de combes et de pechs à l'horizon.

Tous les deux habités par l'histoire qui s'était nouée autrefois dans ces lieux mêmes, et qui pour l'instant n'appartenait encore qu'à eux, il n'y avait guère besoin de paroles entre eux pour exprimer cela.

La chartreuse apparut, dans un dégradé de gris, avec des lignes nettes, sa terrasse ponctuée seulement de vases nus, dépouillés de verdure, ses rosiers sévèrement taillés.

— Que c'est beau, souffla Maud, je voudrais ne jamais bouger d'ici...

D'un commun accord, ils s'arrêtèrent face au jardin. Au milieu du grand silence, le hurlement d'un chien ; le même sans doute qui les avait éconduits lors de leur précédente visite. On voyait sa silhouette à l'aplomb du puits, immobile. Un beau berger allemand. Il n'aboyait pas, ne les poursuivait pas le long de l'enceinte, il hurlait vers le ciel, sans discontinuer.

— Il est bizarre, non, cet animal ?

Maud avait peur des chiens, et se tenait en retrait derrière le mur de la propriété.

— Tu crois qu'il est dangereux ?

— Si c'était à nous qu'il en voulait, il viendrait dans notre direction. C'est curieux, c'est comme s'il appelait...

Duncan, prudemment, se mit à sonder le mur. Celui-ci était fait pour clore la propriété, décourager les indésirables, mais il n'était pas infranchissable, et d'ailleurs, à voir les anfractuosités usées, d'autres que lui y avaient souvent pris appui.

— Oh, tu veux escalader ?

— Il faut bien aller voir ce que dit le clébard, non ?

Le garçon arriva facilement au sommet du mur, se mit en équilibre dessus. Le chien ne bougeait toujours pas. Alors, il sauta de l'autre côté. Maud le suivit des yeux, le vit traverser la pelouse, gagner une allée, s'approcher lentement du puits, une main tendue en avant pour rassurer le gardien des lieux. Il contourna la margelle, disparut presque à la vue de Maud. Le chien se tut un moment. Elle eut peur, tout d'un coup : seule face à cette maison isolée, comment pouvait-elle venir en aide à Duncan s'il lui arrivait quelque chose ?

Les mains en visière, elle le guettait toujours, quand elle le vit réapparaître, partir en courant vers la terrasse et entrer comme en terrain conquis par la porte-fenêtre centrale, après avoir secoué la poignée. Le chien n'avait pas bougé de son poste, queue et oreilles dressées, et recommença à hurler.

Au bout de cinq longues minutes, Duncan ressortit et vint vers elle, toujours courant, haletant.

— Elle a perdu connaissance ! jeta-t-il par-dessus le mur. J'ai trouvé le téléphone, un répertoire d'adresses, et appelé son médecin. C'est une femme, qui a l'air de bien la connaître, et arrive tout de suite. Elle commande aussi une ambulance pour l'emmener à Sarlat. Tu fais le tour jusqu'à la grille ? Je vais voir si je peux ouvrir de l'intérieur, pour le toubib...

Maud, les genoux tremblants, longea le mur de l'aile ouest. Elle se répétait à elle-même en marchant, en nage malgré le froid, ce mot nouveau : Grand-mère, ma grand-mère, c'est ma grand-mère qui a perdu connaissance...

Il fallait un bon moment pour faire le tour de cette grande propriété. Quand elle arriva à la grille, le médecin, en familier des lieux, avait déjà rangé sa voiture derrière la Twingo noire. Et la grille avait été ouverte en grand pour l'ambulance. Maud entra dans la cour, pour la première fois. Même si le moment n'était pas à l'admiration, elle ne put s'empêcher d'éprouver l'harmonie des lieux, de ressentir du plaisir à gravir le perron. Côté jardin, on entendait les voix de Duncan et du médecin s'éloigner vers le puits :

— Nous marchions avec mon amie sur le chemin de randonnée, derrière le mur du jardin, quand nous avons entendu le chien hurler à la mort. Je me suis approché, et puis voilà...

— C'est de la chance que vous ayez été là, il n'y a pas tant de passants que cela par ici. J'espère qu'elle n'est pas restée trop longtemps sans connaissance...

Maud hésita à les rejoindre. Mais elle se sentait inutile et, surtout, ne voulait pas de cette rencontre dans de telles circonstances. Elle resta donc dans le vestibule, sans pouvoir s'empêcher de regarder autour d'elle. Tout était vaste, élégant, confortable, dans une douce chaleur. Sur une desserte, le téléphone, avec un petit répertoire ouvert. Machinalement, sans y penser plus, elle le feuilleta, et il s'ouvrit naturellement à la lettre *C*, pour avoir été souvent consulté.

Charles-Louis, était-il écrit d'une longue écriture penchée, avec en face un numéro parisien qu'elle connaissait par cœur, celui de son père. Celui du bureau, pour lequel il fallait passer par l'hôtesse d'accueil, et non pas sa ligne directe, celle de l'appartement.

Une longue voiture blanche débouchait du chemin, se rangeait devant le perron ; elle se sentit indiscrète, prise en faute, reposa le carnet. Tout alla très vite : Duncan, revenu du jardin, accueillait les ambulanciers en montrant par de grands gestes la direction à prendre ; les deux hommes sortirent du coffre un brancard déplié et le suivirent. Moins de dix minutes plus tard, ils étaient de retour avec leur patiente, emmitouflée dans une couverture de survie, un masque à oxygène cachant son visage, et démarrèrent.

Duncan et le médecin, une femme d'âge mûr aux cheveux déjà gris, rentrèrent alors dans le vestibule, d'où Maud n'avait pas bougé. Clouée sur place au centre de ce qui était la maison natale de son père, celle de sa famille.

La dame avait une silhouette enveloppée, des gestes décidés, un peu pressés.

— Voilà, on a fait tout ce que l'on pouvait. Et vous avez eu les bons réflexes ! On la connaît bien à Sarlat, parce qu'elle a déjà eu plusieurs fois des malaises comme celui-là. Le cardiologue qui s'occupe d'elle va la prendre en charge tout de suite.

Elle soupira en s'enroulant dans son écharpe.

— Bon, maintenant, moi, il faut que je prévienne son fils. Cela va encore être toute une affaire pour le joindre, une veille de fête en plus...

Duncan regarda Maud, qui fit face au médecin.

— Si vous voulez, je m'en charge ? fit la jeune fille.

La dame la regarda longuement, sans masquer son étonnement.

— Qui êtes-vous ?

— Je suis la petite-fille de madame Cantagreilh.

Les mots qu'elle prononçait lui semblaient étranges, extérieurs à elle-même.

— Ah, bien ! J'ignorais que Charles avait une fille !

— Vous connaissez mon père ?

Elle émit un petit rire pas très gai.

— Bien avant que vous soyez née ! Nous avons été à l'école primaire ensemble, figurez-vous ! Et c'est mon père qui l'a mis au monde. Mais il ne semble pas s'en souvenir, et ne tient pas à me parler, semble-t-il. Alors, je peux compter sur vous, mademoiselle... ?

— Maud.

— Merci, Maud. Vous me raccompagnez jusqu'à ma voiture, d'abord ?

— Euh, volontiers.

Le médecin avait pris la jeune fille par le bras, fermement.

— Vous connaissez votre grand-mère, vous savez combien elle est... étrange ?

— Euh, oui...

Cette posture de petite-fille officielle était un peu difficile à assumer.

— Ce serait mieux, si vous pouviez aller à Sarlat maintenant. Le temps que votre père arrive...

Elle réalisa que la femme ne s'était pas engagée sur l'état de santé de sa patiente. Avoir « fait tout ce qu'il fallait » ne signifiait pas qu'elle était tirée d'affaire.

— Oui, bien sûr... Pourquoi ? Elle va très mal ?

Maud n'avait pas de nom disponible pour nommer sa grand-mère.

— Non, non, on ne peut rien dire pour l'instant. Mais pour une grande malade comme elle, il est difficile de communiquer avec le personnel hospitalier, vous le savez bien.

— Elle a toujours été ainsi, ma grand-mère ?

Le femme hésita un moment, tout en ouvrant la portière de sa voiture, puis lâcha :

— Elle a dû être une très jolie jeune fille, tout à fait gaie et sociable, comme vous semblez l'être vous-même. Mais il y a des traumatismes psychiques qui sont si graves et si violents, surtout dans la jeunesse, que l'on ne peut pas en guérir, à moins d'être très bien soigné. Et votre grand-mère n'a pas eu cette chance.

Maud hocha la tête, et le médecin tourna sa clé de contact, en lui adressant un petit signe.

— Maintenant, partez vite pour Sarlat !

Maître Cantagreilh, joint aussitôt sur sa ligne téléphonique directe, n'avait rien esquivé de la situation.

— Je viens ! Je serai là dans six heures exactement. Il ne devrait pas y avoir trop d'embouteillages, les gens sont déjà partis pour les fêtes...

— On se retrouve à l'hôpital, alors ?

Les deux jeunes gens avaient donc ensuite rapidement fermé la maison, en gardant la clé. Puis ils étaient rentrés au village par le chemin le plus direct, toujours suités du chien, qui à intervalles réguliers léchait les mains de Duncan.

Au presbytère régnait un joyeux désordre : monsieur Hathaway et ses deux gendres étaient arrivés, et la veillée commençait, traditions anglaises et françaises mêlées, dans une cacophonie de Noëls chantés à tue-tête par les petits.

— Je demande le silence ! tonna Duncan, main dans la main avec Maud, le berger allemand devant eux, impeccablement assis au pied. La grand-mère de Maud est à l'hôpital. Nous allons la retrouver, en attendant son père. Mum', tu veux bien me prêter l'Austin ?

— Euh... oui, bien sûr. Maud, je suis *so sorry*, un jour de fête comme celui-là... Vous partez pour Paris ?

— Non ! Je t'expliquerai, on reviendra probablement dormir ici.

A ce moment, monsieur McCarthy, qui pendant ce temps avait décroché dans l'entrée son manteau, son chapeau et son écharpe, enfilé soigneusement ses gants, annonça, d'un ton définitif :

— Je viens avec vous !

On se récria :

— *Dad', why ?*

— Grand-pa !

Maud vint se placer à côté du vieux monsieur, pour l'aider à s'habiller.

— Et on vous confie le chien ! annonça Duncan en regardant ses quatre neveux droit dans les yeux. Vous êtes chargés de bien le nourrir.

— Comment il s'appelle ?

— Qu'est-ce qu'il aime ?

— Je ne sais pas, à vous de trouver !

Ils étaient déjà dehors. Dorothy Hathaway les rejoignit, le temps de déposer un sac dans le coffre, alors qu'ils démarraient, au milieu d'un brouillard à couper au couteau.

— Tenez, vous ne trouverez rien d'ouvert pour dîner, un soir comme celui-ci !

ÉPILOGUE

Ils étaient arrivés dans l'atmosphère étrange d'une ville illuminée de guirlandes mais vide, où, derrière chaque fenêtre aux volets bien tirés, se devinait une atmosphère de réveillon. Mais la fête s'arrêtait net à la porte de l'hôpital, malgré les boules de Noël incongrues sous les néons blafards. Couchés devant leur poste de télévision, ou poussant des chariots de soin dans les longs couloirs aux portes entrouvertes, ne restaient là que ceux qui y étaient absolument obligés.

La surveillante qui les avait accueillis était aussi courtoise que pressée. Oui, madame Cantagreilh était là, déjà transférée au troisième étage ; bien installée, dans une chambre individuelle. Oui, le cardiologue était passé la voir, il avait demandé des examens complémentaires. Non, on ne pouvait rien dire de plus, mais il ne fallait pas s'inquiéter. Et non encore, il était impossible de la voir tout de suite, il fallait attendre. Dans le couloir, oui, mais s'ils souhaitaient utiliser le salon réservé aux visiteurs...

« Vous pensez bien, personne n'y viendra maintenant. Un soir de Noël, on ne va pas vous mettre dehors, quand même ! Il y a un four à micro-ondes et une bouilloire, si vous voulez... »

Ils pouvaient s'y installer même au-delà des heures de visite, toute la nuit même, pour attendre tranquillement l'arrivée de monsieur Cantagreilh.

« Il n'aura qu'à sonner aux urgences, elles restent toujours ouvertes, pour ceux qui auraient trop bu... »

Sur ce clin d'œil, elle s'était enfuie, joyeuse, son service enfin terminé.

Ils avaient donc attendu ainsi, longtemps, sur les chaises en plastique du couloir.

« Oh, mais madame Cantagreilh, elle dort, vous ne la verrez pas avant demain matin ! » s'était exclamée une aide-soignante en les découvrant là.

Puis Duncan avait éteint les néons du salon des visiteurs, allumé les bougies et déballé sur la table ronde les provisions de sa mère : du foie gras périgourdin en entrée, assorti de toasts, l'oie rôtie britannique, avec sa sauce et ses petits légumes du potager de madame Fournerie, et pour le dessert le Christmas pudding traditionnel, bourré de raisins secs et glacé d'une épaisse couche de sucre blanc. Sans oublier une bouteille de monbazillac, accompagnée d'un tire-bouchon.

— Elle a vraiment pensé à tout, il y a même des assiettes en carton rouge et quatre serviettes assorties !

A ce moment précis retentit la sonnerie grêle du téléphone intérieur de l'hôpital.

— On a expliqué au monsieur où vous étiez ; il monte vous rejoindre.

— Papa !

Au moment où maître Cantagreilh passait la porte, Maud se jeta dans ses bras, avec un élan spontané que jamais elle n'avait montré. Une trop longue journée, trop d'émotions, trop d'angoisses et d'interrogations, et le soulagement de le voir là, pour prendre tout cela sur ses larges épaules. Celui-ci, dans un geste instinctif, la retint contre lui un instant.

— Ma chérie !

Lui non plus n'en avait jamais tant fait.

Puis, découvrant grand-père et petit-fils au garde-à-vous devant la table dressée, il salua, avec une froide raideur. Ce soir-là moins que d'autres, il n'était pas prêt à partager sa fille.

— Papa, tu connais Duncan, et voici son grand-père…

Maud reprenait sa mine d'enfant inquiète, pour tenter d'expliquer leur présence. Mais le vieux monsieur, avec le privilège de l'âge, son nœud de cravate impeccable, et peut-être l'aisance de celui qui possède tous les éléments de la situation, tendit sa main tavelée.

— Trevor McCarthy, enchanté ! Nous avons eu des nouvelles de madame votre mère ; la consigne est de ne pas la déranger avant demain matin. Vous-même, monsieur, devez être épuisé par cette longue route ? Nous allions justement nous mettre à table…

Et il fit un geste cérémonieux pour l'inviter à s'asseoir.

Malgré l'incongruité de la situation, tous quatre prirent donc place et, au diapason du vieux monsieur, déplièrent soigneusement leurs serviettes.

— Il est juste minuit ! remarqua Duncan.

— A l'église de Bigaroque, on met le petit Jésus dans la crèche…

Un ange passa.

Monsieur McCarthy reprit la parole :

— Si je me suis permis d'accompagner votre fille… et son chauffeur, c'est que je dois la vie au courage de votre mère. Il y aura tout juste soixante ans cette année qui commence que je cherche à la remercier, et l'occasion m'en est donnée aujourd'hui.

Tout doucement, à la lueur des bougies qui se consumaient, commença la grande explication. Celle que chacun attendait depuis un an, ou soixante, chaque génération apportant sa contribution au puzzle de leur histoire commune. L'ancien major de la Royal Air Force raconta sa guerre, appuyé par les explications techniques de son petit-fils. De sa formation à son engagement militaire, jusqu'au dramatique parachutage en France, au cœur de la nuit et de bois inconnus…

— Je pense que c'était à proximité de la route du Bugue aux Eyzies… commenta Duncan.

Passé la surprise, monsieur Cantagreilh s'était carré dans un des fauteuils de skaï de l'hôpital, occupant à sa manière tout l'espace disponible, hochant la tête régulièrement et dînant de bon appétit.

— Mon premier contact, un homme qui faisait le lien entre Londres et les différents groupes de renseignements, sur place, était très proche de votre grand-père.

— Selon les documents d'archives, je suppose qu'il s'agissait de Félix Lascombe, qui a été arrêté en 1944 et a fait partie d'un des derniers convois pour Mauthausen, compléta encore Duncan.

— Oui, j'ai entendu ce nom-là, en effet, et lu des lettres de lui dans les papiers de Bigaroque, approuva Charles Cantagreilh. Et vous avez donc rencontré mon grand-père ?

Il écoutait le vieil homme dans la même attitude un peu enfantine que Duncan, les yeux fixes et le poing sous le menton, passionné par cette histoire qui était aussi la sienne. Maud avait posé une main sur la manche de son père et de l'autre serrait celle de Duncan sous la table.

McCarthy, avec ses façons un peu surannées, touchait son auditoire au cœur. Il décrivit encore l'accueil de maître Cantagreilh, sa personnalité discrète et rassurante, les vieux domestiques, et cette somme de vingt francs, pour laquelle il avait tenu à établir une reconnaissance de dette, signée d'un nom d'emprunt.

— Augmentée des intérêts, cela fait une belle somme aujourd'hui, et je sais très bien où est rangé ce papier, ma mère l'a conservé !

Le vieil homme ne réagit pas à l'humour corrosif de l'avocat, car il y avait encore à dire. Il décrivit la jeune fille triste qu'il ne faisait qu'apercevoir par la lucarne. Elle était très jeune, très maigre, ravissante pourtant.

— J'étais totalement à sa merci : une absence, une indiscrétion de sa part, et j'étais mort. Jamais je n'ai pu la remercier de cela, et toute ma vie j'ai cherché à la retrouver. Grâce à ces deux enfants, j'espère en avoir l'occasion maintenant. C'est important pour moi, avant de mourir.

Il raconta encore dans le détail, comme il l'avait fait pour son petit-fils des années auparavant, l'intrusion des Allemands à la chartreuse : le printemps, les chiens, les ambulances dans la cour, le danger, la peur.

— Des armes cachées dans des caisses de bois blanc, dites-vous ? Elles y sont encore... Gamin, je fouillais partout, et je les ai vues dans un coin du grenier, sans jamais oser les ouvrir.

Instinctivement, Maud et Duncan s'étaient retirés du halo des bougies, laissant face à face les deux hommes, aux prises avec une époque et des drames qu'eux n'avaient pas connus, mais dont ils se savaient les héritiers.

— J'ai passé deux semaines dans ce grenier...

Sur cette période, par pudeur et délicatesse, monsieur McCarthy ne s'étendit pas autant qu'avec Maud l'avant-veille. On ne touche pas ainsi à l'image d'une mère auprès de son fils. C'était Cantagreilh qui maintenant le pressait de questions :

— Combien étaient-ils, ces hommes ? Les avez-vous vus, ou seulement entendus ? Vous parlez l'allemand, n'est-ce pas ? Vous rappelez-vous des détails, leur provenance, leur corps d'armée, ou bien leurs noms ?

— Non, je suis désolé, je n'ai entendu aucun nom de lieu ni de personne. C'est bien pour cela que j'ai mis si longtemps à retrouver votre maison…

Sur un coup d'œil de Maud, Duncan intervint :

— C'était une unité sanitaire de l'hôpital militaire allemand de Cherbourg, replié à La Rochelle, puis en plusieurs points de Dordogne…

Les deux hommes prirent à peine garde à lui. Penché en avant, maître Cantagreilh regardait McCarthy.

— Quand j'étais enfant, on me traitait de bâtard, de fils de boche. Ceux-là que vous avez vus sont les seuls à être venus jusqu'à Bigaroque. Pensez-vous que cela soit possible ?

Le vieil homme haussa ses sourcils broussailleux, ses yeux clairs plantés dans ceux de son interlocuteur, et dit, doucement :

— *I think so*, je pense…

Alors il se passa une chose inimaginable pour Maud. Son père pleurait. Elle alla partager ses larmes en entourant ses épaules.

Et à son tour, il raconta. Une enfance sous la chape de plomb du secret de ses origines ; une mère brisée, enfermée sur elle-même, la parole interdite entre eux. La nécessité pourtant de savoir, de connaître « la moitié de lui-même » qui lui manquait ; et puis les sarcasmes et les quolibets qui finissent par frayer le chemin du doute. L'ostracisme du village, mené par la famille Avezou, le père ayant enlevé la mairie au lendemain de la guerre, et le fils lui ayant succédé. La volonté farouche de fuir, et de se venger par la réussite sociale. Et enfin, malgré tout, cette plaie à l'âme qui avait gangrené sa vie, toujours à vif alors qu'il approchait maintenant la soixantaine, et l'âge des bilans.

McCarthy émit un petit rire.

— *Dear*, vous avez tout le temps d'être heureux encore, croyez-moi !

Se tournant vers sa fille, Cantagreilh ajouta :

— Ma chérie, j'aurais voulu t'offrir une famille plus présentable...

— Mais, papa, nous sommes les premiers vrais Européens ! Au XXIe siècle, c'est une chance et un honneur...

La phrase sortait tout droit du mémoire de Duncan, et celui-ci lui en sut gré.

Avant d'ajouter, pour alléger l'atmosphère :

— Je peux vous donner l'adresse Internet de votre famille bavaroise...

Maître Cantagreilh parut se souvenir de la présence du garçon, se redressa et reprit le ton désinvolte, toujours un rien agressif, qu'il avait adopté avec lui lors de leur première rencontre :

— On m'a dit à l'accueil, jeune homme, que vous avez sauvé ma mère, cette après-midi, en appelant à temps les secours ! C'est donc un juste retour des choses...

Curieusement, cette joute entre les deux hommes qu'elle aimait le plus au monde détendit Maud, qui s'étira. Les bougies avaient achevé de se consumer. Une aube sale se levait par la fenêtre. Depuis un moment déjà, on entendait ferrailler les chariots du petit déjeuner dans les couloirs. Monsieur McCarthy se leva, réajusta sa veste de tweed, passa sa main dans ses cheveux blancs pour les lisser. Dans le petit matin, son âge se lisait sur ses traits froissés.

— Si vous le permettez, je vais faire ma visite à madame votre mère, et Duncan pourra peut-être ensuite me ramener à Bigaroque ?

Son petit-fils admira la délicatesse avec laquelle il se retirait, pour laisser le père et la fille affronter ensemble la journée de Noël, et leur histoire commune.

— Très bien, grand-pa, je vais chercher la voiture, et je t'attends devant le hall.

Quand le garçon eut fini de dégivrer le pare-brise et se présenta à l'entrée, son grand-père l'attendait déjà, ganté et chapeauté.

— Madame Cantagreilh est morte...

— Grand-pa, grâce à elle, tu as fait l'essentiel : donner aux vivants les clés de leurs origines.

Prononçant ces mots, Duncan se sentit, pour la première fois peut-être, réellement adulte. C'était cela aussi qu'il pouvait offrir à Maud, en ce jour de Noël.

TABLE

Bibliographie

Enfants maudits, Jean-Paul Picaper et Ludwig Norz, éd. des Syrtes, 2004

Merci à John Tagliabue, auteur d'une enquête sur les « Enfants de Boches » pour *The New York Times* (juillet 2009)

La Cassure 1939-1945 Une famille alsacienne dans la tourmente de la Seconde Guerre mondiale, Jean-Daniel Nessmann, 1997

La Vie en Périgord sous l'Occupation 1940-1944, André Roulland, 1999

Mémoires d'une centenaire en Périgord sarladais, Alberte Sadouillet-Perrin

Maréchal, nous voilà... 1940-1944 Souvenirs d'enfances sous l'Occupation, Maria Carrier, Collection Mémoires, éd. Autrement, 2004

Histoire de la Résistance en Périgord, Guy Penaud, éd. Pierre Fanlac, 1985

Romans « Terres de France »

Jean Anglade
Un parrain de cendre
Le Jardin de Mercure
Y a pas d'bon Dieu
La Soupe à la fourchette
Un lit d'aubépine
La Maîtresse au piquet
Le Saintier
Le Grillon vert
La Fille aux orages
Un souper de neige
Les Puysatiers
Dans le secret des roseaux
La Rose et le Lilas
Avec le temps...
L'Ecureuil des vignes
Une étrange entreprise
Le Temps et la Paille
Les Ventres jaunes
Le Semeur d'alphabets
La Bonne Rosée
Un cœur étranger
Les Permissions de mai
Les Délices d'Alexandrine
Le Voleur de coloquintes
Sylvie Anne
Mélie de Sept-Vents
Le Secret des chênes
La Couze
Ciel d'orage sur Donzenac
La Maîtresse du corroyeur
Un horloger bien tranquille
Un été à Vignols
La Lavandière de Saint-Léger
L'Orpheline de Meyssac
Le Pain des Cantelou
Jean-Jacques Antier
Tempête sur Armen
La Fille du carillonneur
Marie-Paul Armand
Le Vent de la haine
Louise
Benoît
La Maîtresse d'école
La Cense aux alouettes
L'Enfance perdue
Un bouquet de dentelle
Au bonheur du matin
Le Cri du héron
Le Pain rouge
La Poussière des corons
Nouvelles du Nord
La Courée
Victor Bastien
Retour au Letsing
Henriette Bernier
L'Enfant de l'autre
L'Or blanc des pâturages
L'Enfant de la dernière chance
Le Choix de Pauline
La Petite Louison
Petite Mère
Françoise Bourdon
La Forge au Loup
La Cour aux paons
Le Bois de lune
Le Maître ardoisier
Les Tisserands de la Licorne
Le Vent de l'aube
Les Chemins de garance
La Figuière en héritage
La Nuit de l'amandier
La Combe aux Oliviers
Patrick Breuzé
Le Silence des glaces
La Grande Avalanche
La Malpeur
La Lumière des cimes
Nathalie de Broc
Le Patriarche du Bélon
La Dame des Forges
La Tresse de Jeanne
Loin de la rivière
La Rivière retrouvée
La Sorcière de Locronan
Annie Bruel
Le Mas des oliviers
Les Géants de pierre
Marie-Marseille
Michel Caffier
Le Hameau des mirabelliers
La Péniche Saint-Nicolas

Les Enfants du Flot
La Berline du roi Stanislas
La Plume d'or du drapier
L'Héritage du mirabellier
Marghareta la huguenote
Le Jardinier aux fleurs de verre
Daniel Cario
La Miaulemort
Jean-Pierre Chabrol
La Banquise
Claire Chazal
L'Institutrice
Didier Cornaille
Les Labours d'hiver
Les Terres abandonnées
Etrangers à la terre
L'Héritage de Ludovic Grollier
L'Alambic
Georges Coulonges
Les Terres gelées
La Fête des écoles
La Madelon de l'an 40
L'Enfant sous les étoiles
Les Flammes de la Liberté
Ma communale avait raison
Les blés deviennent paille
L'Eté du grand bonheur
Des amants de porcelaine
Le Pays des tomates plates
La Terre et le Moulin
Les Sabots de Paris
Les Sabots d'Angèle
La Liberté sur la montagne
Les Boulets rouges de la Commune
Pause-Café
Anne Courtillé
Les Dames de Clermont
Florine
Dieu le veult
Les Messieurs de Clermont
L'Arbre des dames
Le Secret du chat-huant
L'Orfèvre de Saint-Séverin
La Chambre aux pipistrelles
Paul Couturiau
En passant par la Lorraine
L'Abbaye aux loups
Annie Degroote
La Kermesse du diable
Le Cœur en Flandre
L'Oubliée de Salperwick
Les Filles du Houtland
Le Moulin de la Dérobade
Les Silences du maître drapier
Le Colporteur d'étoiles
La Splendeur des Vaneyck
Les Amants de la petite reine
Un palais dans les dunes
Renelde, fille des Flandres
Les Jardins du vent
Alain Dubos
Les Seigneurs de la haute lande
La Palombe noire
La Sève et la Cendre
Le Secret du docteur Lescat
Constance et la Ville d'Hiver
Marie-Bernadette Dupuy
L'Orpheline du bois des Loups
Les Enfants du Pas du Loup
La Demoiselle des Bories
Le Chant de l'Océan
Le Moulin du Loup
Le Chemin des Falaises
Les Tristes Noces
Elise Fischer
Trois Reines pour une couronne
Les Alliances de cristal
Mystérieuse Manon
Le Soleil des mineurs
Les cigognes savaient
Confession d'Adrien le colporteur
Le Secret du pressoir
Sous les mirabelliers
Laurence Fritsch
La Faïencière de Saint-Jean
Alain Gandy
Adieu capitaine
Un sombre été à Chaluzac
L'Enigme de Ravejouls
Les Frères Delgayroux
Les Corneilles de Toulonjac
L'Affaire Combes
Les Polonaises de Cransac
Le Nœud d'anguilles
L'Agence Combes et Cie
Suicide sans préméditation
Fatale Randonnée
Une famille assassinée
Le piège se referme
Gérard Georges
La Promesse d'un jour d'été
Les Bœufs de la Saint-Jean

L'Ecole en héritage
Le Piocheur des terres gelées
Les Amants du chanvre
La Demoiselle aux fleurs sauvages
Jeanne la brodeuse au fil d'or
Les Chemins d'améthyste
Denis Humbert
La Malvialle
Un si joli village
La Rouvraie
L'Arbre à poules
Les Demi-Frères
La Dernière Vague
Yves Jacob
Marie sans terre
Les Anges maudits de Tourlaville
Les blés seront coupés
Une mère en partage
Un homme bien tranquille
Le Fils du terre-neuvas
Hervé Jaouen
Que ma terre demeure
Au-dessous du calvaire
Les Ciels de la baie d'Audierne
Les Filles de Roz-Kelenn
Ceux de Ker-Askol
Michel Jeury
Au cabaret des oiseaux
Marie Kuhlmann
Le Puits Amélie
Passeurs d'ombre
Les Filles du pasteur Muller
Guillemette de La Borie
Les Dames de Tarnhac
Le Marchand de Bergerac
La Cousette de Commagnac
Gilles Laporte
Le Loup de Métendal
Jean-Pierre Leclerc
Les Années de pierre
La Rouge Batelière
L'Eau et les Jours
Les Sentinelles du printemps
Un amour naguère
Julien ou l'Impossible Rêve
A l'heure de la première étoile
Les Héritiers de Font-Alagé
Hélène Legrais
Le Destin des jumeaux Fabrègues
La Transbordeuse d'oranges
Les Herbes de la Saint-Jean
Les Enfants d'Elisabeth
Les Deux Vies d'Anna
Les Ombres du pays de la Mée
Eric Le Nabour
Les Ombres de Kervadec
Louis-Jacques Liandier
Les Gens de Bois-sur-Lyre
Les Racines de l'espérance
Jean-Paul Malaval
Le Domaine de Rocheveyre
Les Vignerons de Chantegrêle
Jours de colère à Malpertuis
Quai des Chartrons
Les Compagnons de Maletaverne
Le Carnaval des loups
Les Césarines
Grand-mère Antonia
Une maison dans les arbres
Une reine de trop
Une famille française
Le Crépuscule des patriarches
La Rosée blanche
L'Homme qui rêvait d'un village
L'Auberge des Diligences
Le Notaire de Pradeloup
Dominique Marny
A l'ombre des amandiers
La Rose des Vents
Et tout me parle de vous
Jouez cœur et gagnez
Il nous reste si peu de temps
Pascal Martin
Le Trésor du Magounia
Le Bonsaï de Brocéliande
Les Fantômes du mur païen
La Malédiction de Tévennec
L'Archange du Médoc
Louis Muron
Le Chant des canuts
Henry Noullet
La Falourde
La Destalounade
Bonencontre
Le Destin de Bérengère Fayol
Le Mensonge d'Adeline
L'Evadé de Salvetat
Les Sortilèges d'Agnès d'Ayrac
Le Dernier Train de Salignac

Michel Peyramaure
Un château rose en Corrèze
Les Grandes Falaises
Frédéric Pons
Les Troupeaux du diable
Les Soleils de l'Adour
Passeurs de nuit
Jean Siccardi
Le Bois des Malines
Les Roses rouges de décembre
Le Bâtisseur de chapelles
Le Moulin de Siagne
Un parfum de rose
La Symphonie des loups
La Cour de récré
Les Hauts de Cabrières
Les Brumes du Mercantour
La Chênaie de Seignerolle
Bernard Simonay
La Fille de la pierre
La Louve de Cornouaille
Jean-Michel Thibaux
La Bastide blanche
La Fille de la garrigue
La Colère du mistral
L'Homme qui habillait les mariées
La Gasparine
L'Or des collines
Le Chanteur de sérénades
La Pénitente
L'Enfant du mistral
L'Or du forgeron
Jean-Max Tixier
Le Crime des Hautes Terres
La Fiancée du santonnier
Le Maître des roseaux
Marion des salins
Le Mas des terres rouges
L'Aîné des Gallian
L'Ombre de la Sainte-Victoire
Brigitte Varel
Un village pourtant si tranquille
Les Yeux de Manon
Emma
L'Enfant traqué
Le Chemin de Jean
L'Enfant du Trièves
Le Déshonneur d'un père
Blessure d'enfance
Mémoire enfouie
Une vérité de trop
Louis-Olivier Vitté
La Rivière engloutie
L'Enfant des terres sauvages
L'Inconnue de la Maison-Haute
Le Secret des trois sœurs
Colette Vlérick
La Fille du goémonier
Le Brodeur de Pont-l'Abbé
La Marée du soir
Le Blé noir

Cet ouvrage a été imprimé en France par

CPI
BUSSIÈRE

à Saint-Amand-Montrond (Cher)
pour le compte des Éditions Presses de la Cité
en avril 2010

N° d'impression : 101351/1.
Dépôt légal : mai 2010.
N° d'édition : 7921.